与荷听雨

李西岳 ◎ 著

河北出版传媒集团
花山文艺出版社
河北·石家庄

图书在版编目（CIP）数据

与荷听雨 / 李西岳著. —石家庄：花山文艺出版社，2021.1
 ISBN 978-7-5511-5376-8
 Ⅰ.①与… Ⅱ.①李… Ⅲ.①散文集—中国—当代 Ⅳ.①I267
 中国版本图书馆CIP数据核字（2020）第207199号

书　　名：	**与荷听雨** Yuhe Tingyu
著　　者：	李西岳
书名题签：	李西岳
责任编辑：	于怀新
责任校对：	李　鸥
封面设计：	赵　羽
美术编辑：	王爱芹
出版发行：	花山文艺出版社（邮政编码：050061） （河北省石家庄市友谊北大街330号）
销售热线：	0311-88643221
传　　真：	0311-88643234
印　　刷：	石家庄众旺彩印有限公司
经　　销：	新华书店
开　　本：	700mm×1000mm　1/16
印　　张：	20
字　　数：	240千字
版　　次：	2021年1月第1版 2021年1月第1次印刷
书　　号：	ISBN 978-7-5511-5376-8
定　　价：	50.00元

（版权所有　翻印必究·印装有误　负责调换）

目　　录
CONTENTS

第一辑　儿女情长

爷孙苦恋……………………………………… 003

那年春节……………………………………… 009

上有老下有小………………………………… 014

老宅…………………………………………… 026

父亲来队……………………………………… 030

母亲二十年祭………………………………… 036

姑……………………………………………… 043

舅……………………………………………… 047

两头牵挂……………………………………… 052

父亲，我想对您说…………………………… 056

第二辑　家国情怀

胜利日大阅兵这一天………………………… 075

走过天安门的老骑兵们……………………… 079

大阅兵解说词撰写备忘录⋯⋯⋯⋯⋯⋯⋯⋯⋯⋯ 089
嘎查人家⋯⋯⋯⋯⋯⋯⋯⋯⋯⋯⋯⋯⋯⋯⋯⋯ 116
用心灵靠近灾难⋯⋯⋯⋯⋯⋯⋯⋯⋯⋯⋯⋯⋯ 124
蜀道难⋯⋯⋯⋯⋯⋯⋯⋯⋯⋯⋯⋯⋯⋯⋯⋯⋯ 132
夜宿北川⋯⋯⋯⋯⋯⋯⋯⋯⋯⋯⋯⋯⋯⋯⋯⋯ 136
不会哭的四川人⋯⋯⋯⋯⋯⋯⋯⋯⋯⋯⋯⋯⋯ 142
假如我不来灾区⋯⋯⋯⋯⋯⋯⋯⋯⋯⋯⋯⋯⋯ 147

第三辑 文学心得

你是中国人，请你坐在前面
　　——重读魏巍经典散文《谁是最可爱的人》⋯ 153
战争文学：英雄、故乡、女人⋯⋯⋯⋯⋯⋯⋯ 156
永无止境的心灵折磨
　　——读徐怀中的长篇小说《牵风记》⋯⋯⋯ 160
作家面对历史的沉重担当⋯⋯⋯⋯⋯⋯⋯⋯⋯ 163
让英雄形象留下时代的精神记忆⋯⋯⋯⋯⋯⋯ 167
青涩记忆、心灵独白及其他⋯⋯⋯⋯⋯⋯⋯⋯ 171
我为什么要写《哥们儿弟兄》⋯⋯⋯⋯⋯⋯⋯ 175
都市题材里的《生命线》⋯⋯⋯⋯⋯⋯⋯⋯⋯ 177
无法释怀的苦恋⋯⋯⋯⋯⋯⋯⋯⋯⋯⋯⋯⋯⋯ 180
作家的良知⋯⋯⋯⋯⋯⋯⋯⋯⋯⋯⋯⋯⋯⋯⋯ 184
小说的艺术⋯⋯⋯⋯⋯⋯⋯⋯⋯⋯⋯⋯⋯⋯⋯ 187

第四辑　自我对话

我与文学 …………………………… 193
我与军艺 …………………………… 200
我与鲁院 …………………………… 206
我与老家 …………………………… 212
我与军装 …………………………… 215
我与开车 …………………………… 220
我与日记 …………………………… 225
我与样板戏 ………………………… 229
病中诗兴 …………………………… 236
因病而美 …………………………… 241
李班相聚 …………………………… 245

第五辑　心灵奔走

仰望白羽先生 ……………………… 251
永鸣，你去哪儿了 ………………… 253
你好！欧阳黔森 …………………… 260
老班长 ……………………………… 266
寻战友 ……………………………… 270
兵车行 ……………………………… 275
调动 ………………………………… 278

登上永兴岛……………… 283

贵阳问路……………… 287

岜沙人的天堂…………… 291

九九艳阳天……………… 295

七月的炙热……………… 301

燃烧的雪片……………… 304

与荷听雨………………… 307

后记……………………… 311

第一辑

儿女情长

爷孙苦恋
那年春节
上有老下有小
老宅
父亲来队
母亲二十年祭
姑
舅
两头牵挂
父亲，我想对您说

爷孙苦恋

有人问我,你把孙子比作什么?我说,比作"小情人儿"。这是我当爷爷近五年来为自己和孙子做出的定位,情人前面再加个小字,未免有些矫情,还会触发隐私,但我切身的体会中,这个比喻,不仅恰当,且无从替代。

小情人儿,怎么解释?黏糊,犯贱,离不开,放不下,心和魂儿,被他勾走。

有了孙子以后,我很少出远门,即便出门,日程也不超过一个礼拜,时间长了,就会想孙子,想得受不了。有时,路上走着走着,听到背后有孩子喊爷爷,我就情不自禁地答应。说实话,我真的有些拿捏不住。

一场病,住院不能回家,住一个城市,却与孙子不能见面,让我日子难熬,心情不爽。

周末,孙子要来看我,我让护士一大早就输上液,早点儿输完,不想让孙子看到我躺在病床上的样子,恰好,我刚拔了液休,孙子就来了,见我一身病号服,手上还留有胶布,明显有些躲闪,遂问我:"爷爷,你真的病了吗?"我说:"没大病,爷爷是来调养。"他说:"那你还不回家?"我说:"等调养好了,就回家。"他环顾了一下病房,撒腿跑了两圈儿,问:"爷爷,你这里好玩儿吗?"我怎么回答他的话呢？虽然这里是大陆军总医院的高干病房，几十平方米的大单间，又有单独的卫生间，有会客沙发、茶几，很气派、宽敞，但无论如何也跟好玩儿联系不到一起。我正不知该怎么回答，他指着门口站着的几个护士说："这些阿姨是给你扎针的吗？"我说："是，是她们给你爷爷治病，护理你爷爷，她们很辛苦。"我看见，我说这话的时候，他点了点头，然后拉着我的手走出病房，我不知道他要干什么。来到护士站，他对护士们说："阿姨，这是我爷爷，你们辛苦啦，谢谢大家！"然后，竟弯下腰鞠了一个躬，也许因为这里都是病号，而病号大都是离退休的老人；也许因为这里很少有孩子来，听到孙子暖心的语言和举动，护士们都站起来，包围了孙子，纷纷称赞：这孩子真会说话，这孩子长得真可爱，真不愧是作家的孙子。我见在一片赞扬声中的孙子小脸儿红红的，小样儿乖乖的，顺时听天地接受大家的抚爱。

孙子的小嘴，确实很会表达。记得一次我刚理完发，没染，两鬓斑白，怕孙子嫌老，戴上帽子掩盖。坐在他身边，我试探性地问道："假如爷爷哪一天头发全白了，你还喜欢我吗？"他毫不犹豫地说："爷爷，我照样爱你。"为了表示自己说的是心里话，特意在我脸上小亲了一口。我慢慢地把帽子摘下来了，我见他还是用有些异样的眼神看着我，躲闪着我，表现出对我满头白发的陌生和拒绝，仅因为他的眼神，本不想再染发的我又去染了。第二天，我回到家，孙子迎上来，冲我伸出大拇指，随口夸道："爷爷真酷。"我发现，小小孙子竟也很世故，他的早熟，让我后怕。在这个世界上，还有谁能说真话？

孙子的探视，很给我长脸，于是，我就盼着到周末，他再次光顾，再有上佳的表现，包括护士们也期待再次见到他。可到周末，他却没来，我在视频里问他，为什么不来？他说，爷爷，你还是回家吧，那儿没意思。过后，我也想过，我不能太感情用事，医院不是孩子来的地方，没有哪个孩子愿意来医院，这里何止是没意思。

熬到一个月，医生终于恩准我回家看孙子。

脱下病号服，换上正装，我反复照镜子，虽然小胡子没两根儿，但张牙舞爪的，难看，刮了又刮，干净了，衣服也是抻了又抻，对自己的形象满意了，才走出病房，走到电梯前，心里竟觉得有些慌，这种感觉很早就没有了，要见"小情人儿"嘛！

孙子下课时间，我提前到达幼儿园大院，当孙子一眼发现我时，奋不顾身地扑向我："爷爷！爷爷！"他的喊声高亢而悠扬，惹得满院的人都看我们爷儿俩。我们激情拥抱之后，他仰着头，毫不掩饰地说："爷爷，我想你啦。"我说："爷爷也想你。"他又毫不掩饰地说："爷爷，我爱你。"我说："爷爷也爱你。"这样的对话，既是跟小情人儿，也应该偷偷地喃喃地说，可孙子就是这么大张旗鼓，充满炫耀。这还不算，他又拉着我的手，来到他们老师面前说："小杨老师，这是我爷爷，他病了，现在他好啦。"他的天真与暖心，让我动容，看来，认为医院没意思的孙子，希望自己的爷爷别生病，好好的，像别人家的爷爷奶奶一样，按点到幼儿园接送他。孩子的要求并不高，怪只怪，怨只怨，我这不争气的小身子骨儿。

我们一路上拉着手，迎着满天的晚霞往家走，孙子一蹦一跳，一步也没正形儿，而且话也没完，话倒也不离谱儿，那些阿姨还给你扎针吗？你出院了吗？那儿真的没意思。你能每天来接我吗？我能每天看到你吗？

不知不觉，我们来到单元楼的电梯间，电梯门敞开了，孙子本想捷足先登，可看我一眼，退了回来。按以往顺序，我先进，把好电梯门，再掩护他进。孙子心领神会，按步骤进行。

孙子的举动，让我想起一件事，一件让我受了好长时间心理折磨的事。

一次，我带孙子回家，正好电梯门开着，他甩开我的手先进去了，我赶紧跨上一步去拉他，这时，电梯门突然自动闭合，还好，我把他拽出来了。有惊无险，他却不乐意了："为什么拽我？"我说："我要不拽住你，电梯门就把你夹住了，那可是要出人命的。"他认为我的话是危言耸听，遂顶撞道："我不怕，我就要试试！"正好，这时电梯门又自动开了，他奋不顾身地挣脱我，玩儿命往里钻，我把他拉出来，对着屁股，狠狠地扇了几巴掌。他愣住了，却没哭，他用惊异的眼神看着我，不，是愤怒地瞪着我，那样的眼神儿，我从来没见过。

的确，我没见过孙子这样的眼神儿，因为我从来没打过他，哪怕一手指头，哪怕是象征性地吓唬一下。

我是在棍棒底下长大的。打我记事起，就挨爹打，一直到我蹿了老高的个子，有些尊严感了，爹也没放过我，有时是惹了祸，有时是冤枉的，有时是无缘无故的。比如，爹干活儿回来了，见家里还没做熟饭，屋里院里乱七八糟，小猫小狗到处乱跑，我们哥几个正为一块玉米面或者高粱面饼子争得不可开交，爹正好找到了出气的对象，把我们揪过来，不问青红皂白，鼻子不是鼻子，脸不是脸，一顿狂揍。爹出气了，我们不敢哭，也不敢叫，更不敢问为什么。我是老大，当然要首当其冲，挨打的数量与质量居高不下。爹认为，棍棒底下出孝子，不打不成才。还有，阴天打孩子，闲着也是闲着。当然，晴天也不耽误打。

我恨爹的教子方法，可也潜移默化地就继承了不少。我的儿子，虽是独生子，但在家教上，我也启用过棍棒。记得有一次，他把我的一件心爱的宝物偷出去换了西瓜吃，我几乎把他打得皮开肉绽。那一年，儿子也不小了，我感觉，如果打擂台，凭实力，几乎能跟我打个平手了。直到现在，说起那顿暴力，儿子仍耿耿于怀。

到了孙子这一辈儿，我的心和手都一下子变软了，不仅舍不得动一手指头，而且还不允许别人打一下，甚至见不得他哭，见不得他受丁点儿委屈。这还不算，还很喜欢他在我身上练手脚，他有了进攻性的武器玩具，刚拿到手的时候，总要找个靶子实战一下，我就毫不犹豫并乐此不疲地充当这个角色，他越用力，我越开心，即便是带点儿轻伤，也不下火线，这种精神，让孙子备受鼓舞，之后，更变本加厉。

电梯口失手打了孙子，让我后悔不迭。面对孙子惊异的眼神，我心里有些发颤，随后把他拥在怀里，可他不接受，用力挣脱，我无奈，不知该如何收场。

孙子快五岁了，我仅仅打过一次，唯一的一次，这让我好几晚上睡不着觉，反复自责，觉得不该打，而且下手不该太狠。

陪孙子真的像会小情人儿，时间过得好快。我离开医院的时候，写了请假条，归队时间是晚上八点，作为一个老兵，新病号，不能违反纪律。我正要收拾东西，准备返医院。这时，孙子说："爷爷，我要拉屎。"我看看时间还富余，就答应伺候他拉屎。一个多月没干这活儿了，但规程我还记得，孙子让奶奶教的有洁癖，他要坐马桶，必须先把周围的环境卫生清扫干净，纸篓内无论有无垃圾杂物，都要拿走，离开他的视线，在他面前要放一个小凳子，上面摆上他喜欢的玩具，以供他一边拉屎一边玩儿，拉的过程要陪他，拉完要用温水洗屁股，然后再用专用毛巾擦干。这是一套系统工程，我早就有了按部就班的经验。

正是有了这次伺候拉屎，才有了我们爷俩告别前的暖心对话。

"爷爷，别陪我了，你去休息吧。"

"为什么？"

"因为你病了。"

"病了也能陪你。"

"你放心吧。我会照顾好自己的。"

"一个月不见,你真的长大了。"

"可我还是不想去医院看你,那地方没意思。"

"好,那就不去。可爷爷一会儿还要回医院。"

"爷爷,你不会走的。"

"为什么?"

"因为你还没哭哪……"

听到这句话,我的眼睛忽然觉得一热,真的哭了。真是知我者莫如孙,他知道作为作家的爷爷,感情极其脆弱,眼窝极其浅显,泪腺分泌能力极强,经常莫名其妙地泪流不止,想必孙子已经对爷爷有了长久的观察,而且断定,我一个月没见他,分别时一定会哭。

为什么我的眼里总是饱含泪水,因为我对孙子爱得深沉。

那年春节

自母亲去世后,只要部队上能离得开,我就回去陪父亲过年。老家过年老礼儿多,儿女孝不孝顺,能不能回来陪老人过年,是一个很重要的标志,平常跑得再多也白搭。每当临近年节,父亲就打电话对我说,你是当兵的,官差不自由,回不回来都行。可我每次回到家,他都是那样喜笑颜开,让小酒滋润得满脸通红。我是长子,在父亲心目中的地位不一样,正因为是长子,我也就更懂父亲的心。

那年春节将临,我跟往年一样,开始为父亲备年货:一身枣红色的唐装,一双老人穿的手工靴子,一顶毡帽,再就是吃的,喝的,用的,大大小小,林林总总,堆成一垛。当把这些东西搬上车的时候,我心里却又"咯噔"一下:我再也不能带着小弟——父亲的老疙瘩,一块儿回去过年了。

自小弟转业到沧州之后,每年春节我都由北京取道沧州,拉上小弟一家一道回献县老家,可就在几个月前,小弟因车祸去世,年仅三十二岁,可父亲已八十二岁,这个噩耗,我是不能告诉他老人家的,老疙瘩,那是他的命啊。处理完丧事,我没敢回老家见父亲,我们弟兄商量了一个瞒着父亲的办法,就说小弟出事了。小弟在我们弟兄四个当中虽然排行老小,但却最顾家,差不多每个礼拜天都回家看看,现在突然不见了,父亲能不起疑心吗?我说,瞒一天算一天。

小弟去世，我好长时间缓不过劲儿来。除了父母之外，作为比他大十四岁的长兄，我对他的呵护、接济和疼爱，不亚于父辈，当然，他对我的尊重、顺从和回报，也几近晚辈。他的英年早逝，对我的打击是不可估量的，但这些都会随着时间的推移，逐渐抚平，而年迈的父亲一旦知道了这个事实，他的身体和精神能顶得住这致命的一击吗？这是我最担心的。一天，我接到大弟打来的电话，说父亲在太阳底下贴墙根儿的时候，有人无意间把小弟去世的事捅漏了，那人把话说了一半，才发现父亲在场，赶紧说，俺是听人瞎说的，不是真的。父亲是聪明的父亲，他没刨根问底，而是默默地回了家。全家人都围过来，安慰他，继续骗他说小弟出国了。父亲闭着眼睛，一声不吭，最后说，他一句外语都不会说，能去哪个国家？

之后，父亲再没当着任何人提过小弟的事，其间，我想回去看看，但我没这个勇气，假的就是假的，伪装应该剥去。何况，我感情脆弱，怕控制不住，适得其反，干脆就与父亲搞心照不宣，只要不主动跟他说实情，他心里就有一线希望，这一线希望，就能支撑他活下去！

我还跟往年一样，腊月二十八，取道沧州，找了一辆车，把小弟媳和五岁的小侄子拉回家一道过年。

也跟往年一样，父亲大老早就站在大门口迎候我们，并不住地跟过路的人招手搭讪。我一眼发现，他瘦了许多，我的眼泪唰就下来了。我让他们先下车，扭过头去把眼泪擦干，再擦干，好容易把情绪稳定住才下车。还是那道门，还是那个院，还是那几间老屋，我却充满了陌生和畏惧，生怕哪个物件触动了我的感情神经，诱出我的脆弱。我一再默默地告诫自己：我是长子长兄，我是来陪父亲过年的，一定要让全家过一个哪怕没有快乐只有平安的年，这是我的职责。

进了屋，父亲平静地坐在专属于他的椅子上，冲我笑笑："几点动身？道儿上冷不？"

父亲的表情，明显有伪装的痕迹。我不敢直对他的眼神，低头回答他的问题，并岔开话题，问大弟，年货准备得咋样，还赶集置办不？爱人也趁机把为父亲准备的唐装拿出来让他穿试，几个儿媳给父亲抻抻拽拽，说说笑笑。穿上唐装的父亲在屋里走了两步，停下，又走了两步，笑笑："真是老来俏了。"父亲的笑进一步带动了大家的笑，有人夸他，穿上唐装真精神，像皇上；有人鼓励他能活一百岁，父亲又笑笑："那不成老妖精啦。"

在大家的说笑中，我不经意间把目光移到相镜子上。我们家的正面墙上，挂着一个挤满老照片的相镜子，上面镶嵌着上至20世纪五六十年代，下至当今的许多照片。母亲在世时，每到年根前，就把它取下来，重新组合，擦拭干净，母亲不在了，就是小弟干这活儿。每年我们回到家，相镜子都是干干净净、整整齐齐的，但今年却落上了许多尘土；另外，我发现，小弟的照片不见了。我们弟兄四个，小弟长得最英俊，不仅大眼睛双眼皮，一笑还有俩酒坑，那年春节，我给他拍了一张照片，抓得很有神韵，在这个相镜子里面，是最抢眼的。眼下，小弟刚去世，照片却不翼而飞，为何？

大年初一，凌晨两点多村里就响起了鞭炮声，看了大半夜春晚的我们，想多睡会儿，父亲却催我们快起床，别等着人家拜年的来敲门。父亲在村里是年长者之一，辈分也大，差不多一个村子的人都要来给他拜年，他要早早地起来，吃完饺子，穿上新装，正襟危坐，以笑容可掬的面容迎候登门拜年的晚辈们，来一拨，起身相迎；走一拨，拱手相送，那些老套而暖心的台词，一句连着一句："见面发财。""年礼是俗礼，来到就是礼。""人人过年，岁岁平安。"年迈的父亲，几乎像个孩子，喜欢热闹，喜欢过年。

饺子煮熟了，以往只要小弟在家，都是他放鞭炮，动作稍迟，父亲就催："老疙瘩，点鞭哪！"小弟不在了，我们哥几个也没商量好谁去放鞭，坐在饭桌前的父亲向窗外看着，张了一下嘴，又闭上了，我知道他想起了谁，想说什么，赶紧起身去点鞭炮。

鞭炮响了，噼里啪啦、叮当叮当，响个不停，一股充满年味儿的硝烟带着纸屑飘进屋来，袅袅落下。

该给父亲磕头了，按以往序列，我在先，弟兄几个依次类推，然后是媳妇、孙子，一个挨一个地来，父亲嘴上说"别磕咧"，并不起身拦着。我们磕头都不言语，跪下实实在在磕便是，只有小弟每次下跪之前都要说一句："爹，过年好哇！"那一阵，父亲的脸上绽放着无限幸福。

我给父亲磕完头，转身出去了，我不敢看父亲的表情，老三之后是小弟，这是没了小弟的第一个春节，我的心情都是如此，何况父亲。我回屋的时候，儿女们都磕完头了，我还是没敢正眼看父亲，下一个环节是发压岁钱。父亲有老惯例，儿女们无论年龄大小，到这天，他都要发压岁钱，而且是从儿媳们开始，他很会表达："你们为老李家生儿育女，相夫教子，不易。这是年终奖。"这个家庭的和谐，也当归功于父亲的聪明智慧。老家有规矩，不在家过年的人，也要给他盛上饺子，放上筷子，代表他是这个家的一个成员。小弟的饺子也盛上了，父亲发压岁钱的时候，把钱在空中举了一下，然后轻轻地放在了小弟的碗边，那一刻，父亲没话，怔了一下，带头吃起了饺子。我紧咬牙，闭上眼睛，使尽浑身的能量把泪水顶了回去。

我印象中，父亲是严厉的父亲，他的棍棒教育，在我们哥儿几个身上展示得淋漓尽致，唯独对小弟从不舍得下手，当然，小弟对父亲的回报也不遗余力。出事前，他在沧州郊区买了套房，刚刚装修好，就接父亲小住，我知道后，告诉小弟，等父亲在沧州住够了，就把他送到北京来。到京的当晚，我们弟兄俩与父亲小酌，两杯酒下肚，父亲激动起来："没想到，我老了老了，又享上了清福，到沧州有老疙瘩，到北京有老大，到哪儿都有酒喝，一年走上这么一趟，真是没白活。"他又要一饮而尽，小弟把酒杯抢过去喝了，父亲笑眯眯地看着他："看了没，老疙瘩成事儿了，连他爹都敢管。"小弟对我说，父亲每天只能喝一顿酒，不能超过一两，多了就便秘。我知道，他是在提醒我，如何照顾好父亲的饮食起居，晚上，我让小弟和我住一房间，他说他要陪父亲睡。孰料，那次相见，竟成诀别。

过完年，临回北京，我问起大弟关于小弟照片的事。大弟说，是父亲取下来的，大弟正在场，问父亲为什么取下来，父亲拿着照片反复看了看，说："你没见已经发黄了吗？"那张照片是彩色的，怎么会发黄呢？我忽然想起老家有一种说法，人死了，照片会发黄。父亲的举动，就是一种暗示，他已经料到了小弟最终的结果，只是不说而已，快过年了，他把照片取下来，是怕大家看着心里难受，毕竟小弟太年轻了。

听着大弟的叙述，我心里有一种绞痛般的难受，为小弟，更为父亲。我的老父亲，我最疼爱的人，既然这样，你还不如把窝在心里的话都掏出来，痛痛快快地哭一场，我们孝子们都陪着，对这件事算是个了结，然而他没那样做，他是疼我们，我们都懂。忽然，我想起雨果的诗句："世界上最宽阔的是海洋，比海洋更宽阔的是天空，比天空更宽阔的是人的胸怀。"我的农民父亲何尝不是如此。

又要回家过年了。过了年，父亲虚岁就九十有七了，仍然硬朗，而小弟已离开我们十五个年头了，依然年轻。

上有老下有小

上有九旬老父，下有咿呀学语的爱孙，眼下，我走进了真正上有老下有小的生活。

儿媳怀孕后，儿子曾问我，喜欢孙子还是孙女？我毫不犹豫地说，时代不同了，男女都一样。我的回答言不由衷。实际上，生孙子更符合我的心愿，这个心愿，更是代表父亲。

父亲那年九十二岁高龄了，在村里，像他这个岁数，甚至比他小好多岁的，都已四世同堂了，这一直是他的遗憾。在农村老人心目中，添了重外孙子重外孙女，那不算四世同堂，因为那是外姓人。我的侄女早就给父亲添了重外孙，而且每天守在身边，父亲也很喜欢，但却毫不客气地给他的重外孙起了个外号"小白眼儿"，顾名思义，就是小白眼儿狼的意思。老家有句顺口溜儿：外甥是姥姥家门上的狗，有了吃，没了走。当姥姥、姥爷的，再疼，也是瞎心，伺候大了，人家顺着自己的血脉，找他爷爷奶奶去了。这种认识，不一定在理，但却是事实。除此之外，重孙女，也不是严格意义上的四世同堂。因为重孙女大了要嫁人，要为人家延续血脉，那算不上自家的根儿。把话说白了，只有见了重孙子，才是名正言顺的四世同堂。在家族中，我是长子，儿子是长孙，父亲把四世同堂的担子自然压在我们头上。一向矜持的父亲，曾对着我们爷儿俩说，我都九十多岁了，临死之前，总得让我见着重孙子吧。

父亲此生不易，也很豁达刚强。十七年前，母亲离他而去，他没因老年孤独而消沉；十二年前，我的小弟英年早逝，他没因老年丧子而忧伤。我认为，他之所以能支撑自己，并保持了健康的身体和乐观的心态，是因为他坚守着"子子孙孙无穷匮也"的希望。其中期待四世同堂，是他希望中的一个里程碑。作为孝子，我能不能尽早为父亲建造这个里程碑，已是当务之急。我曾对儿子说，我当不当爷爷并不重要的，你爷爷当太爷爷（老家叫老爷爷），那可是万分重要。

生孙子这一天，我的表现，可以说是既激动又尴尬。

大弟不断打电话，问生了没有。我知道，他是代表父亲催问的，一是催问孩子是否出生，二是催问是男是女，后者更为迫切。之前，儿子曾或明或暗地告诉我，B超显示是男孩儿，但孩子没落地，没有真凭实据，我不能"谎报军情"。儿媳进产房之后，我在病房走廊与众多家属列队等候。一个小时后，儿媳被推出产房，经过走廊时，我没好意思问。不一会儿，儿子出来了，我忙问，生了个什么？儿子大概急着到楼下取东西，按了一下电梯按钮，见没动静，没顾上回我的话便直接往楼下跑。我追到楼梯口又问，生了个什么？儿子一边跑一边回答我，男孩儿。因为他跑得急，我听得不是很准确。这时，我手机又响了，还是大弟打来的，我把电话给挂了。作为公公，我今天的身份很尴尬，既不能直接进病房探清虚实，又不能擅离职守，用人的时候要随叫随到，碍眼的时候要主动靠边。一上午的时间，我一直在走廊里傻站着。这工夫，老伴恰好从病房里走出来，我一把拉住她问，是不是男孩儿？她肯定地回答，是。我又问，你确实看了吗？她说，看了。我还是有些不放心地问，你摸了吗？她很不耐烦地说，摸了。这下，我才彻底信了。我马上回拨了大弟的电话，报告了喜讯。大弟连说了两声："好！好！"

我打电话的声音大概有点儿大，周围的人都在看我。我刚当爷爷，有点儿拿捏不住。

我还在兴奋之中，老伴从病房出来喊我，恩准我过去看孙子。我几乎是三步并作两步进的病房。我那刚出生的小孙子还没睁开眼睛，他旁若无人地酣睡在小床上，雪白的脸上挂着一丝笑容，尽管从他稚嫩的脸上，还难以分辨李氏家族的面貌特征，但一种当爷爷的幸福与激动油然而生，甚至难以自抑。我有备而来地对着孙子的脸连拍了几张特写，待护士过来催我离开之时，我又把裹在孙子身上的衣服撩开，对着那小命根子，狠狠地拍了几张，然后逃也似的离开病房。

傍晚，大弟打来电话，说，父亲对着照片连说了几声好，还说那两只大耳朵像他，是福相。细咂摸一下，父亲说是福相，一是夸孙子，二是夸自己。刚出生的重孙子，上边有他九十有二的太爷爷罩着，不幸福吗？我的老父亲，在他有生之年能享受四世同堂，不幸福吗？我记得，父亲曾对我儿子说过这样一句似乎很绕口的话：我爸爸不如你爸爸，我爷爷不如你爷爷。三绕两绕，把他自己和我都夸了。

大弟告诉我，当天晚上，激动中的父亲执意要喝酒。往日，为了老人家的身体健康，大弟只允许他中午喝一次酒，而且每次只喝一杯，那一杯是八钱，父亲经常为短斤少两而计较，但均无果。那晚，因为大弟也有了当爷爷的幸福感，便与父亲频频举杯相祝。以往父亲晚上喝了酒，容易闹毛病，这也是限制他的理由，那晚却平安无事。

之后，我几乎每天都给大弟发去孙子的照片或视频，他每次都回电话告诉我父亲看后的感受。就这样，每天等看重孙子的照片，就成了父亲一日生活中的希望与期盼。大弟还告诉我，父亲有些日子不到大街上，与那些老头儿们一块儿贴着墙根儿晒太阳了。自有了重孙子，他又挂着拐棍儿去扎堆儿了。我理解，父亲四世同堂了，他又有了与人讨论家长里短的资质与兴趣。

人们说，隔辈儿亲。有了孙子之后，我的体会日益加深。生儿子的时候，两地分居，不知不觉，儿子就长大了。虽然在儿子成长的过程中，也尽了一些父爱，但记忆中没留下多少刻骨铭心的细节。而孙子降生之后，我几乎变了一个人，一天不见，没抓没落，一天不抱，觉得难熬，甚至对写作也冷淡了。我家住北苑，单位在八大处，相隔25公里，我在单位有午休房，以往周末才回家，自有了孙子，便坚持每天坐班车往返，同事们都说，看来孙子的诱惑力真是太大了。我也承认。每每把孙子抱在怀里，我就对着他说，孙子，你老家有九十多岁的老爷爷，他想你，什么时候让老爷爷看看你呀？我每次这样念叨，我的小孙子都默默地听着，瞪着大眼睛看着我。我知道，他根本听不懂，但他默默地听，便是我念叨的意义。

孙子爱笑，我给他取小名：乐乐。

乐乐满月，正赶上十一国庆节放长假，三个弟弟进京看孙子，年事已高的父亲未能同行，很是憾事。一家人举杯庆祝之后，我跟他们一道回老家看父亲。我明白，此行最好的礼物是带乐乐回家看老爷爷，但孩子尚小，来回颠簸五百来公里于心不忍。我进家见了父亲第一句话就说："爹，等春节我一定把你重孙子带回来。"父亲却把大手一挥："不，别瞎折腾，孩子安全第一，爷孙见面不急。"父亲总是在关键时刻，表现出他的大度，年轻的时候是这样，老了，还是这样。这让我很感动。我把临来前拍的照片和视频让父亲看，父亲一张一张看得很仔细，表情也很丰富地变化着，他本来耳背，却被乐乐的"哇哇"哭声"惊"醒，不时发出爽朗的笑声，甚至笑出了眼泪。全家人都被老人家久违的开怀大笑所感染。

我知道，父亲虽然没有埋怨我没把乐乐带回来，但他想见重孙子的愿望一定是十分迫切的，这一点，从他看乐乐照片和视频中的表情中完全能够读懂。四叔在父亲这一辈儿是年龄最小的，也七十大几了，他找了个背人的地方严肃地对我说:"你爹虽然身子骨儿还壮实，但毕竟是九十开外的人了。一旦有那一天，他看不见重孙子，你会后悔死。"

四叔的话，让我产生了巨大压力，带乐乐回家见老爷爷，已是落在我肩上义不容辞的责任。

随着乐乐一天天长大，我的压力也越来越大，我一直在寻找机会带他回老家，但夏天太热，冬天又太冷，再加上乐乐还晕车（一次带他到动物园玩儿，在车上吐了一片），我一时下不了决心，我就想等他过了周岁，大一些了，抵抗力强一些了，天不冷不热的季节再回去，到那时候，可能就会叫老爷爷了，一进门，给父亲一个惊喜。

我把这个计划跟儿子儿媳都说了，他们都同意，之后，我在电话里跟父亲说了，让他耐心等待。这期间，我还是不间断地发视频和照片给父亲看，让他关注乐乐的成长过程，亦能缓解老人家的思孙之苦。

谁料，乐乐的一场大病，却摧毁了我苦心酝酿的回家计划。

起初，发现乐乐鼻子发堵，睡觉呼吸困难，后来发低烧，用药后，效果不明显，再后来吃东西呕吐。周日，儿子儿媳带他去八一儿童医院看病，我打电话询问情况，未接，快到中午的时候，我的手机响了，是儿子打来的，我掩饰不住地叫了声:"乐乐！"因为每次打电话，乐乐就爱抢，我想第一时间听到他的声音。谁知，电话那边传来儿子低沉的声音:"爸，乐乐得的是一种很不常见的EB病毒感染，非常严重……"我的脑袋一下子大了:"什么？你说什么？"儿子说:"这个医院不能确诊，我们马上去儿研所。"我说:"我们马上过去！"儿子说:"别，你们在家等消息吧。"我说了声:"废话！"便把电话挂了。

我和老伴打车赶到儿研所的时候，我给儿子挂电话，他正在排队挂号。车停在马路边，我们奋不顾身地奔到车跟前，打开车门，老伴先上车，乐乐是她带大的，跟她最亲，我隔着玻璃见乐乐一头扎进奶奶的怀抱，因为还有亲家母在车内，我不方便进去，但隔着车窗，我看见他小脸煞白，明显消瘦，两眼无精打采地看着奶奶。我心里好难受。乐乐生下来，一直是很健康的，活泼好动，精力旺盛，除了打预防针，没去过医院，怎么一下子得这么个病？

挂完号，做了血常规化验，还做了B超，医生得出的结论的确是EB病毒感染，说只有万分之一的感染率，如不紧急治愈，将来会有癌变的可能。可怜的小乐乐，刚刚来到人间十几个月，得罪谁了？怎么这么倒霉？

之后，我们又通过关系去了儿童医院、协和医院，找儿科专家会诊，EB病毒感染虽确诊，但治疗方案却不一样，儿研所和儿童医院主张马上住院，输抗生素，其中包括激素，一周便可出院，而协和医院专家则主张保守治疗，先保肝，预防病毒感染到肝脏，让患者自愈。

这两种方案都有风险，如何选择，轮到我拍板，我说，去协和医院。刚满一周岁的孩子，怎么可以用激素？我们生活在北京，守着这么多大医院、名医院，怎么能让无辜的孙子留下后遗症？那样，我们都会成为历史罪人，尤其我这个爷爷！我了解到，协和医院不仅是世界上一流的医疗单位，同时也是一流的医疗科研单位，很有权威性，但眼下没病床，需要等。

等了两天，协和医院还是没有床位，可乐乐却不能等了，他鼻子堵得厉害，睡不好觉，不住地翻身、起来、坐下，整宿折腾，更可怕的是呕吐，喝了奶，吃了任何食物，两分钟就吐个精光。睡不好，吃了吐，他被折磨得一点儿力气也没有，本来多动症的他，却趴在床上眯着眼睛发呆。我急得在屋子里团团转，发狠地对儿子说，不管哪个医院，今天必须住进去！不一会儿，儿媳从协和医院打来电话，说，协和医院国际部有床位，但费用要高一倍。我对她说，倾家荡产也要住！

还好，通过托关系，乐乐终于住进了协和医院，而且是国内部。偌大的医院，儿科只有十四张床位，人家刚走，我们就住进来了。

住院的第一天，我便遭遇了一次精神上、心灵上最惨痛的折磨。时隔数日，那场面时时在我眼前闪现，每闪现一次，我的心就被狠狠地揪一下。

乐乐要输液，先是扎手，儿子抱住乐乐，我抓住他的胳膊，乐乐又哭又叫，拼命抵抗，我死死地按住他的胳膊，护士急了一头汗，还是找不到血管，最后扎穿了，只好扎头。护士把乐乐放在床上，用纱布把他的双手勒住，让我压在他身上，并按住他的头，不让他动。我不忍心下手太狠，护士命令我必须把他死死地按住，一点儿都不能动弹，我把整个身子都压了下去，乐乐开始还反抗，但见我玩儿真的了，也就屈服了，他侧着脸很无助地看着我，最后很无奈地把眼睛闭上了。我不敢看他，也把眼睛闭上，心里说，乐乐，我的宝贝孙子，忍一忍吧，等你好了，再找爷爷报仇。

因为第二天要上班，我提前回家，剩下的人都留在医院。一进家门，我感到从未有过的疲惫与无助。以往下班回家，乐乐听到敲门声便跑来开门，先是扑进我的怀抱，做亲昵动作，然后帮我拿拖鞋，并摆好位置，再要求我换衣服。这些做完，便拉着我的手进屋。今天却是另外一番景况。进了屋，开灯，客厅里空荡荡的，静悄悄的，乐乐的玩具扔了满地，衣服、奶瓶和一些零碎物件都杂乱无章地散落在沙发上，这个家一下子充满了陌生与恐惧，我"扑通"一声把身体摔在床上，闭上眼睛，默默流泪。这工夫，儿子打来电话，说乐乐要住一个月的院，天哪，这一个月，全家人可怎么熬？

我慢悠悠地坐起来，托着下巴六神无主，茫然无措。

这工夫，大弟打来电话，问我怎么这么长时间不见乐乐的视频了，父亲想他。怎么回答呢？一个月的时间，乐乐都要在医院里度过，全家人都要走马灯似的向着医院奔走，是隐瞒还是说实话？

此时，我想起了父亲，他老人家一向是报喜不报忧。我当兵的第三年，他帮邻居拉砖遭车祸把大腿砸断，在医院住了四十天，但写信仍是"老幼平安，儿勿牵挂"。母亲病危，打了几次强心针，医生说准备后事吧，他还是不让弟弟们给我打电话，他说越是病病歪歪的人越经熬，一旦把外头的人折腾回来了，又好了，大老远的，不白跑一趟？再说咧，官差毕竟不自由哇！就这样，母亲咽了气，才给我打电话。我没少埋怨他，有时态度很恶劣。

想了想，还是跟大弟说了实话，这里边很重要的一个原因，是要向他求援。侄女刚从部队退伍，她在部队是搞护理的，这会儿还未安置工作，让她过来帮忙。我们家实在拉不开栓了。这一个月的时间，如果再有人累倒，日子就没法儿过了。

但我提醒大弟，一定不能跟父亲说实话。

做完这一切，我又开始翻看手机。自乐乐诞生以来，我的手机从封面到图库、收藏，几乎都是他的照片和小视频，内存已满，却舍不得删。此时，翻看他以往欢乐的镜头，再想到他现在的处境，心里更难受，干脆把手机关了。一年多来，我几乎隔三岔五就在圈里晒乐乐的照片，乐乐长得很帅气，也很有灵气，尤其引以为自豪的是，他虎背熊腰的身姿完全改变了我们老李家祖传的细瘦身材，他时时做出一种滑稽的表情，表现出灵敏的反应，甚至显露出一种从容不迫的霸气，让我欣赏与骄傲，这也是我晒朋友圈的原因。朋友们都夸乐乐有大气象，每每收获众多点赞，尽管有的不乏恭维，哄我高兴，我还是欣然接受。

有一次，一位要好朋友良药苦口地奉劝我，以后要少发，甚至不发。我问，为何？他说，你让没孙子的人怎么看？还说，万一让坏人利用了，把孩子拐卖走怎么办？老伴也劝我低调。我虽然听着有些不太以为然，但自此后，确实收敛了一些。现在我忽然觉得朋友说的有道理，谁家也挂着没事的招牌，别瞎显摆。我记得，小时候，在老家有一个习俗，生了男孩儿，金贵，但三五天内捂着不对外声张，为的是安生。看来，还真有几分道理。天有不测风云，人有福祸旦夕，踏实过平安日子，别瞎嘚瑟了。

协和医院到底是协和医院，没对乐乐用任何药物，只是输葡萄糖和盐水控制呕吐，每天详细登记进水量和出水量，慢慢观察。第二天，烧退了；第三天，可以喝少量奶了；五天后，所有症状消失。住满一周，就出院了。

出院前，医生告诉我们，这种病毒感染率低，但得过了，这辈子就不会再复发。

阿弥陀佛，上苍保佑，乐乐逃过了一劫，我们家逃过了一劫。我第一时间把这一消息告诉给了父亲，并放视频给他看，耳聋眼却不花的父亲连连说，瘦了，瘦了。

乐乐这次得病，动用了我们全家的人力和人脉资源，从他得病到住院前前后后十几天的时间里，一个家庭的生活秩序完全打乱了，更难忍受的是精神上的煎熬。这个小乐乐，自诞生之日起，就成了我们全家的心头肉、开心果，精神和心灵的全部寄托与希望，他的到来，使我们这个家庭充满了生机与活力。现在有句话是"有了孙子当孙子"，我也是实至名归，却又乐此不疲。伴随着乐乐一天天长大，当爷爷的幸福感也与日俱增，每每见到他，就有一种投入地爱一次忘了自己的感觉，这种感觉，是平生从未体会到的。

上有老下有小的日子，值得好好体会，但有时也五味杂陈。这两年，我感觉自己背负的责任是那样沉重，守着小的，生怕有闪失；牵挂着老的，光怕有意外，毕竟老的太老，小的太小，我这颗本不算太强大的心，无论如何也操不够，放不下。虽然我年龄已濒临甲子，小身子骨儿也不那么壮实，但作为顶梁柱，还得用尽洪荒之力硬撑着，撑着！

乐乐刚会叫爷爷的时候，我就教他叫老爷爷，还训导全家照我说的做，我接连不断地把父亲的照片拿到乐乐跟前，告诉他，这是你老爷爷。经过我的苦心孤诣，乐乐很给我长脸，他终于会叫老爷爷了，每当与父亲视频，我就逼他叫，他就叫，让他大点儿声，他就高声喊："老爷爷！老爷爷！"我看见，父亲答应得很爽快，眼睛里抑或闪着泪光。

又到了十一长假，乐乐已满两周岁，父亲也九十有四了，再不促使他们见面，就是我的渎职了。

我隐约有一种担忧，生怕乐乐见了父亲会哭，或者不敢往跟前凑，因为我带他到小区玩儿，碰到老人他就躲，有时会把眼睛捂住。小孩怕老人，大概不是个别现象，据说，老人也怕小孩儿当着他们的面哭。我接连不断地让乐乐看父亲的照片，就是打这个预防针，让他有感性认识，这就是你的老爷爷，祖孙四代，一脉相承，落叶迟早要归根。

一路上，乐乐精神状态很好，在我们的诱导下，他不住地叫，老爷爷，老爷爷。三个小时的车程，叫了几十次，有时还自言自语。我放心了。快进村了，我又让他叫了一次，他很乖顺地叫了，而且很清脆，也很带感情，我进一步放心了。

下了子牙河大堤，就是我的老家付家庄村，进村不到百米就是大弟家，因为知道我们回来，大弟家门口站满了人，我知道，这些人都是迎接乐乐的，代表李氏家族第四代人的小乐乐毕竟是第一次"荣归故里"。

我第一个下了车，打开车门，准备抱乐乐下车，向迎接我们的众亲做展示，然而，让我担心的一幕出现了，乐乐一头扎进奶奶的怀抱，大哭起来："我不下，我不下，我要回北京……"

围观的人都聚集在车门前，一睹乐乐容颜，可不争气的乐乐不睁眼，不抬头，依偎在奶奶怀里哭叫不止，死活不下车。

我原设想自己把乐乐抱到父亲眼前，让他脆声声地叫声老爷爷，然后录下小视频，乐乐的表现，让我尴尬，让我无措，我不得不独自进屋晋见父亲。

父亲端坐在沙发上，显然是在等他的重孙子，见我独自进屋，第一句话就是，四辈儿呢？

我明白"四辈儿"是指乐乐，读过私塾的农民父亲选择这样一个称谓，我认为是经过一番考虑的，这代表他已经四世同堂，这个称谓，使他洋溢着无限幸福。

我随口道："路上尿裤子了，正换衣裳呢。"这个谎言不知道是否贴切，但我来不及想更有智慧的。

父亲又问："捎着换洗的衣裳哪？"

我说："捎着呢。"

为了拖延时间，让乐乐恢复状态，我与父亲攀谈，问起他的身体、饮食、生活状况，但我发现他心不在焉，眼睛不住地往门外看，期待"四辈儿"出现。

等了十来分钟，还不见乐乐进屋，我坐不住了，走到院子里一看，乐乐正和几个孩子玩儿，但精神状态还不够好，只是不哭了。我把他抱起，问他："不是说好见老爷爷吗？你怎么哭啦？"我抱他进屋，他往屋里看了一眼："不去。"我不能强迫他，如果到父亲跟前哭了，更不好。

我心里急，又没办法。老伴看出了我的心思，说："别急，让他慢慢适应环境。"

孩子们拿起了小铁锹、笤帚之类的物件，这是乐乐从未玩儿过的，也是他想玩儿的。在家里，成堆的玩具，他不玩儿，却玩儿锅盖、炊具，敲得叮当响。一见这些新鲜玩意儿，乐乐来了兴致，从一个小哥哥手里夺过小铁锹，举着"啊啊"大叫，院里的鸡们鸭们，被他撵得扑扑棱棱四散奔逃，乐乐兴高采烈，乘胜追击，惹得满院子人大笑……

好，乐乐终于恢复常态了，我不能让父亲在屋里等得心焦。

趁着玩兴，我把乐乐领到父亲跟前，对乐乐说："这就是你老爷爷，快叫老爷爷！"

乐乐把手指头含在嘴里，用怯生生的眼神看着父亲，既不敢往前，也不退缩，或者奔跑，他大概是在整合自己的记忆，十分小心地判断着眼前这位老爷爷。

我从手机里搜出父亲的照片拿给乐乐看："你看，这不是老爷爷吗？"

乐乐看了看手机上的照片，再对照一下父亲，迟疑了一会儿，小声地叫道："老爷爷。"

耳背的父亲没听见，没答应。

我对乐乐道："大声叫，老爷爷！"

乐乐终于提高了嗓门："老爷爷！老爷爷！"然后撒腿跑开了。

父亲高兴地连连答应："哎！哎！"

我听见，父亲的声音稍带点儿哭腔，他老人家一定是相当激动了。

我也激动了，手里拿着手机，却没顾上拍照。

老 宅

　　我当兵四十年，最放不下的是老宅。老宅给我的记忆是原始的、长久的，也是零碎的、无序的。若干年，我一直没为老宅留下任何文字，不是才思的枯竭，也不是记忆的模糊，而是缺乏足够的勇气。

　　我们家的老宅在老家一带既不显山也不露水，在20世纪六七十年代，属于很平常的一座农家宅院，平顶红砖，砖的排序是一卧一陡，平砖为卧，立砖为陡，不为美观，只为节省，且里生外熟，即内墙为坯，外墙为砖，老家人戏称"驴粪球子外面光"。不管怎么说，那年月，有这么一座宅院，就算是有些光景了。

　　这些年，我每年都回家一到两次，但每次都不去看老宅，我知道，我一直在躲避老宅带给我的复杂记忆和精神纠缠。

　　这次，我狠狠心去见老宅。

　　老宅大门朝北，这与中国乡村坐北朝南的风水习惯基本相悖，我不知道当年是怎么形成的。两扇大门破旧不堪，门楣上倒贴的"福"字还依稀可辨，一把锈透的旧锁还形同虚设地挂在门环上，门与门槛之间有很大的缝隙，猫们狗们稍弯身便可长驱直入。穿过一条门洞，便正式进了宅院，因长年累月无人光顾，院里的杂草长得有一人多高，还有一些果树，有枣树、梨树、杏树、桃树，品种繁多。不大的院子，被这些杂草果树挤得密不透风，无路可行，仿佛进入了非洲的原始森林。我拨开杂草树枝，好容易才看到门窗。此时，我清晰看见，窗户是纸糊的方格窗棂，有树枝影子婆娑掠过，摇曳着久远的岁月，唤醒着我的记忆。屋门是两扇对开的，且宽窄不一，破碎的玻璃，弧形的裂痕，两扇门之间的蜘蛛网，编织着平凡的往事。进得门来，是外间屋，也是厨房和餐厅。虽然屋内满面灰尘，黑黑乎乎，但那风箱、木锅盖、面板、锅碗瓢盆，地上坐的蒲团，房梁上挂着的干粮篮子，依然按原有的秩序陈列着。细看一下用砖铺成的地板，还有能辨认出来的双"喜"字样，那是爹当年的杰作，在别人家未曾见过。回想那些年，尽管日子过得清苦，但我们进门就踩着喜字，命应该还是不错的。

　　撩开门帘进入西屋，这是爹娘的房间，眼下带补丁的炕席还在，爹娘盖过的被褥还在，扫炕的笤帚还在。我还看见，窗台上有一盏煤油灯，是玻璃制成的，当年，在没电的日子里，娘和姐就是在这盏灯下为全家人做针线，我也凑到灯下看书或做作业，我更记得，我当兵走的头天晚上，娘一只手端着灯静静地看我，一只手轻轻梳理我蓬乱的头发。回想起来，那应该是一幅很浓重而温馨的油画。我更记得，娘得病卧床之后，我每次回家，她老早就凑到玻璃后面等着迎我，我走的时候，她又凑到玻璃后面目送我，我经过窗户的时候，正好看到她那张消瘦的脸和那双挂着泪滴的眼睛。那一刻，心是颤巍巍的。

　　1999年4月9日，母亲就是在这个房间里永远地离开了我们。又到腊月二十八，我像往年一样回到老宅，再经过窗户的时候，却见不着娘了，走的时候，也见不着玻璃后面那张消瘦的脸了，我感觉自己的心猛地向下沉了一下。这也许是我这些年不敢见老宅的根本原因。

　　尽管我在触摸老宅的过程中有些惊慌心怯，但还是壮着胆量在帽盒里搜出了十几封信，都是我写的，其中就有娘去世后，我安慰爹的信。那封信很长，有八页纸，再读一遍，我发现自己当初不该用那些动情的话安慰爹。家里人跟我说，娘去世的时候，没见爹流泪，看了我的信，倒是泪流不止，好几天缓不过神儿来。这说明，我这个儿子也不算聪明人，用当作家的文字赚取了爹的眼泪。我把那些信件悉数收了起来，心里发誓以后再也不进老宅了，我受不了这种折磨。

东屋给我记忆更是幽深而清新的。我很小的时候，就睡在这里跟爷爷奶奶做伴，后来我娶妻生子都是在这间小屋，再后来，小弟也曾把这间小屋做过洞房。现如今，这间小屋还是老样子，一个大土炕，一个水泥做的大躺柜，再无他物，我当兵后，每年回家探亲都住这间小屋，直到娘过世，爹搬到弟弟们家。

爹是2005年搬出老宅的。那一年，他八十三岁。娘去世之后，我就劝他离开老宅到两个弟弟家轮着住，生活起居有个照应，每年再抽出些时间到北京跟我们过些日子，但爹不答应。他说，只要自己能动弹，就不跟人过。这期间，他去过几次北京，每次不超过半月就嚷嚷着要回来，回来还是住老宅，无论别人怎么劝，他一意孤行。据说，是因为他独自饮酒从凳子上摔下来了，脑袋磕了个包，这才在叔叔的极力劝说下搬出老宅。爹搬出老宅之后，刚开始他还回去收拾一下院里的果树与杂草，再后来便力不从心了。

在村子里，我们家的老宅算不上资深老宅，比它历史久远的还有一些。有的老宅居然还有人住着，那些老人先是住在老宅，儿子们成家之后跟儿子们过，等把孙子孙女们看大了，或者孙子该娶媳妇儿了，老人们便很知趣地搬回老宅，简单拾掇拾掇接着住，这样，老宅还能维持原貌。也有一些老宅，主人搬走，因年久失修，没人经管，房子塌了，只剩下残垣断壁，老宅面貌全非，成了遗址。只有自家老人走到老宅跟前才停一停，看一看，怀怀旧，年轻人们根本就不去顾及与驻足。我们家的老宅，自爹搬出之后一直闲着，据说，中间曾有乡邻搬进来住过，后来不知怎么又搬走了。我听说，大弟曾极力挽留过人家未果。真是的，在城市租房要花钱，而在农村求人家白住还留不下。这便是城乡差别。

因为没人居住，长年累月，风吹雨淋，无人经管，老宅的自然损坏程度日趋严重，先是墙头被雨水冲倒了，孩子们毫无阻挡地冲进院里，把还没长熟的瓜果梨桃祸害得一干二净，再后来，西屋的房顶塌了，屋里露了天。爹让弟弟们管一管，可他们没去管。他们说，房子老了，屋里又没什么值钱的东西，早晚是塌，管它干啥？大弟对我说，东邻想把老宅买走，与他们家的院子合为一体，出价还不低，他没答应，也没与爹商量，估计爹也不会答应。我也说过，给多少钱也不能卖，留着是个念想。关于对老宅的处理，两个弟弟也征求过我的意见，我也没什么好主意，推倒重盖，那还叫老宅吗？可这么自然地保存下去，万一哪一天坍塌了，成了残垣断壁，老宅不也成遗址了吗？

老宅让我很留恋，也让我很纠结。

人的感情就是这么复杂，我当初出来当兵，就是为了离开老宅，逃避老宅，去寻找外面的精彩世界，而在外面混了一些年头，或者混出了一些名堂，就又格外怀念起老宅来。仔细地梳理一下，实际上，自己的成长，或者成才，应该是与老宅密切相关的，老宅作为我的精神家园、心灵之所，对我的精神激励是潜移默化的，也是不可替代的。一个军人，要么战死在沙场，要么回到故乡。作为和平年代的军人，没有战死在沙场的机遇，那我们迟早要回到故乡，回到老宅。至少这是一种精神轮回。

老宅是我的情之所依、根之所系、魂之所驻，世界上没有哪一座古城古镇古屋比自家的老宅更亲切亲近，也没有任何一个物件比老宅更能直通我的血脉，直达我的心灵。常年在外，年头久了，会想家。回老家，一是看老人，一是看老宅。斗转星移，沧海桑田，我知道，按自然规律，老人不会常在，老宅不会常在，包括我也不会常在，什么都会变，唯独亘古不变的是我的心，如何也走不出老宅。

父亲来队

母亲过世之后，父亲成了名副其实的孤家寡人。我劝父亲无论如何也跟我到部队住上一些时日，一来让父亲换换环境，逃避一下宅院里哀愁悲绪的气氛；二来让父亲出来散散心，享受享受大都市的生活光景。还有一个更重要的原因，是让我这做长子的尽尽孝心。父亲年轻的时候闯过关东，后来落户天津，三年困难时期被奶奶揪回老家，再往后就成了地地道道的农民。

父亲刚到部队的头几天，情绪是蛮好的，见我的住房宽敞亮堂，家具电器应有尽有，还有他爱看的各种京戏光盘，显得喜不自禁，尤其每天晚上我陪他举杯共酌的时候，两只眼睛眯成一条线，两颊烧起红晕，或诉说革命家史，或感慨一些当今事物，不乏津津乐道，话语滔滔，而这种情绪保持了不到一个礼拜的时间，父亲就起了变化，慢慢地流露出对大都市生活的不适应。比如在房间里上厕所，他感到特别别扭，大都是等家里没人的时候再上，赶上礼拜天家里总有人，他就跑到外面去找公共厕所，无论我怎么劝说，他仍我行我素。父亲过惯了节俭日子，在家的下酒菜充其量是一盘大酱和两根大葱，有时咬两瓣大蒜也能灌几盅酒下肚，但他说那日子也像神仙过的，而面对我们为他备的一桌酒菜，却叹气连声，连连摇头，好几次我见他钻到桌子底下捡滚落在地上的花生米。逛公园，父亲最关心的是门票价格，逛完一次就连连说不值，到后来，他再问我门票价格，我就冒着欺父之罪，往一半里减，而父亲也不是那么好欺骗的，他以收藏门票为名向我索要，看清真实数目以后，少不了又对我一阵叨叨，每次都说，你的钱不是大风刮来的吧？

父亲在老家善于贴墙根儿，与他为伍者，不乏耄耋老叟，说长道短，一吐为快，嬉笑怒骂中，几个时辰就打发过去了。来到部队，父亲没有了这种待遇，我和爱人上班，孩子上学，父亲一人在家寂寞难挨，背着手，佝偻着腰，迈着农民的步伐到院里转转，回来后便牢骚满腹，他埋怨院里人不会过日子，那么多空地方养那么多花，种那么多草，为什么不种点庄稼？有水有肥又有人管理，收点儿是点儿不是？还有院里长那么多树，也不修理修理，都长疯了，把太阳都遮住了，有庄稼也长不起来呀。你们光埋怨中国土地的耕种面积在缩小，可你们这么大院浪费着，怎么就不想点法儿呢？

选了一个最好的天气，我们全家陪父亲逛了天安门广场和故宫。我本想充当导游的角色，谁知父亲对故宫的历史比我还熟悉，对中轴线上的"一门三殿"，对"T"型广场的"五府六步"都能说出来龙去脉，并讲出许多有根有据的故事，这一点儿，令我骄傲。我走南闯北的农民父亲没把原有的知识在日出而作、日落而息中丧失殆尽，我们可以在某些领域进行不太广泛的交流。在我苦口婆心的劝说下，父亲登上了天安门城楼，父亲很兴奋，他说，皇上是不登天安门城楼的，明清两代的二十四个皇帝都在太和殿举行盛大典礼，比如皇帝登基、大婚、册封皇后、命将出征等，而只有这时，天安门才能打开。我和父亲说话之间来到城楼中央，这是毛主席宣布中华人民共和国成立的地方，作为被毛主席从苦海里拯救出来的一代人，父亲自然激动万分，我给他照相时让他招招手，他犹豫了一下，把手扬起来了，并且很有风度地微笑着，等照片洗出来之后，他反反复复地端详，一再说，一个老农民，怎么装也不像。我自然知道父亲说自己不像什么，打父亲在城楼上十分认真地酝酿感情的时候，我就感觉到了，一个年近八旬的老农民，能够在天安门城楼上招招手，那是需要勇气和底气的。

这是父亲来队以后最激动的一天，也是最开心的一天。

父亲像小孩子一样，脸说变就变。

父亲来队期间，我以父亲为原型创作的中篇小说《农民父亲》正被媒体热议，除了有五六家报刊原文转载以外，一些评论文章也陆续刊出。那篇小说对父亲既没拔高也没贬低，但小说中的一些故事，却是真实地发生在他身上，因为这，我把载有《农民父亲》的报刊都藏起来了。父亲知道我这些年写些小说什么的东西，但未曾读到过一个字。有一天，他对我说，你屋里这么多书，哪些是你写的？我看看。我找了一篇写部队题材的小说给他看，三万字的小说，他读了两天加两个晚上，看完之后，我让他提提意见，他摇摇头，说提不出来。后来有一天，我见父亲的情绪有些不大对头，跟他说话，爱搭不理，对着满桌子饭菜发愣，没有任何开场白，端起酒来就喝，一直脖就是一杯，一连喝了三杯也没夹一口菜。我问他怎么了，他不说话，我莫名其妙，怀疑是妻子和儿子惹他生气了，看气氛不像，谅他们也不敢。在父亲到来之前，我就给他们开过会，要把老爷子当重点保护对象保护，谁怠慢了我跟谁算账，看来问题出在父亲自己身上。

父亲偷看了《农民父亲》，我核实了一下，是儿子出卖了我，儿子强词夺理地说："农民父亲看《农民父亲》，这叫对号入座，化学上叫还原反应。"

解铃还须系铃人。既然问题出在《农民父亲》身上，我应该就《农民父亲》与父亲展开一次别开生面的对话。我从父亲的枕头底下搜出了《农民父亲》，那是《小说月报》的头题作品，那位美术编辑与我格外心有灵犀，题图用了一幅充满整个版面的照片，一个乡下老头，穿着老式的对襟棉袄，揣着手，躬着腰，在雪地里踽踽独行，那形体、神态与感觉，简直就是父亲的翻版。父亲大概早已对号入座完毕，就等着与我交流心得体会了。父亲连着叹了几口气终于开腔了："那么多人不去写，为什么偏偏写你爹，一个糟老头子有什么写头？既然写，就照实写，为什么要在你爹身上安赃？我连生产队的一个豆粒儿都没往家拿过，干吗说我偷生产队的赈济粮，还筛锣游街，这不是拿你爹开涮吗？"

面对表情十分复杂的父亲，我的方寸有点儿乱，不知道该从哪里找到与父亲对话的切入点，我把目光投向父亲以外的物体，稳定了一下情绪，说："爹，小说是虚构的，这不是写的您。"父亲很快接过来说："那为什么把咱家那些陈糠烂谷子都抖落出来了？"我连忙说："爹，您别生气，您别当真。"父亲带着挖苦的口吻说："我儿子会写小说，我生的哪门子气？"

我无言以对。还好，当了一辈子会计的父亲没问我拿他挣了多少稿费，也没流露出要起诉我用小说损害他的声誉，从这一点上看，父亲还是蛮宽容的。我向父亲作了一些解释，父亲低着头，没吭一声，闷了一会儿说："小说就算了，别拍电视，现在咱村家家都有电视，乡亲们看着不好。"这大概就是父亲为"《农民父亲》事件"所下的结论。

从此，父亲的情绪急转直下，明显的是，凡事保持沉默，也不如刚来时那么听话了。比如，我让他洗脚，水端到脚底下也不洗；买了戏票，其中有他崇拜的名角亮相，他就是不去看。再后来他就以住不习惯为由，提出要打道回府，他还说，来到这儿，你把我养娇了，在家我连水都挑得动，到你这上楼都喘大气，还有，我活这么大没吃过药，到你这每天咳嗽，吃了几瓶子药，也不管事儿。再后来，父亲给我下了最后通牒：限期离队。我好话说了有一箩筐，父亲置若罔闻，固执己见。没办法，我只好安排父亲返程。

满打满算，父亲在部队待了半个多月的时间。我也听说过，人越老越恋家，金窝窝，银窝窝，不如家里的土窝窝，可父亲这是在儿子家呀，儿子家不就是自己的家么？父亲年轻的时候走南闯过北，有过大都市的生活经历，接受过城市文明的熏陶，慢慢会找回都市生活的感觉。父亲这么着急要走，难道仅因为《农民父亲》给他带来了不快，我百思不得其解，而父亲也不容我多问，我只有从命。

当兵前父亲对我很失望，说我到哪儿也成不了什么气候，因为我做农活儿特笨，父亲教上三遍我仍找不到要领，父亲一着急就发脾气，一发脾气我的手就抖，一抖就把本来能做好的事情弄糟。父亲给我下的结论是：这辈子连根烧火棍的材料也砍不出来。父亲长吁短叹之后，决定把我打发出去当兵，那时家里正用人，父亲顾不上这些，让我早一天离家，他早一天省心。我在部队提了干，算是出息了。我的出息，等于把父亲给我下的"连根烧火棍都砍不出来"的结论击得粉碎，父亲表面上没夸奖过我，但看样子心里服了。这次来队，我教父亲放光盘，教他如何使用遥控器，父亲学不会，学会了忘得也快，我教父亲的时候态度很好，但我发现父亲的手和我当年一样抖，我见父亲用复杂的眼神看着我，心里大概说：这就叫十年河东十年河西吧。

要回家的父亲像孩子般激动，翻来覆去睡不着觉，我把灯闭掉，坐在沙发上聆听他有节奏的咳嗽声，那声音很有穿透力，对我整个的身心形成巨大的冲击波。

早晨起床的时候，父亲说，我想你们的时候再回来。我想父亲应该说的是真话。但无论如何我也希望父亲能多住一些时日，父亲在家里最急需用人的时候打发我出来当兵（不管动机如何），又在家里连遭不幸的情况下支持我安心服役（父亲、弟弟先后摔伤）。我时时感到，我身后始终站着一个坚强的父亲，我的军旅生涯是在父亲的支撑下起步，我每向前走一步，都有父亲无形的推动力量，没有父亲在家的顶天立地，也就没有我今天的一切拥有。

父亲，你应该知道儿子的心境。

我留不住父亲。有人说，孝顺孝顺，以顺为孝。

父亲上车的时候腿脚格外利索，汽车开动，父亲把脸贴在玻璃上，玻璃立马把父亲的鼻子踏平，两行泥浊的老泪顺着玻璃弯弯曲曲蠕动……

父亲，祝您一路顺风！

母亲二十年祭

4月9日，在我心灵上烙下悲欢而复杂的记忆。其一，此日为母亲忌日；其二，为儿子生日。老家话，孩儿的生日，娘的难日，不知为啥，到了我们这个家族，儿的生日却成了其奶奶的忌日，我从感情上接受起来，是相当有障碍的。比如，给儿子过生日，本是高兴的事儿，可想起母亲是这一天离开人世的，心里又相当难受，这个日子究竟该怎么过？好在，老家无论记生日，还是记忌日，都是记阴历。1999年4月9日那一天，阴历是二月二十三，到现在已过去整整二十年，阴历和阳历，早就错开了，儿子的生日和母亲的忌日当然也就错开了，家里人每年按照阴历的日子给母亲烧纸，可我在心里还是过不了4月9日这个坎儿。

母亲离开我整整二十年了，熟悉我的读者，都知道我写过《农民父亲》《人活在世》《父亲来队》《陪父亲拜年》《上有老下有小》等小说、散文、随笔若干，这些文字都是记录父亲的，而只给母亲留下一篇散文《心中的坟》，不足五千字，且发表在一个不起眼儿的杂志上，未给人留下太多的印象，我也很少拿出来重读。客观地讲，我们家属于父系家族，父亲主导着家庭地位，传给了我们很好的身体和文化基因，他的形象也随之伟大，而母亲，除了生育我们，看不到她身上的任何光鲜之处，再加上没有生命的长度，形象也就随之暗淡，这难道就是我——一个以儿子为身份的作家，不用文字记录母亲的理由吗？同为亲人，在儿子眼里有高低贵贱之分吗？想来，实属不孝，人一辈子毕竟只有一个亲娘！

在我们村，在我们家，母亲确实普通得不能再普通，打我们记事儿，她就生病，病多，犯得勤，我们也弄不清到底是什么病，反正，坐月子不坐月子，母亲习惯的姿势，就是在炕上躺着，这还不算，我们姐弟五个，都落下了病根儿——小肚子疼，吃不得凉的，喝不得冷的，没人家别的孩子皮实，这个病根儿，我们姐弟五个，谁也没治好，后来就成了先天性的肠胃不和，不时作痛，正因为这个毛病，我们都长不胖，长不壮。不过，这个毛病，也为我好吃懒做找到了借口，我上边是姐，大我六岁，下边是弟，小我六岁，在六岁之前，我还是享受了一些留有记忆的母爱，比如，我一嚷肚子疼，母亲就叫村西头有个叫老二奶奶的老太太，给我揉肚子，明明不疼了，我还皱着眉头不说话，母亲就下炕给我擀面条儿，有时还能加个荷包蛋，正所谓"装病秧儿，混顿汤儿"。吃个一干二净之后，我就说，真的不疼了。当然，这样的日子也没多久，有了大弟之后，也就戛然而止，我也看见，同样患肚子疼的大弟，没享受过如此待遇，在父母眼里，后继有人了，就不在乎你肚子疼不疼了，活下来就行。后来，又有了老三、老四，又都是小子，家境贫寒的父母，只能把我们当一群羊羔子养，睡觉之前，清点一下人头，就算尽到责任了。

罗丹有句名言："世界上有一种美丽的声音，是母亲的呼唤。"放学后，作为在大街上疯跑的野孩子，我当然也经常享受母亲的呼唤："小岳儿，回家吃饭来！"那声音细润而绵长，每当这个时候，我们一起疯跑的孩子都会听到呼喊声，纷纷往自家跑，到门口，跟着自己的娘回家了，可我不行，母亲会在大门口数叨我："你不知道饥饱呀？不叫你，你就死在外头呀你？"往往在这个时候，别人家的孩子就停下来，听母亲数叨，看我的笑话，尤其还有我们班上长得俊的女生，害得我好没面子。第二天到学校，那俊女生就当着班里同学的面儿，学母亲的数叨："不叫你，你就死在外头呀你？"没了面子，我就恨母亲，她每次叫我，我就撒腿往家跑，不等她数叨就窜进了家，但还是听到她的数叨声，每次都不重样，伤我面子一次比一次狠。正因为这儿，对于母亲，我一直爱不起来。

　　我记得，母亲伤我最大面子的事儿，是我当兵前的一顿饭。定兵了，我换上了新军装，我提出要请带兵的到家里吃顿饭。那个年代，农家没什么条件请客送礼，请吃顿饭，算是最心诚的答谢。事隔四十多年，我清楚记得，那是一个很冷的晚上，没电，还带着白天的光亮，母亲和姐就包起了饺子，白菜肉馅儿，不掺任何杂物的白面，这已经是过年过节的饭了，我对母亲充满了感激。问题是，饺子只包了一盖帘儿，盛在桌子上是五碗，我和两个带兵的三个人吃，依着我的饭量，吃两碗不见得饱，可我只吃了一碗，就把筷子放下了，那俩带兵的，饭量也不小，也不客气，每人两碗都吃光。我以为锅里还有，就拿着空碗出了屋，一挑门帘儿，让我看到的场景是，父母带着一家人围坐在油灯下，正吃棒子面饼子，桌子正中央，是一小碟儿咸菜条儿。如果我懂事儿的话，我应该流泪，可我没有，我偷偷地咬了一下牙，我认为，母亲不是为了节省，而是为了伤我面子，并暗暗发誓：只要离了这个家，就再也不回来了！

　　有很长的时间，一直不原谅母亲。当时家里并没穷到连一家子人吃一顿饺子的条件都没有。我在公社海河指挥部工作两年，也挣些小钱补贴家用，家境最起码不比一般人家差，怎么就如此抠门儿呢？我知道，在这个父系家族里，母亲当不了家，掌不了钱，说话也不占地界儿，可包多少饺子，给我撑起面子，还是能做主的吧？离开家的那天，我摸了摸，口袋里还富余十块钱（另外还有十块钱带到部队），想留给母亲，可想想那顿饺子，我又改变了主意，把钱塞给了爷爷。我跟爷爷做伴在一条炕上睡觉，那年爷爷八十大几了，我当兵回来还能不能见得到，很难说，留给他老人家，也自有道理，但那不是我最初的打算。

我原谅并懂得感恩母亲，是因为我当兵离开了母亲，听不到她的呼唤和唠叨，看不到她病态的身影和满面的愁容，我觉得心里空落落的。母亲给了我生命，给了我不求任何回报的爱，就足够我感恩一辈子的了，作为儿子，我有什么资格挑剔、牢骚，甚至怨恨？等我成长、成熟、成才之后，我就不住地扪心自问：假如不是母亲把我带到这个世界，我能成为军官，我能成为作家？我能有今天的光景？可我拥有了这一切之后，我又回报了母亲一些什么呢？是的，我能挣钱了，寄到家里，给她买药、买吃的喝的，可她需要我床前尽孝，送吃送喝、端屎端尿的时候，我总是不在她身边，她呼唤我的时候，听不到我的回答，她感受到了养儿防老了吗？她是幸福的吗？

天长日久，我一直在心存对母亲的亏欠中度过，并利用各种机会回报母亲，但一直到母亲去世，我也没弥补完内心的亏欠。

1994年春节，我携全家回到老家，这一年，母亲病得厉害。据医生说，她已由气管炎转成肺气肿，而且还有心脏病。医生说，母亲的病不知从哪下药。我见母亲瘦得脸上手上的青筋格外突出，几乎快要崩将出来，看了让人既揪心又害怕。一见面，母亲就拉着我的手说："儿啊，娘怕是过不了这个年了。"母亲说着，自己倒先流出了眼泪。母亲的眼窝很深，泪水经过一段时间的囤积之后才掉下来。那一刻，我的心陡然悬了起来，紧接着有一股阴冷气体奔涌出来，并迅速传遍全身，我不由得哆嗦了几下。我上去抓住母亲的手，一边摇头一边流泪。母亲的手冰凉，像不通血脉一样，无论我怎么给她搓揉，都不见回暖。我的母亲太可怜了，可怜的不是她全身的病，而是她生养的儿子直到摸着她冰凉的双手，才知道儿子是母亲的血脉！

那年春节，我和在外当兵的两个弟弟都回来了，我们是一起回来和老人过团圆年的，难得这么齐全，父亲由衷地高兴，母亲却不住地说："好哇，好，这么齐全，都来发送我了。"母亲说这话的时候，仿佛还带着些笑意，我却背过脸去，以咬牙的方式阻挡流下的泪水。大年初一，母亲就昏迷不醒，输了液，输了氧，仍是不省人事。在过去的日子里，我们都烦母亲的唠叨，但如今听不到母亲的唠叨却是那样的可怕。正月初三，医生对父亲说："准备准备吧。"

那一年过的是什么春节呢？从腊月二十八进家，到正月十五归队，我几乎连炕也没下，全天候守在母亲身边，给她喂药，给她洗脸，看着液体一滴滴输进她的血管，等着她在昏迷中醒来，而我的那些弟兄们则东跑西颠，忙前忙后，为母亲准备后事。让我们心里安慰的是，我们的母亲很争气地奇迹般地活了过来。

劫后余生，体弱多病的母亲更是没了元气，但母亲的生命力还算顽强，尽管多少年来，药品成了她的主要食物，尽管她瘦得惨不忍睹，但她依然活着，这一熬就是五个年头。这五年中，我几乎是在每年的腊月二十八踩着点儿回老家，进院先隔着玻璃窗望一望炕上的母亲。我到家的那一天，母亲总是打着精神坐起来，给我一种最佳的状态，以向我证明她一年三百六十五天就是这么活过来的，但第二天，输液瓶子就吊上了，每当这个时候，母亲就歉疚地说："你们摊上这么个病娘，连个年也过不舒心。"接着便是连声叹气，闹得我们整个年节都没什么心情。在没有心情的年节里，我陪母亲坐在炕头上，攥着她的手跟她说话，给她洗脸，给她剪指甲，给她梳头，其中梳头是我认为最尽孝道的一件事。

娘虽然打年轻身体就不结实，但头发却长得又黑又密，年过七旬仍不见稀黄，直到梳完，梳子上竟不沾一根头发，我就想，娘的生命这么经熬，大概与头发有关，每当梳完，我就拿过镜子让母亲左右看看，直到她老人家满意。第一次给母亲梳头，她感到很不自在，埋怨自己活着多余，后来梳得次数多了，也就心安理得了，而且还显得有些骄傲，每当这个时候，我什么话也不说，只是默默地梳，我不管母亲用怎样的心境接受我的梳头，反正我是把平生爱与恨的积蓄都梳进了母亲的丝丝缕缕，我爱我的母亲，是因为她给了我生命，我恨我的母亲，是因为她自己的生命质量竟是如此糟糕!

母亲的哮喘一年年加重，随后又添了一大堆常见或不常见的病，纵是华佗再世，也无力回天，我的母亲遭了常人难以忍受的洋罪。晚上睡觉，母亲脱一次衣服要一个多小时，而别人帮忙她又坚决不肯，夜间睡不着，躺不住，她半趴半卧，一连串上不来气的咳嗽声，使人揪心裂肺。母亲年轻的时候家里穷，有病没钱治，想吃点营养的东西也买不起，天长日久，小病就拖成了大病。如今，我们做儿女的手头上有钱了，给她买了各式各样的营养品，而她又吃不下，她的肠胃里都让或固体或液体的药物塞满了。尽管母亲活着就是受罪，尽管母亲每年都是在炕头上迎送着我，但我还是从感情深处希望母亲活着。她活着，我们这个大家庭就算完整，她活着，我们就算有娘。出门在外，进家有娘，这就是福分。

老家人常说：阴来阴去要下雨，病来病土病死人。我是个彻底的唯物主义者，我知道我迟早要有失去母亲的那一天，我知道，可能会在哪一年，我在腊月二十八背着大包小包回到家，隔着窗户朝屋里望，炕上就会没娘了；我走的时候，再不见娘把整个脸贴在玻璃上默默无语地流泪；灯光下，没了娘半坐半卧的剪影；屋里永远失去了娘的咳嗽与唠叨，小院变得让人承受不了的冷清与宁静。那一天，一定十分可怕。

我是一名作家，比一般人更懂得知恩图报，更懂得不养儿不知道父母恩，可是我觉得没怎么回报，母亲就走了。那一年，母亲七十三岁，病病歪歪的她，像油灯一样耗尽了自己的生命，应验了"七十三，八十四，阎王不叫自己去"的民间说法，而我的不孝，也得到了验证，我未能见她老人家最后一面。按老家的规矩，孝子要为逝去的亲爹亲娘守孝，至少要烧"头七"，可我刚圆完坟就走了。我正在为电视片《中国军队》撰稿，按照忠孝不能两全的说法，是说得通的，但内心却对母亲一辈子充满了歉疚。

接下来，我的问题是，没有单独在母亲的忌日里回来烧纸，只是在清明节，或者春节，才跪下磕头祷告。客观上，官差不自由，而在主观上，又有了深层的原因，是我怕母亲的坟，见了就想哭，一大片坟地，不管当着多少人，我的眼泪非常不争气，擦不擦都没用。记得有一年清明节，我独自来到坟上（老家规矩清明节是集体烧纸），长跪不起。那天我带的供品是一碗饺子，我亲手包的，白菜肉丸儿的，满满一大碗，还带着热乎气儿。我知道，母亲没那么大饭量，就是有，她也舍不得吃，也舍不得搁那么多肉；剩下了，下顿蒸一蒸，再接着吃，哪怕是馊了烂了，也舍不得扔。可是，亲娘，您知道吗？我是在偿还我的歉疚，检讨自己的错误，惩罚自己的罪孽呀。那天，我一个人对着母亲唠叨了大半天，把我当兵前请带兵的吃那顿饺子的事儿，从头到尾复述了一遍……

姑

爹那一辈儿兄妹仨，爹行老大，姑是老小。姑嫁小董庄，离我们付家庄仅三里多地，过了百草山，再穿过枣树林子，不到半拉钟头就走到了。小时候，去姑家走亲戚，是常有的事儿，上午去了，吃顿饭，下午就回来了，有的时候还住下玩儿两天。小伙伴儿见了我问："这几天跑哪儿去了？"我就很自豪地回答："上俺姑家去了。"姑家日子算不上富裕，甚至比我家还穷，但到姑家走亲戚，是很乐意的事儿，一来姑会想办法做点儿好吃的给我，二来到了姑家不用干活儿，怎么疯玩儿也不遭打骂。这对我来说，就是很高的待遇。

跟姑家走得最亲密，是我上高中以后。学校所在地在十五级村，距姑家也就一里来地，且是我上学的必经之路。那年月，我们上学捎干粮，中午在学校食堂蒸一下，凑到一起吃，我有时忘了捎干粮，或者捎少了，等不到下课就吃完了，到了吃午饭的时候，又饿了，在这些情况下，我就去姑家赶饭吃。姑家虽不富裕，但饭比娘做得好吃，再就是有稀有干有菜，热热乎乎的，比在学校里吃，要舒服许多，因为舒服，我会经常找理由到姑家蹭饭。姑家轻易不包顿饺子，一旦包了，就托小董庄的同学捎信儿，让我到家里吃，每每得到这样的消息，我会十分高兴并热切期待，尽管这样的好事儿不是很多。爹是常把"知恩图报"挂在嘴边儿的人，下了新粮，就让我用自行车驮一部分给姑家，有时是高粱，有时是玉米，小麦少，送不起。这样，我觉得在姑家蹭饭就心安理得了。

我当兵了，每次探家都不忘去看姑，带上些吃的，看着姑吃，心里很高兴，归队前，还要去姑家告别。那一年，我接到在广州当兵的大弟来信，说姑父去世了，得的可能是肝病，没怎么在炕上躺着就去世了，就这样，姑才五十出头儿就守了寡，那时候，我的两个表哥刚成家，孩子都不大，四个表妹一个也没出嫁，扔下这么一大摊子事儿，姑父就走了，姑该怎样难过？事隔不久，我探亲去了姑家，见姑明显老了，添了许多白发，皱纹也多了。姑是坚强的人，也是开朗的人，说话嗓门清亮，心里也亮亮堂堂，从来不让外人看出她内心的愁苦。那次，我在姑家的屋里院内转了几个来回，心情跟以往不一样，因为我从中揣摩了姑的艰难。那时，我已经是拿七十多块钱的军官了，临走，给姑撂下五十块钱，姑推让半天才收。送我出门的时候，姑说："岳儿出息了，没让我白疼。"我知道，那五十块钱，为姑解决不了多大困难，但对于我来说，也只能这么做。

再以后，不论回家次数多与少，待的日子长与短，看过父母之后，就去看姑，临走前都要塞给姑一些钱，有时是一百，有时是二百。姑还是死活不要，我不多说话，硬往她兜儿里塞，还不希望有人看见。姑往往会追出好远，回头招手时，不是姑流泪，就是我流泪。姑的身影总是在我的视野里变得模糊。

给姑拜年，我们弟兄们总是成群结队，姑家是中转站，我们磕完头，就赶赴下一家吃饭。姑每次都拦着，死活不让我们磕头。推让半天，打个折扣，选一个代表磕。这时候就有人推荐我。在众弟兄当中，我不是老大，更不是老小，之所以让我代表，是因为我"官"最大，又是从外边儿回来的，很具代表性。到这个时候，几个真心让我磕头的弟兄就把姑抱住，不让她拦着，我自然也不会谦让推托，跪在地上便磕。我磕完了，弟兄们才松开姑。姑就说："俺岳儿就是冤大头。"我不觉得冤，给姑磕头，算尽孝心。

前年回家过春节，姑查出了癌症，疼痛难忍，靠打杜冷丁维持，关于做不做手术的问题，家里人拿不定主意。县医院的医生认为年龄太大了，建议保守治疗，做手术有危险，怕下不了手术台。表哥们跟我们商量，我们也不好拿主意，最后还是觉得保守治疗保险一些。

五一放长假，我又回家了，到家的当天，去看姑。姑还不知道自己得的什么病，问我说，不就是长个瘤子吗，做了去不就完了吗，干吗让我这么受罪？我安慰她说，医生说吃药能好，实在不行再做手术，这么大岁数了不能轻易上手术台。屋里围着几个人跟姑说话，见我回来了，姑精神状态见好，跟我一起回忆了一些往事，还很自豪地说，我都八十多岁的人了，娘家还有俩哥，跟谁说起来，都羡慕我。我听了，心里很不是滋味儿。姑的两个哥，比她大好多岁，可都比她结实，而且他们至今也不知姑得的什么病。毕竟年龄都大了，不想让他们为自己的妹妹难过。

那天，趁别人跟姑说话，我有意环顾了姑家的屋和院。这间老屋原生态地保持了几十年前的面貌，一进门，是一个既能盛物件又能当坐物的小柜，柜体上的漆已完全脱落，看不清是什么颜色了。当年我来姑家，一般都是坐在这个小柜上。靠北墙山还是那个大躺柜，浅黄颜色，柜上落着两把大锁，正面墙上挂着两个相镜子，上面镶满了黑白与彩色的老照片，其中黑白的偏多，我看见上面有包括姑父在内的全家照，还有我的两张照片。那是我当兵时寄给姑的，当兵的时候没少给姑写信。小屋的正面，放着一个酒柜，实际上放着很多乱七八糟的东西，根本就没酒。桌面的漆和皮也脱落了。这就是姑屋里的全部家具，几十年没添置，没变化。那炕上也是老样子，无非是被褥比以前少了，因为屋里这些年就住着姑一个人，有时来些老太太跟姑玩玩小黑牌，在炕上半躺半坐，到做饭的时候，人都走了，吃完饭，拾掇清了，还会再来。表妹们出嫁，孙子孙女们长大以后，姑一个人过的就是这样的日子。

我又来到了小院里看看，那三间小屋的面貌依旧，门窗依旧。姑家的院子很大，围墙很低。姑在院里种了许多蔬菜，有小葱、韭菜、豆角、茄子等等，长得很茂盛，绝对是绿色食品。整个院子虽不太规整，甚至有些杂乱，但看上去很亲切，尤其还有些农具，比如镰刀、锄、三齿之类的都放在应有的位置上，印证着农耕时代的过去，也印证着主人对于劳动的眷恋。

我知道我现在如此用心观察这座小院的用意。我预感姑的来日不多，我不会有理由再来这座小院了，而这座小院留给我的记忆是历久弥新的。

舅

大弟打来电话，说舅没了，我掩不住内心的难过，哭了。目前，对于我来说，作为主要社会关系的姑、舅、姨均作古，在亲戚这条战线上，我几乎绝缘了。

舅今年七十六岁，按现在老年人岁数来讲不算大，但舅自十几年前得脑血栓留下后遗症，意识清楚，表达糊涂，医生说，如果一旦再犯，命就难保。春节我们哥仨儿一起去给舅拜年，正赶上舅躺在床上犯病，双目紧闭，眉锁愁结，头冒虚汗，嘴唇发紫，脚手冰凉，不时发出痛苦呻吟（我认为是心梗）。我们在一旁守候半小时后，才渐渐恢复原本状态。舅坐起来，见到我们哥儿仨，眼睛放出光芒，脸露喜色，抓住我的手，连说："来啦，来啦。"当我们让他辨认我们分别是谁时，他一个也没说对，而且说话往往答非所问，含糊不清。但有一点儿可以证明，舅知道我们是他外甥，而且见到我们很高兴。不一会儿，他下床，张罗着让我们喝水，吃水果，热情洋溢。

尽管舅从紧张的病情中缓过劲儿来，但我隐约还是担忧，舅的生命很脆弱了，说不定哪天，他会突然被病魔夺走，一是舅的病严重，突发性强，二是在农村，治疗和抢救条件受限，正是有这种预感，我给舅留下五百元钱。在我的亲戚当中，唯独舅是拿工资的，以往我来看他，都是买些营养品，从来没留下过钱。

忆起舅的一生，很值得我为他留下一些纪念文字。

舅在家是老小，在他的三个姐姐中，我的娘、二姨、三姨，早在好多年前离开人世，但活着的时候，都得到过舅的接济。还有我们这些做外甥、外甥女的，也程度不同地享受过舅的恩泽。

先说娘吧。打我记事儿起，娘就不结实，身上好多病，那时家里穷，看不起病，犯了病，就在家熬着，顶多是不干活儿，在炕上养着，后来，不知道从哪儿淘换来了一个偏方：用一斤以上的鲤鱼熬小米汤，熬两小时以后，把鱼吃净，把小米汤喝干，而且不放盐。对于我们家来说，这一斤以上的鲤鱼不仅买不起，还买不到，舅那时在天津塘沽盐场工作，是挣工资的工人，他每年回家探亲的时候，至少来我家一两趟，来的时候就买条一斤以上的鲤鱼，每当走的时候，要掏钱给娘，有时是十块，有时是五块，我见每次爹都死乞百赖地推让，但舅死活要放下。现在看来，那五块十块钱算不得什么，但在那个年月，是很顶用的，而更重要的是那份雪中送炭的精神温暖，让人刻骨铭心。

我考高中那年，正赶上教育路线回潮，公社的高中点儿要取消，学习成绩还算不错的我，准备考县城一中。爹一向支持我上学，可到县城上学需要住校，需要学费，家里实在供不起，爹叹口气劝我别考了。这当口儿，舅回来了，听说这事儿，马上掏出二十块钱放在炕上，还说，上学的费用他包了。好在后来公社的高中点儿没被砍，不然，我将给舅造成很大经济负担。

给舅造成经济和精神负担的还有姐。1975年春天，姐随村里的一些年轻人到天津打工，不知怎么会得了精神病。在塘沽工作的舅火速赶往天津，联系住院，亲自陪护，又搭人又搭钱又搭工夫，前前后后半个多月的时间，折腾得他够呛。姐的病总算控制住了，但整个人都变了，一天到晚靠药养着，有时清醒，有时迷糊。在好多场合，我都听姐对舅说："舅，你可疼了我了。"可舅得脑血栓后，把这些都忘了。姐是知道感恩的人，尽管自己身体不好，但逢年过节都去看舅，也从不空手。但舅突然去世，却没人敢通知她。我们春节一起给舅拜年，那是见舅的最后一面。

后说二姨，二姨去世得早，我没见过，据说二姨在她们姐妹三个中是最精神最漂亮的，可惜三十多岁就不在人世了，那时舅还小，未必对二姨有过什么帮助，但这笔债让我的表姐给顶上了。我的表姐小名叫满心，是二姨留下唯一的孩子。在三姨家，我见过表姐，那是一个很优秀的表姐，长得白白的，浓眉大眼，爱说爱笑，人见人爱，这还不说，表姐有文化，先是在公社广播站当广播员，后来被推荐到河北大学中文系读书，由此成为我们亲戚中的骄傲。我记得，那次见面，表姐给我留下很深刻的印象，她得知我语文成绩好，作文显山露水，就一再鼓励我好好读书，尤其要把作文写好，将来说不定能考上大学。那种来自亲情的鼓励和鞭策，让我很温暖。

然而，表姐的命很不好，读大二的时候，她突然得了白血病。二姨去世后，舅把满心表姐视为亲女，得到表姐患重病的消息，马上从塘沽赶到保定，以家长的身份陪护表姐，那时可能还没有骨髓移植手术，表姐不顾舅的挽留以二十二岁的青春告别这个世界。舅护送表姐走完了人生的最后旅程，把后事办完才回塘沽。若干年后，我们还不敢在舅面前提起表姐。那时我家的镜框里有一张表姐上大学的照片，后来，爹发现舅每次来了都盯着那张照片不放，而且眼睛里总有泪水打转转，就不动声色地把那张照片取下来了。那时候，我正上高中，没有能力去保定看一眼在我心目中引以为自豪的表姐，也没亲眼见舅是如何临终关怀表姐的，但我凭想象可以还原那份炙热的亲情，在很长的时间里，我都为表姐痛惜，更对舅充满敬意。

再说三姨。三姨长年患痨病，我第一次见她的时候，几乎吓了一跳，三姨围着被子躺在炕上，瘦得像个金人，披头散发，两只大眼睛瞪得人心颤。三姨一天到晚咳嗽不止，喘气像拉风箱，大口大口的黏痰断断续续地从嘴里吐出来，听了让人撕肝裂肺。三姨的脾气很差，大我两岁的表姐，她揪过来就打，谁也不让拦。三姨唯独听舅的，舅一进门，她情绪就稳定了，脾气也收敛了。那时候，三姨家也很穷，看不起病，也吃不起营养的东西，有病就干耗着。三姨家离舅家近，舅回到家，屁股没坐稳，就奔三姨家，带上从塘沽带来的点心，临走还要都留下钱。一年回来几趟，趟趟如此，一直到三姨去世。那时候，舅每个月也挣不了多少钱，但为他多病的姐姐，从没耽误施舍。前些年，我去看舅，表哥当着我们的面儿说："我爹当年挣的钱，都为他的几个姐花了。"

　　舅这辈子基本上是为别人活着了，但最终他的命并不好。姥爷早年去世，姥姥身体不好，嘴特别爱叨叨。舅每回进家要听姥姥唠叨够，才能进妗子的屋。妗子比舅大四岁，也是个苦命人。舅对外人脾气都好，唯独对妗子经常打骂。要说脾气好，妗子是真正的脾气好，让舅打过来骂过去毫无怨言地忍受着，对姥姥更是百依百顺，竭尽孝道，街坊邻居没有一个不夸的。这样一个好妗子，却在舅退休之后去世了。据说，舅退休以后，对妗子的态度明显变好了，妗子得了半身不遂之后，照顾得相当不错，可妗子没享福的命，把婆婆伺候完了，又跑到塘沽伺候孙子，把孙子们伺候大了，舅也退休回家，该过两个人的清净日子了，可自己又得了重病，没享一天福就去世了。我想舅会忏悔的，他退休回家后对妗子的态度，足以说明他是作了反思的。

　　记得1978年，我去过一次舅工作的长芦塘沽盐场。那一年，我由施工连队调到团军需股当保管员，一次去天津拉被装，因为库里被装不齐，需要等两天，我跟领导请假，到塘沽看舅，我由古冶辗转到塘沽，费了好大劲才找到舅。舅一见我可高兴了，他把我介绍给他的工友，说这外甥将来会有大出息。舅在盐场总场食堂当管理员，与一个食堂的人同住一个宿舍，晚上，那人搬到别的宿舍，我和舅几乎说了一宿话。那是我当兵的第二个年头，还没探过亲，舅就告诉我娘怎么样，爹怎么样，还说小弟也懂事了，能打一筐草了，实际上那年小弟才六岁，穷人的孩子早当家，这让舅很欣慰。听舅讲家里的一些事，我很高兴，当然也想家。说话说到快天亮的时候，舅起床上班了，他虽然是管理员，但还要亲自下厨房蒸馒头炒菜，既是指挥员，又是战斗员。我醒来的时候，舅端来了馒头油条和小菜，真是好吃。

我每年回家过年的时候，必到舅家拜年。舅是炊事员出身，每次都给我们哥几个准备一桌好菜，饭桌上，给这个夹，让那个吃，自己则什么也顾不上，看见我们大吃大喝，他就高兴。每年到舅家拜年都是我们的期盼，因为在舅家能吃到好些好东西。

可不知为啥，老天如此不公，好人没好报，舅没长命。

听大弟说，舅走得很惨，睡到半夜突然坐起来要水喝，水碗还没端在手上便"扑通"一声栽倒在床上，接着便是七窍出血，不省人事。等医生来了，已经完全没有呼吸和心跳了。

一个为别人活了一辈子的人就这么走了。据说，舅头天下午还蹬三轮车去买菜，还向商贩讨价还价。

我强抑内心的悲痛，为舅作了一副挽联：

孝父母疼后生睦乡邻节衣缩食慷慨为人恩泽布四处
少离家闯津门历艰辛叶落归根病魔夺命椎心痛数人

两头牵挂

上军艺那两年，也就是1989年到1991年，是我人生中最幸福的时光，也是最自由的时光，可也是我心理负担最重的两年。从大山沟进了大都市，在军队最高艺术殿堂里全脱产专业进修，按说该心无旁骛，潜心学习，可我心里却两头牵挂。一头是老婆孩子，我这一走，把他们娘儿俩扔在了大山沟，老婆一边上班，一边要接送刚上小学的孩子，没人帮衬；另一头是爹娘，他们都是六十大几的老人，问题是，娘长年有病，一年有半年的时候在炕上躺着，爹哪儿也去不得。我们弟兄四个，我是老大，老二也当兵，老三成家单过，老四外出打工，家里剩下两位孤零零的老人，也着实让我不省心。

两年都有寒暑假，假期还不短，可我既盼放假，又怕放假，一旦放了假，我就面临两个选择：奔哪个家？两个家都离北京二百来公里，不远不近，可一南一北，难以兼顾，而且都不通火车，无论去哪个方向，都要坐上四五个小时的长途汽车，要论感情距离呢，都一样近，都让我牵肠挂肚，难以放下。

放寒假了，是南下，还是北上？我又是一阵激烈的思想斗争，最终还是决定南下看爹娘。不能让人家说我，娶了媳妇儿忘了娘。

下决心定了去向，下一步就是准备回家的东西。买啥呢？当然要买适用的东西。头一天，我到集市上走了一趟，给爹买了一条皮裤，爹腿受过伤，逢阴天下雨，就疼，一入冬，就得赶紧穿棉裤护上，但还是嚷冷。娘有哮喘病，也怕冷，我给她买了一个棉坎肩儿，一个狗皮褥子，因为她大部分时间是在炕上躺着，或坐着，又瘦，怕硌，垫在身子底下会舒坦一些，另外就是营养品了。爹好喝两口儿，买几瓶酒，贵贱不嫌，只要是瓶装就行；娘呢，身子弱，缺营养，就买点儿麦乳精和豆奶粉之类的吧，那年月，这些就算比较高档的营养品了。买东西，尽孝心，这些都需要钱，那时我是正营职军官，每月能挣一百多块，至于稿费，那简直就是杯水车薪了，发表一篇小说那么难，要指望花稿费，恐怕连裤衩儿也穿不上。面对两个缺钱的家，我能省就省，比如一日三餐，我尽量拣便宜的买，偶吃肉，也是要半份（实际上一整份也吃不饱），解个半馋。吃不穷，喝不穷，盘算不到了就受穷，我从小跟着父母在家受穷，这些教育，很早就受到启蒙，有钱也成不了败家子儿，何况没钱。我在集市上逛了一个上午，讨价还价，吃的用的，装了一大提包，自我认为这孝心尽得不寒碜了。

我坐长途，雇二等（车站送人的自行车），背着大包小包回到家，一见炕上的爹娘，立马觉得自己东西买少了，钱花少了，跟这家的需要，差距很大。

我到家天就晚了，爹娘正坐在炕上吃饭，饭桌放在炕中央，桌上是两个半块馒头，看样子剩了好几顿了，裂着口，起了皮，颜色有些发黄，菜是一大碗白菜，以汤为主，没什么油水，中心有几片白菜，还有几块豆腐，也像是剩的，再就是两碗白开水，这就是爹娘平时的饭菜。我在军艺虽说省吃俭用，但起码顿顿是新鲜的饭菜，有干有稀，有荤有素，那时改革开放已有十几个年头了，老家农民的温饱问题基本解决，但根本谈不上吃好，更讲究不上营养。爹正端着酒杯独饮，下酒菜除了那半碗大白菜，还有一粒蒜瓣儿，爹那年牙口儿还行，咬得咯嘣硬脆，喝得也是有滋有味儿，喝完，他出溜下炕，去上夜班。他说，他跟一个老伙计一起弹棉花，一弹就是一个通宵，天冷，工房里敞风漏气，冻得受不了，提前喝口酒下去，趁着身上暖和，赶紧干活儿，据说，后半夜还要加喝二两，不然顶不到天亮。爹出屋的时候，我听见他打了很响亮脆声的几个喷嚏，好像还流稀鼻涕。我没资格劝他休班，因为我顶替不了他的角色，而不干活儿，家里就没进项，他还有两个儿子打着光棍儿呢。

娘呢，还是以吃药为主，一到冬天，她的痨病就犯，吃一顿饭，要歇几歇，睡觉脱衣裳，也要停下来喘几口大气，才能完全脱下来。我回去的时候，天正冷，屋里虽然有土暖气供暖，但也比不上大城市的暖气，温度也就十四五度的样子，我穿着棉衣，还觉得冷，我给娘沏了一碗豆奶粉，用筷子把疙瘩调匀，打发她喝下去，然后再帮她服药，娘躺下没多大工夫，就咳嗽不止，声音撕裂，可又咳不上痰，很难受。我给娘捶背，娘说，去叫医生吧，化痰的药没了。我叫来赤脚医生，拿了化痰药，服下，咳嗽轻一些了。我送医生出来，他告诉我，药费该结了，我跟他去了医务室，还了十几块钱的药费，回来路过小卖部，想给娘买点儿水果，买完，掌柜的也趁机让我还了以前的欠账单。父债子还，天经地义，到家就还账，心里很踏实。爹是要脸面的人，一般不在外面赊账，想必是家里的钱实在周转不开了。你想想，娘一年到头吃药，还有家里花销，除了我稍能补贴一些以外，没任何进项，怎会不捉襟见肘？如果钱有富余，爹也不会大冬天整宿不睡觉去弹棉花，日子就是这个日子，不回来还好，一回来觉得这种牵挂更沉重，更加遥遥无期。

第二天是集，我想到集上买些东西，问娘买什么，娘叹口气说，家里的钱，都让我吃了药了，还赶什么集？我不问了，到集上再说吧。果然，集上什么东西都有，可家里什么都缺，我买了菜，买了肉，买了水果……虽然老家的东西便宜，但一算账，二三十块花出去了。不疼得慌，为爹娘花钱，很幸福。我回来就是花钱的，我给爹娘寄了钱，他们也舍不得买这些东西。

爹娘这头添补得差不多了，我该回去了，老婆孩子那头，还等着我呢。

相比之下，这头日子要稍好过一些，老婆上班，虽挣的钱少，但维持她们娘儿俩的生活，还是没问题的，但那是在计划经济时代，好多东西，市场上买不到，这就需要求人，比如，燃料问题，煤气不够用，只好烧柴油炉子，柴油哪里来？我就得求人去弄。比如，大米问题，粮站的供应标准是百分之七十的细粮，百分之三十的粗粮，粗粮都是积压的，吃不下，光细粮又不够吃，我就得到我原来工作的机关去买小站米，唐山产的，很好吃，但每个机关干部每年仅供应一百斤，不够吃，我就去找领导批条子，走后门，买上百八十斤，就差不多了。我所在部队地处燕山地区，寒冷，爱刮白毛风，一年无霜期仅一百五十来天，过冬的蔬菜、水果，全靠自己储藏。我们的房子虽小，但一家一个小院，院里有一个菜窖，蔬菜和水果一入冬放进去，可以吃到第二年开春。我在家时，自己亲手置办，现在不在家，就委托朋友帮着购买储藏，但指望别人怎么也没那么周到，虽说人走茶暂未凉，老用人也不踏实，不落忍，到了还得靠自己。一到家，我就得赶紧投入到这些事务中去，假期时间是有限的，紧紧张张，忙忙活活，临走的时候，还是会留下尾巴，还会落下埋怨。

一人在外，两头牵挂，那日子苦苦甜甜的，心里总不踏实。度完假期，回到学校，前后想来想去，总觉得两头都没尽到责任，都没伺候好。想到最后，就叹口气，下次回去再补吧。

父亲，我想对您说

一

父亲，有些话，我早就想对您说，但我在文章里最喜欢用这句话：我不是不说，我是想等我受得了的时候再说。您知道，我生性脆弱，心软，眼窝儿浅，爱哭，成不了大事儿，所以，那件事儿，就是这些年，我们都心照不宣的那件事儿，一直到您离开这个世界，我也没对您说，而且还拦着别人。如今，您已走了百日，按理按情，我都应回去给您烧纸磕头，可是因为疫情受阻，难以如愿，无奈，靠文字立命的我，含泪为您写了一首五言绝句：

西去两不见，
北来一孤雁。
再踏门槛去，
谁与相扶搀？

有这首诗开头，我现在觉得自己受得了了，那就一五一十，一字一句地对您说。

父亲，您听着呀！

二

2020年1月13日凌晨30分，九十九岁（虚岁）的您，安详地离开了这个世界。您活这个岁数，属高寿，十里八乡都数得着，是您的造化，是喜丧，可我还是觉得有些接受不了。就在去年"十一"，我带您的重孙子回去看您，重孙子搀着您在院里散步，您春风满面地对我们说："看了没，我得上重孙子的济了。"我录下了这段儿视频。席间，一家人举杯小酌，您信心满满地对我说："现在生活好了，活一百岁，很容易。"我说："到那一天，一定大庆。"可是，仅三个多月的时间，您就食言，仅因一次意外摔伤引起肺部感染，就夺走了您虽年老却健康的生命，无论如何，我还是觉得意外。然而，遗憾的是，从您住院到去世七十天的时间里，我因为一场大病，身体异常虚弱，不能在您床前尽孝，膝下承欢，每次回来看您一次，都会心力交瘁，疲惫不堪。我知道，进入昏迷状态的您，将不久于人世，我几次想鼓起勇气跟您说起那件事儿，让您生前不留疑问，安安静静地走。可我最终还是没说，一是怕自己受不了，二是想，万一您能挺过来呢；另外，您听说了那件事儿，会不会加快离开这个世界？我内心充满矛盾。

您一辈子生养了四个儿子，跪在您灵前的却只有三个，老四，您的老疙瘩，在十六年前就离您而去，您一直没得到可靠消息，这是您一生最大伤痛和遗憾。老疙瘩不能为您养老送终，只能在报庙（农村丧葬习俗，亲属在土地庙烧纸祷告，报告死亡消息）时，我们叮嘱他送您去西天大道，过去糊马车，现在交通工具发达了，时兴糊小汽车，然后烧掉，正好老疙瘩生前是司机，他送您，我们放心，您坐他的车上路，也是爷儿俩此生的缘分。

入殓这一天，缺了老疙瘩，也像缺了不少人手。二十一年前，为母亲入殓，在您的指挥下，我作为老大抱头，老二抱腰，老三和老疙瘩抱腿，分工合作，小心翼翼地把母亲的遗体移进棺材。而今，移您遗体的时候，没了老疙瘩，只能是别人搭手，那一刻，我的心是碎的，您知道，脆弱的我，需要多么大的毅力，才能顶住泪水的涌出。之前，管事儿的一再提醒我，入殓的时候，孝子不要哭，泪水洒在遗体上，不吉利。

我听大弟说，您在临终前头一天，有意或无意地喊老疙瘩的名字，让他侍奉您。您一生明白，病后在床上躺了两个多月，即使昏迷状态，也未曾糊涂过，也不存在回光返照，我想，您一定会希望，老疙瘩突然出现在您床前，他没死，他赶来为你送终了，您也许就会幸福地闭上双眼。

为您出殡的那天，是腊月二十三，老家叫小年儿，这说明，您是过完年才走的。一大早，为您盛上饺子，插上筷子，趁着饺子冒着热气儿，跪在您面前，我默默地，把老疙瘩出事儿的前因后果诉说了一遍。

三

2004年10月17日，我的小弟，也就是您的老疙瘩，骑自行车过马路遇车祸，出事地点在沧州市。我从北京赶到的时候，医生还在抢救，但因伤势过重，第二天就去世了，年仅三十二岁。记得为老疙瘩做手术是我签的字，医生跟我说，病人有可能下不了手术台，我签字的手是颤抖的，我虽然是有二十多年军龄的老兵，但没有经历过如此揪心的生死别离，签完，我想起晚清重臣李鸿章的名言：世界上最难写的字，莫过于自己的名字。

老疙瘩走了，当把他的遗体送进太平间时，我对着他歇斯底里地喊道："老疙瘩，你让我怎么向老爹交代呀！"那声音，苍凉而悲怆，是从我心底里发出的，那一刻，我感到了从未有过的伤痛与无助。

我很快又调整了自己的状态，我是老大，我必须稳住神，有定力。吃过晚饭，在前来为老疙瘩送葬的家人面前，我说了自己的几点想法：第一，老疙瘩的事儿，绝不能让父亲您知道，那一年您已是八十二岁高龄的老人了，就是再坚强，也经受不住白发人送黑发人的打击。第二，老疙瘩的遗体就地火化，骨灰放沧州烈士陵园。第三，老疙瘩英年早逝，属夭折，丧事从简，家里尽量少来人，以避免父亲猜疑。大弟问我，怎么向父亲隐瞒，我早就想好了，就说老疙瘩肇事逃逸，被判五年徒刑，过了五年再说。我那可怜的小弟，一辈子老老实实，年轻轻地被人家撞死了，还让我安上这样一个莫须有的罪名。

为老疙瘩办完丧事，我想回老家，亲口对您去撒谎，想想，还是罢了，我生性脆弱，说不定，说着说着，自己就受不了了，破绽百出；另外，我不回家，就说明事情没那么严重，您就会放松。回京的当天，我打电话问大弟，父亲是什么态度，什么反应。大弟说，父亲信了，还骂了老疙瘩，说这小兔崽子这么不争气，撞死人还逃跑，能不坐法院吗？我叹了一口气，但也并不彻底放心，您是聪明人，能如此轻信我编造的谎言吗？转念又想，瞒一天算一天吧。

老疙瘩在我们全家猝不及防的情况下，扔下八十二岁的老爹、年仅四岁的儿子撒手人寰，留给我们的是无限伤痛，还有诸多后遗症。

过了一些日子，我觉得自己身体和情绪调整得差不多了，就给您写了一封信，信中没有叙述老疙瘩事情的处理过程，只是安慰您要多多保重身体。以往我写信，有事没事，您都按时回，可这次没有。若干年后，我到即将坍塌的老宅清理东西，其中就找到了那封信，我仔细看过，虽年日已久，但信上明显留有您的泪痕，由此可见您当时读我那封信的心境。事情过去近两个月，我觉得应该回去看看您，毕竟自老疙瘩出事儿之后，我们爷儿俩还没见面。那时您一个人住老宅，晚上，灯熄了，我们爷儿俩聊天，我本想把老疙瘩的事儿，按照我编的谎言再叙述一遍。我也知道，同样是儿子，我作为长子在您心目中的位置不一样，出了这么大事儿，又是我亲自处理的，应该对您老人家有个交代。可您，自我进家门儿，也不主动问我一句，就好像什么事儿也没发生过，沉稳得让我心颤。想了半天，我才说："爹，老疙瘩的事儿，您要看开，要不是我找了人，判得会更重。兴许他表现好，会提前释放。"我是写小说的，编个故事，不在话下，可眼下要编造如此弥天大谎，我还是心虚，不能不说，又不敢多说，说多了免不了要露馅儿，假的就是假的，伪装应该剥去。我把话收住了，等您的反应，可等了半天，您也没回话，最后说："天不早了。睡吧。"

我在家待了一个星期，一直到我回京，我们爷儿俩，再没提这事儿。我偷偷观察您的表情，还行，未见过分忧伤的样子，吃饭睡觉都香，我就稍稍放心了。

我回京没几天，大弟突然打电话给我说，坏了，有人把老疙瘩的事儿，当着父亲面捅出来了。

事情是这样的，您和村里的几个老头儿在墙根儿底下晒太阳，一个老头儿有意无意地说："哎？你家老疙瘩让人家撞了，你知道不？"您一发愣，那老头儿赶紧改口："我是瞎说的，你别当真。"您当时的脸色变了，抽身回了家，叔叔和弟弟们闻讯追过去，安慰您，说那老头儿听错了，是老疙瘩撞了人家。您静静地听着，不再争辩，过了一段时间，您对大弟说："你们说的都是假的，那老头儿说的是真的。老疙瘩让人家撞死了。"大弟一再解释，您一再摇头，之后，不再提及。

听到这个消息,我知道,对您的隐瞒,已失去效果,但没听到我向您说实情,您就会抱一丝希望。这一丝希望,就能支撑您的生命。我就对家里人说,只要父亲不逼问,咱就不主动坦白。

一晃春节到了,这是没了老疙瘩之后的第一个春节。现在我仍记得,那个年,过得五味杂陈。

三十晌午,您的两个小孙女,不知为什么打起架来,到了饭桌上,两个孩子还在哭,谁哄也不听。这时,我担心的事情终于发生了,只见您,突然把手里的筷子摔在饭桌上,大声吼道:"哭!哭!难道你们比我心里还委屈吗?"您哭了。男儿有泪不轻弹,只是未到伤心时。我记忆中,您年轻的时候,脾气火爆,但老了以后,修炼得很好,尤其是从来不对隔辈儿的孩子们发脾气。我知道,老年丧子,是人生三大不幸之一,您摊上了,您心中窝藏着天大的委屈,需要发泄,需要哭诉,即使翻江倒海也不为过,可您很快收住了。两个孙女向您道歉,您擦擦泪说:"吃饭吧。"您带头吃起了除夕年饭,还像往常一样,喝了二两,我们都端起杯来,可说不出祝福或宽慰您的话。

还好,您没逼我们说出事情的真相,也没过分宣泄自己的感情,之后,整个年节,您没再提。我回京的时候,您还像往常一样,一直把我送到大门口,笑容可掬地向我招手告别。

父亲,您多像一名演员哪!

四

老疙瘩出事儿,纯属偶然,可一旦撞上,就成必然,按照辩证唯物主义的哲学原理分析,偶然与必然,在一定条件下会互相转换。

话题扯远了,父亲,您耐心听吧。

1972年,老疙瘩出生的时候,您已年届五十了,那年我正上初中，上学的路上，同学讥讽我："听说你娘又给你生了个小兄弟。"那个"又"字，听着格外刺耳儿，因为我已有两个弟弟了，上边还有个姐，按照一般家庭，有这些孩子，数量就足够了，对于这个晚来的小弟，我从内心不愿接受。您曾带有歉意地给我们解释："你娘上次坐月子落下了病，再生一个，病就养好了。"那时候，我们还跟爷爷奶奶、叔叔婶子伙在一起过，拢共十五口人，也就是在老疙瘩出生没几个月，奶奶就提出分家。常言说，合久必分，分久必合，这么一大家子人，分家是早晚的事儿，可在分家细则上，却有一条不合理的条款，那就是没有老疙瘩的秋粮，奶奶解释的理由，因为老疙瘩是秋后生的，生产队没分给他的秋粮。母亲曾提出反对："这么说，老疙瘩就该饿死呗。"被您踢了一脚："老娘儿们家，一边儿待着去！"在奶奶面前，您是大孝子，没母亲说话的份儿，这是您一贯的作风，我是做了见证的。一家分成三家，我们家人口多，劳力少，没外援，再加上母亲长年生病，日子相当拮据，老疙瘩就是在这种生活环境和经济条件下养活的，长大的。

　　1975年，我高中毕业后被学校推荐到公社海河指挥部当宣传员，在当时那是个"肥差"，不仅每个月挣十六块钱的工资，每天还记着整劳力的工分，一年下来，我们家的经济条件有了明显好转。可到了1976年底，我却要当兵，其实，也是您的意思，头一年，我还在海河工地上，您就给我报了名，因为年龄小，还因为我有上大学的幻想，也就没去。那时候，上大学靠公社推荐，两年过去了，我还没被推荐走，就有了当兵的念头，母亲不同意："这个家，你拔得动腿吗？"的确，母亲病病歪歪，老二老三上小学，老疙瘩才四岁，还尿炕，正是需要我的时候，何况我还有了"肥差"。可是您，却坚决支持我。您虽为农民，但却识文断字，且在年轻的时候走过南闯过北，目光远大，心胸开阔，您认为我的"肥差"当不了一辈子的饭碗，您认为，我很有潜力，离不了家，成不了人，放出去，说不定会成大材；您认为，您一个人能撑得起这个家。我感谢您的深明大义，只是确实也有些舍不下这个家。我记得，临走的时候，我偷偷对老疙瘩说："你等着，等大哥有了出息，一定把你带走。"

正如您所料，离不开父母，成不了人。我当兵不仅提了干，还调到了京城，进了军区大机关。等我把家安顿好，回了趟老家，我想让老疙瘩当兵。当时老疙瘩初中毕业，没考上高中，出去打工一年回来，不但没挣着钱，还把铺盖卷儿弄丢了，在家再混下去，没什么光景。可您说，就老疙瘩这文化，去了，也是你的累赘。当时老二老三，都成家单过，只有老疙瘩守着六十多岁的爹娘，这么穷兮兮地守下去，说不定连个媳妇儿也不好寻，我向您和母亲表态，把老疙瘩交给我吧，如今我混出人样儿来了，拉兄弟一把，让部队这个大熔炉，把老疙瘩这块废铁锻造成好钢。还好，有老疙瘩的努力，有我的关照，他在部队学了开车，转了志愿兵，后来又调到沧州军分区，服役期满转业到沧州日报社当司机，娶了老婆，生了儿子，在城里安了家。可我刚松了一口气，您刚觉得没负担了，老疙瘩却出事儿了，而且是人命关天的大事儿，这对我，对您，都是致命的打击。

您说过，您膝下的一大一小，最顾家。我顾家，是因为给您分忧；而老疙瘩顾家，是实实在在地尽孝。我在家，几次见老疙瘩给您洗脚，您不情愿，说，庄稼人，穷讲究什么？但您还是乖乖就范；我也见老疙瘩给母亲梳头，对着镜子，一丝一缕，小心轻柔，梳得母亲眉开眼笑。父亲，您年轻的时候，脾气躁，我们哥儿几个，没少挨您的拳脚，可对老疙瘩，您却舍不得下手，他童言无忌，出口不逊，您也是付之一笑，但您也从不溺爱娇惯。一次，我正赶上在家休假，老疙瘩跑到邻居家树上偷枣儿被人家找上家门，人家一走，您就对我说："老大，我打不动了，你上！"我真动手了，下手还挺狠，老疙瘩委屈地说:"凭什么让你管着?"您说:"我死了就是他当家,不管你管谁?"

您认为不成器的老疙瘩成了人,成了家,又有孝心,这对您,对我,都是莫大的安慰。后来,老疙瘩在城里买了房,刚装修好,就接您小住,您挺开心。您跟我说,您最享福的日子就是收了秋,趁着天不冷不热,收拾好行囊,到三个定点儿的地方去旅行。第一站,到沧州,老疙瘩接您,带着您,还有刚会叫爷爷的小孙子,去看沧州铁狮子,到运河边上去拍照,您怡情观景,含饴弄孙,非常开心。第二站,您到天津,那是大您几个月的堂兄家,老哥儿俩见面,老泪纵横,举杯小酌,溢于言表。年轻的时候,您走过津门,给资本家当过账房先生,还与您的堂兄一起编过笼屉,感情莫逆,当您老哥儿俩难舍难分的时候,我已带车去接您来京,也就是您旅行的最后一站。我这里房子阔绰,我的工作又不坐班,有工夫陪您,直到您住够了,再打道回府。这样下来,大概有一个多月的时间,这三个站点儿的旅行,增加了您的幸福指数,也成了您在墙根儿底下与众老头儿分享的谈资。

2004年9月,也就是老疙瘩出事儿的那一年,您是从沧州直接来的北京,是老疙瘩送来的,老疙瘩在我家住了一宿,第二天返回沧州。也就是在这天晚上,老疙瘩很气愤地向我说了一件事儿:他买的房子被骗了,是农村宅基地,没有房产证,属于违法交易,而卖主是他的堂兄,也就是我亲叔家的儿子,交易的时候,说一周后交房产证,还写在合同条款里,可以后再没下文,老疙瘩一再追问,对方躲避不见。说这件事儿的时候,您在场,您在沧州住了一个礼拜,想必也知道了事情的原委,听老疙瘩说完,您说:"站着的房子,躺着的地,反正东西在那儿戳着呢,没证就没证吧。"老疙瘩一再强调,实在接受不了兄弟之间的欺骗行为。您叹口气说:"东西不值钱,兄弟之间的情谊值钱,不能因为这件事儿,弄生分了,你们哥儿俩在沧州,互相有个照应。"您一向开明仗义，从小教育我们以德报怨，吃亏是福。可您怎会料到，这买房事件，造成的重大后遗症，给我造成的心理负担，可以说是不堪回首，也可以说后患无穷。这是后话。

孰料，我们爷儿仨在京那次长谈，竟与老疙瘩成为诀别。

五

父亲，既然打开了话匣子，那我也把我心中的苦水，向您干干净净地倒一倒。

老疙瘩去世后，老疙瘩的媳妇儿，也就是我的小弟媳，因为房子的违法交易，把老疙瘩的堂兄告上法庭。当然，之前也找过我，我也从中做过调解，可对方既不给办房产证，也不退房款，造成双方关系紧张，最后成为原告和被告的关系。小弟媳请了律师，也补习了这方面的知识，又有理有据，可官司打起来并不顺利，对方在法院有人，即使小弟媳官司打赢，也执行不下去。小弟媳求助我，让我出面找人，打赢这场官司，挽回她的损失。要说在沧州找人打官司，我不能说找不到人。老疙瘩出车祸后，肇事者被拘留，我们在医院抢救病人，可肇事者家属却无人露面。老疙瘩去世后，我腾出空来找交警队，交警队敷衍我，一两天过去了，还是不见肇事者家的人影儿，老疙瘩等着出殡，可肇事案又无从进展，因为瞒着父亲您，我想尽快处理老疙瘩的后事。我知道，家里的几个叔叔每天轮班守着您，怕您猜疑，又怕村里人说漏了嘴。夜长梦多，事不宜迟，我最后动用了沧州的所有人脉，不管是官方的，还是私方的，都用上了，肇事方终于顶不住压力，主动出面了，赔偿协议很快达成，我才在五天之内处理完所有善后之事，抽身回京。

父亲，我像您，不到万不得已，不舍脸求人，可这些都被小弟媳看在眼里，她认为，只要我出面，完全能很快打赢她的官司，可我经过权衡利弊，最终没有出面，最主要的顾虑，还是在父亲您这儿。您说过，钱不值钱，亲情值钱，我跟被告是一个爷爷的孙子，从小又在一个大家庭长大，一个锅里拉马勺数年，无论他以后变成了什么人，我还是看重骨肉亲情的，何况，您老人家健在，当时叔婶都健在，叔伯哥俩儿打官司，一个原告，一个被告，我这立场不好站；更重要的是，我担心我的介入，事情闹大了，老疙瘩去世的事儿，会暴露；另外，也会引起两个大家庭的对立，这个损失，远会超过那几万块钱的房款。我相信，您知道原委，也不会支持我那样做。谁想，小弟媳自此便疏远了我。

老疙瘩出事儿后，我一直没断了对他留下的孤儿寡母的接济，每年都给她们汇一笔钱，可到了第八个年头，小弟媳突然变更了电话，彻底断绝了跟我们的联系，我的钱也打不过去了，一直到您去世，再也联系不上她们。您养的四个儿子少了一个，那是天命，可您膝下明明有四个亲孙子，跪在您灵前的却只有三个，这是为何？旁人怎么看？

父亲，这些都是老疙瘩出事儿后，留下的后遗症，可留在我心里的后遗症，远不止这些。

自从老疙瘩去世后，沧州便成了我的伤心地，没有要紧的事情，我不曾光顾。老疙瘩的骨灰就存放在沧州烈士陵园，可在十年内，我没去看过他，不是不想他，是怕自己受不了。每到清明节，我就找个路口为他祷告，给他焚烧的不是冥纸冥币，而是我为他写的文字，一页一页，叙述他走后家里的情况，包括您的身体及生活，一字一句，读完烧掉。到了第十一个年头，我感觉自己能受得了了，壮胆去看他，他的骨灰很轻很轻，那是当年我亲手放进那小方格里的，如今，在我怀里却是很重很重，我的腿像被水泥浇灌了一样，走一步很难。那天风很大，我生怕把他吹跑，就一直死死地抱着……

关于老疙瘩的骨灰存放问题，我和弟兄们也是颇费脑筋，按祖上规矩，夭折的后生入祖坟不能埋坟头儿，何况，当时，不仅您老人家健在，我的叔叔婶子们也都活得硬朗，我们一个老爷爷的孙子一共十五个，老疙瘩排倒数第二，最大的要大他两轮，要不是黄泉路上没老少，哪儿有他的份儿？大年三十，上坟祭祖，为老人们烧完纸，比老疙瘩小的弟兄和晚辈儿，找一个规定的地界儿，朝着沧州的方向，专门为老疙瘩放炮、烧纸、磕头，怕引起您的怀疑，我每次都是搀着您提前回家，一路上也不敢回头。

后来，我在老家为老疙瘩买了一块墓地，是我亲自选的，地点在子牙河畔，一年四季，清水长流，松柏常青，因为老疙瘩在我们弟兄中行四，我特意选了第四排。墓地选好几年了，但老疙瘩至今未魂归故里，入土为安。我的顾虑，一是您还健在，二是小弟媳那边儿，她是老疙瘩的第一家属，要动，必须经她同意，就这样，十六个年头儿过去了，老疙瘩还孤零零地魂漂他乡。

还有，我是作家，老疙瘩这个椎心事件，十几年过去了，我一直不敢用文字记载，我不敢碰，一碰就会溅出血泪，它成为一生也不敢触摸的痛。另外，我怕留下文字被您发现，引来后患。您是我的忠实读者，我的书，每一部都被您翻烂，还能分段儿讲给我听。就这样，在写与不写中，我内心一直矛盾着，煎熬着，直到今天，才敢宣泄。

六

父亲，我的苦水倒得差不多了，下面还是接着说您吧。

您七十多岁丧妻，八十出头丧子，人生不幸差不多都让您摊上了，但您一直都表现得非常从容乐观，活得硬硬朗朗。在农村，您也算文化人，您不仅会写、会算、会唱、会读，还有着惊人的记忆力和准确的判断力。记得那一年，我让您写回忆录，洋洋洒洒万余字，您把一生的经历都记录下来了，包括哪年哪月哪日与母亲完婚，谁保的媒，哪年哪月哪日走津门、闯关东、进粮站，哪年哪月哪日，为全家糊口，被奶奶揪回老家，都记得清清楚楚。包括1975年，我姐去天津打工得病，出院后分别被我大伯和舅舅接回家照应，后来，您又让在家休假的我，带上花生、芝麻、大枣儿等土特产，挨家替您和姐谢恩，细枝末节都记录详尽，却唯独只字没提老疙瘩，如此规避，我想您是经过一番思想斗争，是在极度痛苦中做出选择的。我看了之后，有些后悔，当初不该给你布置这项任务，戳您心灵的伤疤。

这么多年，逢年过节，人聚人散，话里话外，难免要提起老疙瘩，我也亲眼见，有人在您面前说走了嘴，您都表现得很淡定。鲁迅说，无情未必真豪杰，怜子如何不丈夫？您真就那么无情吗？您就真的不怜子吗？不，您是怕我们伤心，才遏制自己的伤感，控制自己的情绪，您是伟人吗？您是神人吗？不！您是普通的俗人。毛主席他老人家可谓伟人、神人，可当得知自己的儿子牺牲在朝鲜战场时，也是两眼发直，老泪纵横。父亲，从您这些年的表现看，您确实够得上伟大，换上我，肯定做不到。

父亲，我记得您常说这两句话，一句是，牙打掉了，往肚子里头咽；一句是，胳膊折了，往袖子里边揣。遇到难事、坏事、苦事，您一辈子就是这么扛过来的。比如，在那样的家境中，您支持我当兵；比如，您帮人拉砖摔断了腿，住院月余，也不让家人写信告诉我；比如，母亲弥留之际，你还对家人说，别轻易给老大打电话，官差不自由，人如果挺过来，岂不让他白跑一趟。

不过，作为感情丰富的您，也一定有宣泄自己感情的时候，只是背着我们而已。自母亲去世到老疙瘩出事儿，五年的时间，您一直一个人住在老宅，您说，自己能动，就不扰人，是的，一直到您九十高龄，我想帮您系扣子，也会被您推开："你起开，我自己来。"但老疙瘩出事儿后的一天，您自己在家喝酒，从凳子上摔下来了，磕得不轻，这才在大家的劝说之下，跟了老三家，后来是老二老三轮。我想，您腿脚利索，饭菜适量，饮酒节制，那天为什么把自己喝倒了，一定是含悲而饮，抑或借酒消愁，过后又怕人寻问，咽泪装欢。父亲，老疙瘩给您出的这道难题，一直到您临终前，也未从心头解开。

父亲，还记得吗，2011年夏天，我接您来京，那年您虚岁已经上九十了。自2004年老疙瘩出事儿后，我再没接您来京，我这次接您来，是因为我搬了新房子，四室两厅，很宽敞，也很气派，我想让您过来享受一下，按照老家"七十不留饭，八十不留宿"的说法，那次没让您久留。记得在您即将打道回府的头天晚上，我请了一帮老乡陪您吃饭，还请您看了演出。那天，我见您特别开心，记得散场时，老乡们送您一大堆礼品，我半开玩笑地对您说："您可是无功受禄。"您马上接过来："那我是寝食难安。"我们爷儿俩的精彩对答，让大家啧啧称道，尤其您的睿智与机敏，真让我这做儿子的脸上有光。晚上，我陪您聊天，趁您高兴，我提出，过年的时候，为您庆祝九十大寿，您听后，表情一下子变得有些严肃，过了一会儿，说："老大，你想想，咱人口齐全吗？咱太张扬了，不怕外人笑话吗？"这话好像您早就准备好了似的，字字在理，而又一针见血，让我这当作家的儿子，无言以对。从您的那次表达中，我就猜测出，您早就知道了老疙瘩的真实结果，只是不对我们直说而已。

对了，记得那一年，老疙瘩的儿子李祺独自回来陪您过年，您偷偷问他："你妈改嫁了吗？"李祺懂事儿，没回答您的问题，过后却对我说了。过完年，李祺临回沧州，您偷偷在他兜里塞了一千块钱。我知道，您是手细过日子的人，对下边儿孙，从未这么大方过。父亲，您是替老疙瘩还债呀，我真不敢想象你当时的心情和表情。

七

父亲，说完这些，我心里踏实了，您心里也亮堂了。眼下，作为长子，我该带着您的孝男孝女们送您上路了，那是西天之路，天堂之路，那里没有疾病，没有苦痛，没有哀伤，甚至没有孤单，二十一年前走的母亲，十六年前走的老疙瘩，在那里等着您，你们很快就要团聚了。

关于您的后事，我们早就为您做了安排，寿木是在十几前做好的，老三的手艺，虽然不如现在市场上卖的气派，但当时是上等的，何况是为您量身定制，寿衣也是提前置办的，这您都知道，也曾见过。您老人家是彻底的唯物主义者，对生老病死看得开，一直到老年，一直到您弥留之际，也没畏惧过死亡。您的从容淡定，视死如归，大概与您的人生经历有关。抗战期间，您曾给马本斋的回民支队抬过伤员，给拔据点的八路军送过干粮；解放献县，您也曾出现在支前民工的队伍里。这些虽然没被记入史册，没给您的人生留下荣誉的光环，却成为您一生讲述非凡历史的话题，成为教育我们的资本；更重要的是，这些经历，锻造了您从容不迫的人生态度，铸就了您达观豪放的精神品格。父亲，我们没有理由不为您骄傲和自豪！

父亲，下面的楹联，本来是我为您作的百岁寿联，如今却只能删减成挽联：

走津门闯关东进粮站回农村四世同堂多富贵
垂风范重孝道睦乡邻严家教三星吉照上高峰

这是一副藏尾联，您的大名"贵峰"分别藏在了上下联的字尾。

之前，曾让您审批过，您说下联，对您有些抬举了，让我改，我没动，我认为这是对您最客观的评价，如今也成了对您的盖棺定论。

您说过，人死如灯灭，丧事不要那么铺张，也就是暗示我，您的丧事从简，我照办了。现在农村办丧事很铺张，一般人家都要戏子喇叭，吹吹打打，鞭炮声声，这些，我们都给您免了。可您一生好热闹，年轻的时候，在农村的戏台上，唱过京剧、评剧、河北梆子，老了还能背诵大段儿大段儿的唱词和念白，高兴了就唱两段儿，每年三月初七的百草山庙会，您都是风雨无阻地充当最年长的忠实观众，您乐和了一辈子，就这么没一点儿动静地走了，我们也觉得对您有亏欠，我想了个主意，把您的照片和视频制作成光盘，配上音乐，在灵堂滚动播放，背景音乐用的《梨花颂》，旋律舒缓而委婉，带点儿悲切，却哀而不伤，更重要的是符合您的审美，同时也通过展示您的音容笑貌，寄托了我们的哀思，这种土洋结合的祭奠形式，在农村极为少见。我想，您也一定喜欢。

父亲，您一生仁义，包括您走的时间，也为您的仁义形象画了一个圆满的句号。为您圆完坟，我刚回京，武汉便爆发了新型冠状病毒肺炎，没过几天便封城；很快，全国疫情迅速蔓延，交通管制，全民戴口罩，如果您晚走上两天，不仅没有送您的那番光景，我们也会滞留在家了。

还有，我身子骨儿弱，以往，每回去发送一次老李家的老人，我回来不是感冒发烧，就是大病一场；可这次，我作为长子，承担着首当其冲的重任，心情又是如此哀伤，回来后，我随时准备住院，可我没有，既没伤风，也没感冒，平平安安地挺过来了。

父亲，是您，是您仁义的神灵保佑了我。

感谢您，我最亲爱的父亲！

第二辑

家国情怀

胜利日大阅兵这一天
走过天安门的老骑兵们
大阅兵解说词撰写备忘录
嘎查人家
用心灵靠近灾难
蜀道难
夜宿北川
不会哭的四川人
假如我不来灾区

胜利日大阅兵这一天

2015年9月3日，纪念中国人民抗日战争暨世界反法西斯战争胜利日庆典这一天，因为有为大阅兵撰写解说词的资格，我有幸到天安门广场观摩盛况。

我拿到的是工作证，背面写着活动范围，可以到阅兵沿线的所有区域。虽然不如观礼台体面，但能流动，活动范围大，能够便于拍摄不同场景，不同角度的照片。这是一个难得的机会，我相当珍惜和重视。珍惜和重视体现在两个方面，一是多拍些照片，留作纪念，另一个是穿上礼服，风光一下，因为穿军装的时间已经不多了。我一共用过两部相机，一部是理光10，是装胶卷的，早就不能用了；另一部是低档傻瓜，显然派不上这么大的用场。在这之前，我曾和内行朋友考察过照相器材市场，咨询了两款佳能高档傻瓜，但犹豫再三还是没买（主要原因还是心疼钱），拿到证件后，已临近阅兵，再不买就来不及了，我不得不开口向朋友借了一架专业相机。

相机解决了，再就是服装问题。我看到有关文件，站在观礼台上的军人一律穿礼服。我打开衣柜看了一下，两套礼服都在，只是没装订佩饰，我从军需仓库把零零碎碎找齐佩戴好，尽管天很热，还是在身上试了又试，结果接到上峰电话，要求我们工作人员一律穿迷彩，我叹息一声，把装点一新的礼服又放进衣柜。

9月3日凌晨5点出发，5点20分到达京西宾馆，用完早餐，6点20分到达天安门广场。天公真是作美，之前阴雨连绵，今天晴空万里，天蓝得近似夸张，透亮得近似明镜。我们在北京饭店下车，我问了一下，我们所到达的区域，就是东长安街到天安门广场的地段。我们赶到的时候，受阅部队和装备已集结待命，外军方队正陆续进入集结地域，真是一个很好的机会，我举起相机站在路口以逸待劳，抓拍经过路口的所有外军方队。那天那个时段，光线太好了，黄澄澄暖融融近似鸭绒般的色调，进入镜头之后，格外透亮清澈，温馨和暖。外军头上的军徽，身上服饰，金光耀眼，熠熠生辉，只可惜，外军方队过完了，我没拍全，后来我后悔，应该追随他们到集结地域，把漏掉的方队拍全。但当时急于去天安门广场，便放弃了这个机会。沿途中，我又抓拍了许多受阅部队待命的镜头，二炮的导弹，空军的雷达，陆军的坦克，人与装备一一摄入我的镜头。阳光下，一个小战士正在坦克上擦拭，见我拍照，便向我微笑招手，等我走近，他指着我的军装说："首长，你的领衔挂倒了。"我看了一下，还真是。那小战士跳下坦克，帮我把领衔正好，又上了坦克。

　　再往前走，就到了徒步方队的集结地域，受阅部队有的在练队列，有的站军姿，有的席地而坐，休息待命。徒步方队的亮点当然是三军仪仗队，仪仗队的亮点是女兵。我走到仪仗队方队跟前的时候，他们正席地待命，指挥员在提醒大家受阅前的注意事项。女兵们有的在喝水，吃东西，有的在互相化妆，被我拍了下来，从镜头里看，她们精神饱满而淡定，其中有一位人们熟识的小女兵入伍前是名模，在电视和微信上见过她，只是记不起叫什么名字，几个男兵邀她合影，她有求必应，微笑着把自己美丽的脸庞和威武军姿展示给观众，和煦透亮的阳光把她照耀得愈加风采妩媚。再往前走，便是停在路边的检阅车和陪阅车，两个司机在调试扩音器，我也把这些画面拍下来了，等阅兵开始，机会便不再属于我，等阅完兵，这两台车就该进博物馆了。

我一路拍照，一路用手机发小视频，把阅兵前的动态传送到朋友圈，开始我顾不上看手机，等我在东观礼台下面坐下来喝水的时候，发现手机里的信息都挤爆了，有人问我在阅兵的什么位置，我回答，阅兵沿线所有区域，人家说我牛。有人怀疑我是不是真的在现场，我自拍了一个头像发出去，那边服了。

我看了一下时间，是8点刚过，我已经拍了一个多小时。观礼台上的人陆续到达，千人军乐团合唱团已经就位。长安街上，只有一排排大巴通行，上面坐着观礼嘉宾。直播厅里，播音员王宁和贺红梅在试播，我没细听，在南口阅兵村听过几次，我一定等正式阅兵时，带着感情认真地听。

我们是工作人员，属于流动哨兵，没有固定位置，到了东观礼台，有一条警戒线挡住了我们的去路，我们的活动区域就限制在这里了。我往北望了一下，正好对着劳动人民文化宫，仰望天安门城楼已是一览无余，是个不错的位置。我身边是一台写着"中国联通"字样的通信保障车，车身很高，大约有三米五六，几个穿制服的工作人员站在车旁，其中一个人很友好地递给我一个小马扎，又送上一瓶矿泉水，我连忙道谢。拍了一路，确实累了，我坐在小马扎上，很投入地喝水。这工夫，坐在驾驶室里的一位同志伸出脑袋来问我是不是将军，我说要是将军，就不当流动哨了。他笑笑，自言自语地说，这岁数应该是将军了。我抬头看了一下那高高在上的驾驶室，心生占有欲，阅兵开始时，能到上面拍照该多美呀。我放下矿泉水瓶，举起相机对着他说："拍张照片留个纪念。"他见我手里的家伙又大又长，问我："搞专业的吧？"我说："差不多。"我连着给他拍了几张，他又说："把中国联通字样拍上。"我说："好咪。"我用相机拍了，又用手机拍，拍完主动跟他套近乎，留下手机号，互相加了微信，进了朋友圈，我马上把照片发给他，他看了很满意。我趁机提出无理要求，他答应，阅兵一开始，就把位置让给我。

时间过得说快也算快，当阅兵副总指挥下达"标兵就位"时，我就上了驾驶室，那个位置居高临下，一览众人小。我身边是新华社的机位，他们搭了一个摄影台，略比我高一些，但也不挡我的视线，其他再无任何障碍物了。我真感谢自己幸运，得天独厚，天时地利人和。阅兵总指挥宋普选向习主席报告，习主席下达命令："开始！"虽然离我距离较远，但被我拉过来了，很清晰地拍在画面里。阅兵式开始，检阅车和陪阅车从我身边走过，我，咔咔咔连拍，也不知效果如何。随着"同志们好""首长好""同志们辛苦啦""为人民服务"的问候声和应答声，检阅车和陪阅车远去，我放下了相机。

我看不到习主席的检阅车，但我听得到响彻长安街的问答声，当听到女兵的回答声，我心跳开始加快，我知道，习主席的检阅车已经检阅完受阅部队，乘车女兵方队是最后一个，习主席的检阅车开始调头，解说词即将开始。

"今天是胜利的日子！"王宁抒情解说第一句。

"今天是伟大的日子！"贺红梅激情接上第二句。

两个人把节奏说得很缓慢，很动情悦耳。

长安街的回响，为二人的解说增添了魅力。

我的热血开始沸腾，激动无比，眼泪开始往下淌，我的感觉像处女作问世。

一个五十多岁的人，一个发表了几百万字作品的作家，犯不上这么沾沾自喜，但我却控制不住自己……

走过天安门的老骑兵们

熟悉共和国阅兵史的人们会发现,从开国大典到1954年,六次阅兵中都有骑兵方队。骑兵方队每次通过天安门,都会激起观众一片热烈的欢呼声和掌声。战场上的骁勇和阅兵场上的威武,铸造了中国骑兵的辉煌。

1984年10月1日,检阅完三军将士的中央军委主席邓小平在天安门城楼上宣布:中国将裁军一百万。第二年,随着百万大裁军的战略实施,骑兵作为兵种部队在中国人民解放军的序列里消失,取而代之的是摩托化步兵和机械化步兵,以及正在发展的陆军航空兵。

骑兵阅兵的历史已经远去了五十余年,如今仍健在的老骑兵们,都已八十多岁高龄了,而缅怀他们的人也越来越少了。十年前,在国庆50周年大阅兵前夕,为中央电视台一部阅兵题材的电视片撰稿,我有幸走近了当年参加国庆阅兵的几位老骑兵。眼下,又一个十年过去了,看完新中国成立60周年国庆首都大阅兵的现场直播,激动之余,我又情不自禁地想起了那些参加国庆受阅的老骑兵们。

翻开当年的采访记录,我找到了几位老骑兵的名字:

封迹:1924年生,1939年参加革命,曾参加过开国大典,1951年、1952年国庆阅兵。

布和:1924年生,1945年参加革命,曾参加过1950年、1954年国庆阅兵。

阿木古楞：1922年生，1945年参加革命，曾参加1952年、1953年、1954年国庆阅兵。

包海龙：1924年生，1945年参加革命，曾参加1950年、1954年国庆阅兵。

一、阅兵能见到毛主席，那是骑兵一辈子的幸福

封迹：我们华北骑兵三师是在1949年7月13日接到开国大典受阅命令的，当时我在6团当保卫股长，接到命令前两天，宣传股长就说我们骑兵要参加开国大典接受毛主席检阅。我就说，要不是真的，你可负责。团长一传达命令，全团官兵就嗷嗷地叫了起来，这是大家谁也没想到的事。当时我非常激动，我哥哥曾说要带我去延安见毛主席，没去成。后来，毛主席在我的老家河北平山西柏坡待了一两年，我在东北打仗，也没看见，我一直感到遗憾，这回我可要真的见着毛主席了，我激动得一宿没睡觉。

布和：当年，日本帝国主义的殖民统治使我们受够了屈辱，我们无法活下去，才投奔共产党。新中国诞生了，毛主席没忘记我们内蒙古骑兵，让我们参加国庆受阅，这是我们一辈子的光荣，一辈子的幸福。1950年国庆是内蒙古骑兵第一次参加受阅，我记得，参加阅兵的战士不是党员就是团员，一半以上是功臣，还必须出身好，没有历史污点。很严哪！每个人还要写保证书。我记得我们是在集宁上火车到北京的，一路上我们又说又唱，车上热闹极了，甚至连马也比以往精神好多。

包海龙：参加阅兵接受毛主席的检阅，选受阅队员重要，选马也很重要。马一定要好看，精神，让毛主席看了高兴。我记得，单是

受阅马匹的选择也很严。一要选毛色，一个方队是白马就全是白马，是红马就全是红马。个头也要整齐。特别是放在排面上的马一定要漂亮。有一年，阅兵用蒙古马，个头矮，领导说阅兵走得不错，队伍很整齐威风，就是马矮了点儿，远远看去像毛驴，第二年就全都换上高大的"三河马"。

我听说，每当我们骑兵通过天安门的时候，毛主席都向我们招手，说明他老人家对我们骑兵和马都是满意的。

二、聂荣臻看了骑兵方队的预演，提出了一个不大不小的问题：马粪应该怎么解决？

包海龙：1950年第一次参加受阅，我们是7月份从内蒙古出发的，在北京清河一带训练了两个多月。第一次在天安门广场预演，大概是在9月初，准确时间搞不清楚了，据说毛主席那次也上天安门了，因为是晚上，我们没有看见。我们自我感觉那次走得不错，但聂荣臻总指挥却提出了个问题：马的粪便如何解决？

封迹：开国大典受阅，也遇到这个问题，聂帅提了这个问题以后，各团领导就召开了连以上干部会议，专门讨论马粪的问题。当时我也参加了会议，大家都很为难。马不吃不喝，哪来的力气驮着人走路；吃了喝了，怎能不拉不尿？可在天安门广场上拉尿就太脏了。开始我们想在马屁股上挂一个粪袋，但考虑到不好看，再说走着走着有可能就掉下来。后来我们试着少喂少饮，让它吃好点，少拉尿。经过实验真的控制住了。受阅那天，骑兵们把自己吃的鸡蛋、香肠都省下来喂了马。那些马很争气，那天在天安门广场一滴粪便也没拉。

阿木古楞：1954年参加国庆阅兵时我当骑兵团长。我记得，9月27号，受阅部队在天安门广场举行了预演，预演完了，我听到游行队伍里有人说，把骑兵方队弄到后头去，马拉了一地的屎尿，把我们的衣服都弄脏了。我们骑兵方队是最后一个方队，紧挨着我们的游行队伍是文艺界的，都长得漂漂亮亮，穿得干干净净，让人家踩着马粪走，当然对我们有意见。第二天，杨成武总指挥在总结会上突然问："坦克方队的领队来了没有？"坦克方队的领队马上站起来答到。杨成武非常严肃地说："受阅那天，如果你的坦克有一辆熄火，我撤你的职！"坦克方队领队马上表态："请首长放心，绝对不出一点儿问题。"杨成武点他的名是有所指的。因为在预演的时候，他的方队里有一辆坦克熄了火。当时我听了心里也很害怕，担心杨成武也点我的名。我心里正害怕，果然杨成武点了我的名："骑兵团团长来了没有？"我赶紧站起来答到。杨成武同样很严肃地对我说："国庆阅兵那天，如果天安门广场上有一滴粪便，我也撤你的职！"我赶紧向杨总指挥下了保证。回来后，我心理压力很大，赶紧和兽医商量解决的办法。同时我在全团连以上干部大会上讲："阅兵场上没小事，如果国庆那天，天安门广场上满地都是粪便，丢人的不仅是我们骑兵，受损的而是一个国家和军队的形象。"后来兽医说，马平均5至8小时拉一次粪便，要掌握好时间差，定时喂养，让它在受阅前把大小粪便排完。这办法果然有效。

国庆那天受完阅，我把马交给通信员，赶紧回头看看有没有粪便。一看，果真没有，我的心像一块石头落了地。

三、因为剪马鬃的问题，骑兵和苏联顾问发生了矛盾。杨成武说，我们国家有我们自己的习惯，按我们自己的来

包海龙：我们内蒙古骑兵要论打仗，谁也不能比，包抄、迂回、追歼，威风凛凛，势不可挡。黑山阻击战中，我们团包围了敌人的一

个骑兵营。团长一声令下，我们举着人刀嗷嗷叫着冲向敌人，敌人吓得乱跑，屁股正好掉给我们。嗬，我们杀了个痛快！那一仗，敌人一个营一个人也没剩，都被我们杀光了，连个俘虏也没捉着。从那以后，在东北，只要提到内蒙古骑兵，不管是国民党还是土匪，都吓得不得了。参加国庆阅兵对我们是一个新课题，谁也没有这方面的经验。我记得当时好像是有苏联顾问作指导，他们都是苏联红场阅兵的专家，但指导我们训练的时候也经常发生一些矛盾。我记得我们刚进训练场的那天，第一个训练科目就是剪马鬃。那时我当连长，团长让我们把马脖子上的马鬃都剪掉，然后在头上留一点，我们也觉得这样好看，就开始动手剪。刚剪完，苏联专家过来了，说不行，必须把马鬃全剪掉。战士们舍不得剪，我心里也不痛快。苏联专家见我们不听他们的话，就大喊大叫。我们也听不懂他们喊什么。正在这个时候，杨成武总指挥过来了，他问明了情况说："我们国家有我们自己的习惯，按我们自己的来。"

四、阅兵方队里假如有人开了一根鞋带，恐怕党籍就保不住了

布和：当时代表骑兵接受毛主席检阅，确实感到光荣，同时也感到压力很大。我到阅兵指挥部开会，几次都听到杨成武总指挥讲："不管你是什么官，也不管你历史上有多大功劳，谁出了事就处理谁。"1954年那次受阅，我的思想压力最大，我和团长是领队，走在方队的最前面。本来由团长喊口令、劈刀，可是团长个头小，嗓门也没我大，就由我来代替他。整个骑兵方队都看着我，如果我喊错了，喊快了或者慢了，方队就乱套了。受阅那天我很紧张，真是比打仗还紧张，怕出事，打了两次强心针。其实，大家心里都很紧张，如果受阅那天，方队里有人开了一根鞋带，恐怕党籍就保不住了。阅兵要求

就是这么严格。

阿木古楞：骑兵受阅训练比步兵要难得多。步兵把步子走好走齐就行了，而骑兵不行，又是人，又是马，又是武器。要做到人与人齐，马与马齐，刀与刀齐，枪与枪齐，人马一体，不是一件容易事。再有就是，我们的马都是在草原上长大，没到过大城市，为了让马在什么情况下都不受惊，我们想了好多办法。比如，我们有意在马跟前放鞭炮，请军乐队在马跟前奏乐，把马拉到火车站专门听火车鸣笛。这些办法很有效，马听到什么声音都不受惊了，经过训练，马也有了灵性，从表面上看是对周围的声音都麻木了，但一听到《骑兵进行曲》，两只耳朵就竖起来了，眼睛也瞪得圆圆的，显得精神抖擞，士气高昂。接受检阅的时候，马一精神，人就更精神了，那清脆整齐的马蹄声，听起来特带劲。

五、"要马没有，要命有一条！"

布和：1954年参加国庆阅兵回来，师长看上了我的马，提出来跟我换马，条件是全师的马由我挑。虽然我当时只是个副团职干部，比师长小好几级，但却毫不客气地对师长说："要马没有，要命有一条！"那匹马跟了我整整八年，我骑着它参加过辽沈战役，接受过毛主席的检阅，这些辉煌的历史注定，无论谁也不能把我和马分开。1959年，我率领骑兵团参加西藏平叛，在雪域高原上走了六天，由于高山缺氧，空气稀薄，人受不了，马也受不了。上级给每人发了一盒"中华"烟，我舍不得抽，把烟夹在马的鼻子里，让马吸。烟吸完了，马也死了。我搂着马头哭了半天……

那匹枣红马死了几十年了，我一直保留着马鞍和马靴，一有空就拿出来看看。"文革"当中红卫兵抄家，我把它们藏了好几个地方，家里的东西都抄走了，就剩下了这两件宝贝。

前些日子，我在一张报纸上看到了一幅画，画上的一匹马酷像我的枣红马，我在上面写了"留用"二字，后来我请了一位画家帮我画自己的马，画家画了十几天，把作品拿来了，可我怎么看怎么不像。画家说，回去再重画。我摇了摇头，自言自语地说："看来失去的东西，再也找不回来了……"

封迹：骑兵把马称作无言的战友，在战场上是这样，在训练场上也是这样。开国大典的时候，我在白马连方队，我原来的马是红颜色的，因为调整马和人的高度，我换了白马。大概是由于换了主人，训练的时候它总是和我较劲，叫快不快，叫慢不慢，有时候还给你横着走，训练了半个多月还是改不过来。后来团长给我想了个办法，弄了个刺马针绑在腿上，它走得慢的时候，把腿一夹刺它一下，横着走的时候也刺它一下，果然马就听话了，但我感觉它像有点不大服气。后来我就想，马虽然是动物，但它也是懂感情的，要想让它和我很好地配合，我必须和它培养好感情。我常给它洗澡，训练紧张的时候，我们一个月也洗不上一次澡，但我坚持让马每天都能洗上澡，洗澡的时候，我每次都要认真给马刷马蹄，把踩进马蹄里的石头子一类的小东西都抠出来，再就是训练回来让马打滚、出汗。其实最能和马培养感情的是遛马，就和人吃了饭喜欢散步一样，训练完了，牵着马走一走，它就感到轻松了。骑兵们都有遛马的习惯，有的人半夜里还起来遛马。和马培养好了感情，马自然就不和人较劲了。

骑兵解散的时候，要求战士们为别的部队献马，大多数战士都舍不得和自己的马分开，领导做了半天工作，有的战士还是不情愿。有人骂祖宗。有人说，要我的马，还不如给我一枪痛快。有人抱着马的脑袋哭。有的连夜出去遛马，一边遛一边对马说："今天我再骑你一下，明天就骑不上了，以后谁骑你，你就咬它……"

包海龙：我和我的马有过生死之交。黑山阻击战中，我负了重伤，和一堆尸体躺在一起，我的马不住地吻我，主动躺在地上，让我骑在身上，马载着我找到了部队，使我捡了一条命，也成了一位活着的二级战斗英雄。

六、骑兵撤销了，但骑兵历史却永远也不会消亡……

布和家。

布和老人的老伴斯琴翻箱倒柜，找出来一堆照片给我看，大部分是20世纪50年代初照的，其中一张是他们在天安门前的合影，照片上的两个人正是青春焕发的年龄，笑得天真而羞涩，对着这张照片，斯琴老人给我们讲了一个十分浪漫的故事。

1954年参加国庆阅兵，布和是骑兵团团长，斯琴是群众游行队伍里的一名成员，在这之前，两人经人介绍刚刚确定恋爱关系，但由于彼此工作都很忙碌，难得见上一面。布和率领着骑兵方队通过天安门之后，他把马交给通信员，自己赶快返回观礼台，找了个地方蹲下来等着见斯琴。不一会儿，斯琴举着花走过来了，她大老远就看见了蹲在观礼台底下的布和，两人的目光很快交流在一起。这段故事，后来被人们起了个名字：天安门作媒。

布和老人说："她那天最漂亮。"

斯琴老人说："每到国庆节，我就情不自禁地想起那段故事。"

两位老人脸上荡漾着幸福的笑容。

阿木古楞家。

老人拿出一张1954年的《人民画报》，上面有一组阅兵的照片，其中有一张是骑兵受阅的。老人一边翻给我看一边说："时代发展了，部队现代化建设加强了，骑兵退出阅兵是理所当然的事，但不知为什么，我们这些参加过阅兵的骑兵，总觉得心里不是个滋味儿，每次阅兵都盼着有骑兵方队出现。"

老人的书房里挂着一张放大的黑白照片，老人告诉我，照片上是他的儿子，也曾当过骑兵，后来在边境作战中牺牲了。在儿子的追悼会上，老人一滴眼泪也没掉，儿子部队的领导对老人说："谢谢你给祖国生养和教育了一个好儿子。"老人说："作为一个接受过毛主席检阅的老骑兵，我为有这样一个儿子而感到骄傲。"儿媳妇守了五六年，还是不肯改嫁，老人做儿媳的思想工作："人死不能复生，我们活着的人应该好好珍惜自己……"

老人讲完，对着儿子照片久久凝思……

包海龙家。

墙上挂着一张《八骏马图》，下面是一组黑白照片，是老人各个时期的骑兵生活照，有一张是与党和国家领导人的合影。老人的桌子上放着一大堆骑兵的资料，其中有一部分是内蒙古骑兵某团的团史初稿。老人说："早就在工作岗位上退下来了，待着实在难受，我就和我们团的一些老同志写团史。骑兵虽然撤销了，但骑兵的历史永远也不会撤销。"

老人参加过两次阅兵，一次是骑兵方队的擎旗手，一次是院校方队的排头兵，都是显山露水的角色，这在老人的军旅生涯中是极为难得的机遇，但老人还是钟情自己的骑兵生涯。1954年，共和国举行国庆5周年大阅兵，此时包海龙已调到石家庄高级步校并参加受阅，训练的间隙，他赶紧跑到骑兵方队看一看，找匹马骑一骑。

包海龙老人说得很激动，时不时地就做出骑马的姿势。我问他："假如再让你参加国庆阅兵，你到哪个方队？"

老人毫不犹豫地说:"如果还有骑兵受阅的话,我一定到骑兵方队。"

骑兵——这一传统作战年代的英雄渐行渐远,而在我们精神的行列里,英雄永不褪色,骑兵永不退役,骑兵在创建共和国的人民战争中建立的历史功勋永远为祖国铭记,骑兵奋勇作战,一往无前的战斗精神永远激励后人。

我们不能忘记骑兵,还因为军马和小米加步枪,是中国共产党和人民军队走向辉煌的起点。还因为在五千年文明史上,我们这个民族一直保持着对马的眷恋,一直延续这龙马精神。

一个民族应该对自己始终保留着永恒记忆和新鲜感觉。

一个民族的永不衰退是民族精神的强劲延伸。

大阅兵解说词撰写备忘录

大阅兵是展示国家意志、军队形象和民族力量的重要形式。战争年代，大阅兵是战斗动员；和平时期，大阅兵是和平誓言。然而，人们关注大阅兵，往往聚焦在整齐的队列、先进的装备、美感的形式、威武的气势，却很少有人关注与大阅兵融为一体不可分割的解说词。

解说词是大阅兵的内涵与外延。

解说词是大阅兵的思想与灵魂。

解说词是大阅兵的魅力与神韵。

我曾有幸担任庆祝新中国成立60周年和纪念中国人民抗日战争胜利暨世界反法西斯战争胜利70周年大阅兵撰稿人，深切感知了大阅兵解说词对作者严峻而残酷的考验，深切感受了用担当与激情拥抱大阅兵的神圣与纠结；甘苦我心自知，往事并不如烟。

一、起步之艰

2015年1月初，我接受纪念中国人民抗日战争暨世界反法西斯战争胜利70周年大阅兵解说词的撰写任务，当时，阅兵联合指挥部（以下简称联指）刚刚成立，受阅部队尚未组建，我拿到的唯一的参考资料就是印有"绝密"字样的《纪念中国人民抗日战争暨世界反法西斯战争胜利70周年阅兵实施方案》。我问联指首长，还有什么可参考的东西？首长告诉我，还有习主席的重要指示：首战必胜，打个漂亮仗。接下来，便提出最高要求：阅兵那一天，地面上部队要走得好，车辆要开得好，天上飞机要飞得好，解说词要写得好。都要有一流的标准。

这与我2009年接受庆祝新中国成立60周年大阅兵解说词撰写任务情况基本一致，不过那次部队集结早，训练展开早，解说词进入也早，时间比这次要从容一些。

两次受领大阅兵解说词撰写任务，我都是白手起家，独当一面。

联指首长要求我在一个礼拜内拿出阅兵解说大纲。

我向联指首长立下了军令状，实际上心理压力是很大很大的。新中国成立后，天安门广场共举行过十四次国庆大阅兵，解说词内容大同小异，而纪念抗战胜利阅兵是首次，没有任何解说词范本作参照，看不到权威的文件，也得不到上级的有关指示和要求，解说词说什么，怎么说，一切由我来定调。我感觉到，完成这项任务，对作家的政治智慧与艺术胆识、综合素质与写作经验，都是一场严峻而残酷的考验。

我认真解读了阅兵方案，虽然是抗战主题阅兵，但其流程与国庆阅兵大致相同。首先出场的是空中护旗方队，接下来是抗战老兵、抗战英烈子女和支前模范代表乘车方队，紧随其后的十一个徒步方队：即陆海空三军仪仗队和十个抗战英模部队方队，再后面就是外军方队（当时数量不详）；装备方队共二十七个，比2009年少了三个，最后是空中梯队共九个，也比2009年少了三个。

经过两三天的冥思苦想，我拿出了解说大纲：

第一阶段：习主席乘检阅车阅兵后返回天安门城楼途中。

解读此次阅兵的主题、背景及意义。首先从五个方面解读中国抗战的历史及现实意义，即中国抗战是东方主战场，为最终战胜日本法西斯做出了不可磨灭的贡献；中国共产党在领导全民抗战中发挥了中流砥柱作用；国共两党捐弃前嫌共赴国难，全体中华儿女众志成城，筑就了中华民族反侵略战争的历史丰碑；全世界主持正义的各国人民对中国抗战提供的支持与帮助，我们永世不忘；伟大的抗战精神是中国人民弥足珍贵的巨大财富。解读人民军队的发展历程和现代化建设的巨大成就，建设一支听党指挥、能打胜仗、作风优良的军队是党在新形势下的强军目标，也是全军将士的共同心声，人民解放军正阔步行进在强军兴军的路上。

第二阶段：从"分列式开始"口令下达后至空中护旗方队先头通过人民英雄纪念碑上空。

解说这次阅兵要素构成，含方（梯）队、代表队数量，军乐团合唱团人员构成及数量规模。

第三阶段：从空中护旗方队临空至抗战支前模范方队末尾通过礼毕线。

解说空中护旗方队、抗战老兵乘车方队、十一个徒步方队及外军方队。

第四阶段：从最后一个外军方队通过礼毕线至装备方队先头到达敬礼线。

解说我军装备发展历程及此次装备受阅方队编组的特点，此次阅兵装备方队受阅序列按照作战要求，编组地面突击、防空反导、海上攻击、战略打击、信息支援、后勤保障六个板块，解说中要把模块划分的战略意义讲清楚。

第五阶段：装备方队通过天安门广场接受检阅的时间。

分别介绍受阅装备的名称、性能及作用。

第六阶段：从装备方队末尾通过礼毕线至空中梯队到达人民英雄纪念碑上空。

介绍此次受阅空中梯队、飞机数量及在不同机场起飞等信息。

第七阶段：从空中第一梯队到达人民英雄纪念碑上空至直升机梯队末尾通过天安门上空。

解说受阅空中梯队的机型、机种、数量及作战能力。

第八阶段：结束语。

欢庆胜利，展望未来，宣示和平。

这八个阶段是我在撰写60周年国庆阅兵解说词时划分的，贯穿了整个阅兵流程的每个环节，区分了不同阶段的解说内容，既相互关联，又各有侧重，当然也适合这次阅兵，只是在解说内容上着重突出抗战这一主题，从始至终，贯彻到底。

我狠狠地加了几个班，熬了几个夜，四千多字的大纲拉出来了。

一周后，联指办公室召开会议，联指首长及有关专家参加，我的《大纲》得到了一致认可。联指首长说，没想到，进入情况这么快，大纲搞得这么详细。还说，我们想到的，他想到了；我们没想到的，他也想到了。

大家对《大纲》进行了讨论，也提出了一些补充意见，我一一记录下来，最后，联指首长要求我3月底拿出初稿。我觉得催得还不是太紧，如果各方队能在春节前后把相关信息报上来，按时完成任务是没问题的。问题是，各方队刚组建，部队尚未集结，训练尚未展开，各级机关工作人员尚未就位，材料由谁来报？

等，不能等，误了事，我要挨板子。记得国庆60周年阅兵时，联指首长让我在春节前拿出初稿，并很不客气地对我说，拿不出像样的初稿，这年，你过不好，我也过不好。

那次逼得我要命，但确实逼出了质量与效率。

我觉得分量如此重的解说词，仅靠下面报材料是帮不了多大忙的，还得靠自己憋。青年作家曾皓刚调来，他可以做我的帮手，在各方队材料报上来之前，我让他一边打电话催一边在网上下载相关资料。有什么条件打什么仗，先把初稿拉出来再说。

我仔细梳理了一下阅兵方案和我的《大纲》，认为难度最大的是第一阶段，这一阶段解说内容是整个阅兵的灵魂和总览，是对抗战阅兵主题的解读和深化，是解说词的重中之重。我虽然写了四千多字的《大纲》，但真正落在纸上是相当不容易的。我回头看了一下国庆60周年阅兵的解说词，这一段落时间是8分54秒，近一千七百字，当时起草那段文字，也费了很大劲儿。国庆35周年、国庆50周年阅兵，包括以前的阅兵，检阅车阅完兵返回天安门城楼没有解说词，画面上只有音乐做背景。国庆60周年阅兵我们拿出解说词初稿后，记得有一天，我们在一起看前几次阅兵光盘，看到这一段落时，联指首长突然叫停，接着像发现新大陆似的对我说："西岳，这段时间太浪费了，一句解说词也没有，太冷场了，这次一定要补上。凡是方队里说不下的词儿，全搁在这儿。说什么，你来定。"他这一提示不要紧，让我可坐了蜡。一千七百字，对于作家来说不算什么，可在如此举世瞩目的场合，共和国主席坐在检阅车上向受阅官兵和沿街群众招手致意，要配什么词，表达什么主题，是一个作家说了算的吗？我感觉，此时我的身份已经不是一个作家，一个撰稿人，而是共和国大阅兵的代言人，真是抬举死我了，也难为死我了。我憋了好几天，查了大量资料，终于找到了突破口，以开国大典、国庆35周年、国庆50周年大阅兵为三个时间节点，再过渡到国庆60周年阅兵，既通过这几次大阅兵为线索回顾了新中国的光辉历程，同时也对党的四代领导人的军事思想进行了概括和总结，最后又阐述了人民军队在和平时期的地位和作用、功绩与声誉。稿子拿出来之后，各级首长都给予肯定，认为阅兵的魂儿解说出来了。当然，这段文字又经过了数人的千锤百炼，但所表达的内容和文字结构，算是站住脚了。

好在我还算是一个政治比较敏感的作家，这点儿还是踩对了。

我知道，这段空白填补之后，就会成为下次阅兵解说词的范本，果不其然。

我1985年被抽调到新四军军史编纂组工作，调原北京军区机关工作以后又做过很长时间的晋察冀抗战史研究，再加上阅读了大量抗战方面的书籍，应该说，对抗战史和世界反法西斯战争史还是不陌生的，也是感兴趣的。我在《大纲》里对中国抗战提出了五个解读，基本上囊括了这次阅兵的主题，但如何表述，也很犯难。动笔之前，我细读了习主席的三篇重要讲话，即《在纪念中国人民抗日战争暨世界反法西斯战争胜利69周年座谈会上的讲话》《在纪念七七事变爆发77周年的讲话》《在南京大屠杀死难者国家公祭仪式上的讲话》。眼下，这三篇重要讲话是我起草这段解说词的指导思想和根本遵循；习主席在1993年阅兵式上的讲话内容，我无从得知，我只能凭自己的判断再去踩点儿。

经过思考判断，我认为这次大阅兵的意义无非有两个，一个是庆祝胜利，一个是宣示和平，只要把握住了这两个基本点，就出不了大格。

经过梳理和思考，我把那五个解读内容前面各加了"历史永远铭记"做开头，当然是受了国庆60周年解说词中"共和国不会忘记"的启发，这样不仅区分了层次，朗读起来也比较上口，解读完抗战，又回顾了我人民军队的发展历程和现代化建设成就，最后大书特书强军目标。就这样，这个难点总算突破了。

接下来的抗战老兵乘车方队，是这次阅兵的亮点，也是作家能感慨动情的地方，我在开头用了对偶句："昔日为国建功勋，抗战老兵今安在？"接着便介绍受阅老兵的构成：八路军、新四军、东北抗联、华南游击队，平均年龄多少岁，年龄最长的多少岁（抗战老兵正在全国各地选拔，数字暂空）。赞颂他们："这是从烽火硝烟中走来的英雄壮士,这是从苦难辉煌中走来的光荣前辈,光荣的抗战老兵,请接受中华儿女最深情的祝福和最崇高的敬礼!"抗战英烈子女方队开过来时,我引用了习主席在纪念抗战胜利69周年讲话中列举的英烈名单:杨靖宇、赵尚志、左权、彭雪枫、佟麟阁、赵登禹、张自忠、戴安澜,我数了一下,正好国共两党各四个,接着便渲染:"他们的鲜血染红了中华大地,他们的英名响彻历史天空,他们是民族的骄傲,历史的丰碑!"抗战支前模范乘车方队开过来时,用大排比句收尾:"在中国人民抗战斗争的历史丰碑上,镌刻着他们用青春和热血铸就的非凡功绩;在中华儿女抵御外侮的英雄史册里,记载着他们用战斗和牺牲谱写的壮丽篇章;在中华民族的历史长河里,流传着他们用奉献和担当书写的不朽英名!"如果说,整个解说词有文采的话,大部分都集中在这一段落。

徒步方队中,除三军仪仗队之外,另外是十个英模部队方队,每个方队前面是七面荣誉锦旗,共七十面,我又用对偶句开头:"七十面荣誉锦旗,七十首英雄战歌!"第一个是"狼牙山五壮士"英模部队方队。我除了描述"狼牙山五壮士"英雄壮举之外,以点带面,介绍这部队是晋察冀军区的前身,他们在黄土岭战役中,一举击毙阿部规秀中将,使名将之花凋谢在太行山上。第二个是"平型关大战突击连"英模部队方队。我着重突出平型关大捷是八路军首战,一举打破了日本军国主义不可战胜的神话。第三个是百团大战"白刃格斗连"英模部队方队。我没有拘泥于那个连队的荣誉,而是介绍了百团大战爆发的背景和总的战役战绩,突出百团大战极大地鼓舞了中国抗日军民的信心和勇气。第四个是夜袭阳明堡"战斗模范连"英模部队方队。着重描述我军用手榴弹、炸药包炸毁日军二十四架飞机,创造了战争奇迹。第五个是"雁门关伏击战英雄连"英模部队方队。着重解说两次战斗,同一地点设伏,战绩辉煌。第六个是中央警卫团"张思德"英模部队方队。我没有细说张思德牺牲过程，而是突出毛主席在张思德追悼会上做了《为人民服务》的演讲，"为人民服务"由此成为我党我军的根本宗旨。第七个是"刘老庄连"英模部队方队。我用了一个对偶句："刘老庄连威震敌胆，八十二烈士浩气长存。"第八个是"攻坚英雄连"英模部队方队。因为该部队是新四军四师的前身，我想到了战死沙场的师长彭雪枫，便用了对偶句："新四军四师鏖战淮北，威名远扬；师长彭雪枫殉难沙场，壮烈千秋。"第九个是"东北抗联"英模部队方队。我写道："白山黑水，冰天雪地，十四年艰苦卓绝，留下惊天地泣鬼神的英雄传说，杨靖宇宁死不降慷慨悲壮，八女投江巾帼英烈千古流芳。"第十个是"华南游击队"英模部队方队。着重解说他们孤悬敌后，转战岭南大地，琼崖孤岛，为抗战胜利做出了突出贡献。就这样，我为这十个抗战英模部队方队"画像"，基本上抓住了它们各自的"相貌特征"，并且做到了以小见大，以点带面，从而凸显中国共产党在抗战中发挥的中流砥柱作用。

解决了这些问题，往下的装备方队和空中梯队就好写了，因为有以前的资料作参照，都是介绍性的，没什么文采而言。但在解说当中，始终咬着抗战这个主题，比如装备方队出场之前，写道："七十年前，我们用小米加步枪打败了装备精良的日本军国主义，历经几十年的艰苦奋斗，中国人民解放军已经由飞机加坦克发展成当今的导弹加航母。"

稿子按时完成，及时交联指首长及各位专家审阅，大家都认为不错。联指首长对我说："西岳，如果上次阅兵的解说词是本科生的话，这次应该是博士。"

我听了暗喜。可联指首长把话锋一转："但不要骄傲，这毕竟是初稿，距中央军委的要求还有很大差距，要做好反复修改的准备。"

我承认，这毕竟是我一个人的智慧，还需要众人捧柴火焰高。根据上次经验，我也明白，阅兵未至，修改不止，更艰难的工作还在等待着我。

二、修改之繁

拉锯式的解说词修改大战就此拉开序幕，第一个回合是联指政工组组织有关人员参加的解说词初稿论证会，有联指几位首长，有宣传、组织、作战、装备、军史编研等部门的有关专家，还有战友文工团的词作家，总共十来个人，大家七嘴八舌，各自发表高见，这些同志大部分参加过阅兵，有一定经验，都能说出一二。大家的意见主要集中在第一阶段和第三阶段，我有思想准备，因为最难写的就是这两部分，最后综合大家的意见集中在几个方面：

1. 开头不够震撼，平了一些。
2. 荣誉方队的荣誉开口写小了。
3. 装备方队信息量太小。
4. 文字的准确性欠推敲。

联指首长在综合意见的同时，再三提醒我一定要跳出国庆阅兵解说词的思维方式，要大胆创新，这一点，我虚心接受，确实有惯性思维和依赖经验。首长要求我，两周之后再拿出一稿。

联指首长最后问我，是不是加强一下创作力量，一个人带一个助手，太累了。

我不习惯机关秀才们坐在投影机前七嘴八舌"说"稿子的改稿模式，我也不喜欢几个人住宾馆一边享受一边改稿，我习惯一个人独立思考，尤其是后半夜，灵感会敲门而来，何况，我有上次写解说词的成功经验，还有这次"憋"出来的基础，用不着搞人海战术；再有，我干活儿从来就是喜欢一个人单打独斗，但我也虚心接受批评，接受高手高招儿。

我脑子里装满了一大堆意见，回到宿舍慢慢进行梳理，第一感觉认识到开头确实平了些："在隆重纪念中国人民抗日战争暨世界反法西斯战争胜利70周年的庄严时刻，中共中央总书记、国家主席、中央军委主席习近平，检阅了受阅部队的威武阵容。"

国庆60周年阅兵的开场是："金秋十月，甲子盛典，三军列阵，铁甲生辉。"一下子就把观众带到了阅兵盛典的氛围，当然，当时也是经过数次修改，才锤炼成那样的句子。我挖空心思，搜索枯肠，不得佳句，这时，偶尔听爱人给小孙子放《小苹果》歌曲："我栽下一颗种子，如今长成果实，今天是个伟大日子。"哎！有了，开场把胜利日突出出来，我猛地从床上蹦起来，脑子里很快就冒出了"今天是胜利的日子！今天是伟大的日子！"两句话。是的，中国人民艰苦卓绝抗战十四年，付出了3500万人的生命代价，终于赢得了近代以来反抗外敌入侵的第一次完全胜利，从而开启了走向民族伟大复兴的新征程，在70年后的今天，扬眉吐气的中国人必须要大书特书这个胜利的日子，伟大的日子。

两个"日子"很给力，就它了。

两个"日子"的偶得，决定了我后来的修改能顺利一些。

古人云"两句三年得，一吟双泪流"，大概就是这样憋出来的。

接下来便是："七十年前，中华民族浴血奋战彻底雪洗了任人宰割的百年屈辱；七十年后，我们用庄严的仪式，向这个用抗争与苦难书写的伟大节日致以崇高的敬礼！"

我感觉，这样，调子一下子就扬上去了。

写这段阅兵核心解说词时，我有一种强烈的使命感，也有一种欲罢不能的感觉。若干年来，无论是在中国抗战学术界，还是在二战历史国际舆论界，还是中国普通老百姓的印象中，对于中国抗战，从理论上都有一些模糊概念甚至偏见。比如，人们常说，我们坚持八年抗战打败了日本侵略者，实际上中国抗战，尤其是中国共产党领导的抗战应该是十四年。从1931年九一八事变开始是中国的局部抗战；从1937年七七事变开始是全国抗战，或者叫全民抗战。另外，长期以来，学术界形成的理论是：国民党领导的是正面抗战，共产党领导的是敌后抗战。抗战初期战略防御阶段的确是这样，但到了后来，随着国民党主力的南撤，八路军的英勇抗战被推到了正面，不然，日军不会对共产党所领导的抗日根据地的军民进行惨无人道的绞杀（日本出版的《华北治安史》上对八路军抗战也有客观的描述）。客观地说，八路军不只是敌后抗战，更不是游而不击，平型关首战就是运动战，百团大战更是典型的大兵团作战，整个战役动用了一百多个团的兵力，打了一百多天，共进行大小战斗一千八百二十四次，消灭日军两万余人，把日军驻华北方面军司令官多田骏都逼回老家了，怎么还叫敌后抗战呢？当然，整个抗战过程中，国民党也不只是积极"反共"，消极抗战，也不像一些学者说的"一片散沙，一击即溃"，二十二次大会战有胜有败，给了侵华日军以沉重打击。除此外，是中国军民长达十四年的艰苦抗战，牵制和抗击了日军的主要兵力，在战略上策应和支持了盟国作战，配合了欧洲战场和太平洋战场的战略行动，使苏联避免了两面夹击、腹背受敌的被动局面，打乱了日本法西斯和德国法西斯战略配合最终瓜分世界的企图，为世界反法西斯战争的胜利建立了独特的不可磨灭的贡献，不然，历史的黑暗也不会终结于1945年。

这是真实的历史，也是客观的事实，但七十年过去了，并没有得到应有的广泛认知。

我不是研究抗战的专家，但我在读书学习中积累了这些东西，在这样一个世界瞩目的场合，就是要把这些信息向世界传达出去，还中国抗战暨世界反法西斯战争历史的一个客观事实和公道！

说实话，写这段词的时候，我有些血脉偾张，写完才如释重负。

两次为大阅兵写解说词，我深得体会，这是与诗、词、散文不同概念的文体，它的行文语境、节奏、情绪、特点等首先要与队列步伐、现场氛围及军乐背景相吻合，同频共振，相得益彰。文字要求大气而又严谨，庄重而又朴素，凝练而又上口，引用数字事例要权威、准确，经得住核实。除此之外，它对文字数量的要求也是极其苛刻的，少了太空，多了太满，而信息量必须传达出去，文采还要展示出来。行文中，每个方队通过的时间都用秒计算好，然后往里填字，字数统计要标在每个方队解说内容之前，与通过时间绝对吻合。这种苛刻的要求，是在其他文体的写作中难以体会到的。

大阅兵解说词虽然政治性强，但毕竟是让作家撰写，所以，我尽量把文学色彩运用到方方面面。

在写抗战支前模范方队解说词时初稿这样表述："父送子，妻送郎，兄弟争相上战场。七十年前，华夏儿女众志成城，同仇敌忾。一寸土地一寸血，十万青年十万军，数不胜数的老民兵、老支前、老地下党员、老游击队员，或横刀敌阵，浴血奋战，或毁家纾难，倾其所有，与全国人民一道，用血肉之躯筑起了拱卫祖国大地新的长城。"联指审稿时，没有提出意见，但我自己不满意，第二稿引用了抗战时期流传在太行山区的一段民谣："最后一粒米，用来做军粮；最后一尺布，用来缝军装；最后的老棉袄，盖在担架上；最后的亲骨肉，送到战场上。"当时很激动，也很得意，但没几天，我看了北京军区战友文工团演出的大型声乐套曲《西柏坡组歌》，里面完整地用了这段词，而且是整个剧目中歌词水平最高的一段，观众报以热烈掌声，我怕有抄袭之嫌，看完演出又把那段词改了回来，但无独有偶，在总政改词时，有人提到了那段民谣，其真实地反映了当年四万万同胞，对那场战争的全力支援和无私奉献，体现了人民战争的巨大威力。但由于篇幅限制，去掉了"最后的老棉袄，盖在担架上"，但把每句话的"用"字，都改成了"送"，当时也想在文字上岔开，换一个"拿"字，后来，有人说"拿"和"用"都有被迫之嫌，都用"送"字就体现了人民群众是甘心情愿积极主动支前。但经过琢磨之后，我又把"最后一个娃，送去上战场"的"去"字，改成了"他"，这里着重突出人，什么叫倾其所有，世界上人是最宝贵的，人都送上去了，还有什么舍不得？大家都说这个字改得好。

"鸟宿池边树，僧敲夜下门。"真是连推带敲，字斟句酌，一丝不苟，精益求精。

装备方队的文字专业性强，不易出彩，但我还是找机会尽量往文学上靠。比如，地面突击模块出场之前，开场为"铁流滚滚，气势如虹"；防空反导模块开场为"利矛坚盾，护卫长空"；海上攻击模块开场为"劈波斩浪，走向深蓝"；战略打击模块开场为"东风浩荡，雷霆万钧"；信息支援模块开场为"决胜千里，信息支援"；后装保障模块开场为"现代战争，保障先行"，空中梯队出场为"战鹰列阵，呼啸苍穹"。

当然，这些文字也经过了众多人修改，一字之师，大有人在。

联指首长又组织了第二次讨论，大家评价比上次要高，但因为各方队的资料还是锣齐鼓不齐，装备方队、空中梯队的解说词略显单薄。巧妇难为无米之炊，那些东西是不能随便写的，联指首长劝我别着急，又让我一边改一边等，有好词就往里填，文章不厌千遍改，直到炉火纯青。

我是个急性子脾气，等不得，简单又改一稿之后，我带曾皓开始往方队跑，督促他们报材料。还好，徒步方队和装备方队都集中住在防化学院，一个方队一个方队地走，把本方队的解说词交给他们，让他们讨论，这样解说，你认不认可，如有意见，限期反馈。我的年龄比方队里大部分领导都大，有的还认识，说话也不客气。找到他们家门口，他们马上重视起来。在装备方队和空中梯队中，海军、空军、二炮是重点，一来在解说词中对军兵种有一段总体概括，二来他们的装备型号、性能、作战能力，需要他们提供第一手资料，并做客观描述。我们到了这几家，看到他们确实忙碌不堪，而且解答这些问题不是一个部门能解决的。那我不管，我来一趟不容易，就得把我所要的情况全弄清楚，一次性完成，你需要找谁尽管找，我耐心等，走不了，你还得管吃管住，我赖在这儿了。接待我们的同志，见我这么大岁数如此敬业，还是个"无赖"，就想方设法满足我的要求。那一趟没白跑，解说词里需要的资料都拿到了。

那一次，我还看到了空中梯队在训练飞"70"造型，先入为主，触景生情，对这个首先出场的梯队有了感性认识。

没有停歇，我们又去了抗日战争纪念馆和军事博物馆，那里正在举办纪念抗战胜利图片展览，我用手机把展览前言、有价值的解说词都拍下来，回来倒在电脑里，把有价值的词句或信息充实到解说词里。其间，军区自动化站把阅兵模拟视频搞出来了，我带小曾第一时间去看，除了感受一下氛围，熟悉一下流程，就是把各方队通过的时间精确到秒记下来，这样好精确每个方队的字数。除此之外，我们还观看了俄罗斯5月9号红场阅兵的视频，把红场阅兵解说词弄到手。他们的解说词都是实打实的，没任何概括、渲染和抒情，但我对开场白印象很深："请注意！这里是莫斯科。请关注红场，这里将举行庆祝1942～1945卫国战争胜利70周年阅兵式！"

这样的句式很直白，很简单，也很震撼，但我不能照猫画虎，邯郸学步。因为在阅兵式之前，央视直播已有解说，这样的词汇应提到前面，我们只负责分列式开始后的解说，不是大开场。

有了这些经历之后，我又改了几稿，认为满意了，没等联指首长催,就把稿子交上去了,很快,联指几位首长都画了圈,接着,北京军区的几位常委也都画了圈,并同时上报阅兵领导小组和总政。

7月下旬,总政宣传部通知我们去改稿子,在文化工作总站住了一个星期,他们认为稿子基础不错,不做伤筋动骨的改动,只是强调一些数字是否权威,一些提法是否有出处,一些概括是否准确,资料来源于哪里,我带着党史、国史、军史、战史等书籍,连同自己整理的笔记、卡片,还有在网上下载的资料,一一做了回答。最后两天,他们组织军事科学院、央视的有关专家,还有宣传部的一些秀才,在原思路框架不动的情况下,逐字逐句进行推敲,他们还拿出国庆60周年的阅兵解说词,仔细对照,凡是有雷同的地方,都改掉。二十七个装备方队的解说词里,出现了三次"战斗力大幅提升",最后只保留了一处,还有二炮导弹方队里"王牌底牌""撒手锏""坚强盾牌""尖兵利器""战略重拳"等概括性比较强的话,做了些修改。这些话大部分是二炮自己概括的,百姓听了很提气,但从政治和外交的角度考虑,怕有炫耀武力之嫌。

总政改的最多最好的是荣誉方队部分,他们认为开口还是有些小了,看一下这十个方队的命名,除了百团大战、东北抗联、华南游击队,都是由连一级作为荣誉单位,显然是小了。我们说中国共产党在领导中国抗战中发挥了中流砥柱作用,消灭了一百多万日伪军,可胜利阅兵都是选用连一级的荣誉称号,显然与抗战地位和战果不匹配。当时,我也意识到了这个问题,所以就没有图解荣誉取得的过程,荣誉称号只是一个代表,代表着共产党领导的所有抗日武装和各个抗日根据地,但往大里扩,怎么扩,扩到多大,没人提示。经过几次修改,我把它扩展到师一级单位,即八路军晋察冀军区、115师、120师、129师,新四军3师、4师,再加上东北抗联、华南游击队。这样一来,共产党领导的抗日武装力量都解说出来了,但有一个问题,就是新四军皖南事变之后是七个师，而只有两个师的番号出现，不够平衡，但也没办法弥补，方案就是这样设计的。

我们在一起商量，如何把英模方队解说外延扩大，经过集思广益，决定把八路军的四个方队分别加上了八路军抗战精神、华北抗战地域、战术战法、战绩的内容，新四军的两个方队分别加上了新四军作战环境地域、新四军八年抗战战绩，这样就把共产党领导的抗日武装全貌都勾勒出来了。我认为，这个段落的改动是最满意的。

总政这一关过了，下一步该是总参，国庆60周年阅兵解说词到这是最后一关，但不知这次是不是。

8月2日在总参作战部改稿，参加人员有总政宣传部与我们一起改稿的同志、阅兵领导小组办公室的成员、国防大学、军事科学院的专家，还有海军、空军、二炮、陆航部的有关同志，有十几个人。这次改动只是在字数上做了些压缩，严格按照每秒钟三个字卡，尽量减少。比如，徒步方队通过的时间是四十秒，最多不能超过一百二十个字，而前后再留出两三秒，也就一百一十来字；装备方队时间不等，最短的三十多秒，最长的五十多秒，也是百十来字；空中梯队最短的四十多秒，最长的七十多秒，但真正在天安门上空通过也就十几秒，有的甚至更短，字数也不能长，要空出时间来让观众看，不能不厌其烦地说。飞机在天上飞，坦克在地上开，马达轰鸣，噪音很大，再好的词也听不清，所以，留下的词都是画龙点睛。

8月12号的合练我去看了，解说效果不错，说到有力量或抒情的词，观众还不时报以掌声。我很得意。

合练完当天下午，总参又来电话让我们去改，是总参首长提的意见，做了几处小的改动。印象最深的是，荣誉方队里在"从正面战场到敌后战场"后面加了"从内线作战到外线作战"，这样对共产党和国民党在抗战中不同的历史阶段各自发挥的作用，描述得就更客观一些了。

根据上次的经验,我认为这应该是最后一稿,可19号我们又接到总参通知,要求我们下午3点到八一大楼军委首长处改稿。军委首长没有太多的意见,只是在装备方队解说词有几处画了线,概括是否准确,领会了首长意图,又回了总参作战部,他们又把与之有关的专家请来,一起斟酌,修改完,已是凌晨时分了。

谁承想,这还不是最后的定稿,21日下午,又接总政电话,要我们当晚7点半赶到中宣部改稿。我们按时赶到中宣部,军方有总政宣传部一位副部长,总参作战部一位副局长,联指是我和小曾。中宣部领导牵头有央视和一些专家,加起来有二十多号人,桌上每个人面前摆着两份稿子,一份是央视解说版的开头和结尾,一份是在我们稿子基础上修改的版本。央视的人解释,9月3号那天,在现场一字不差地念我们的稿子,央视的版本是解说给电视观众听的,也就是说,我们的稿子是跟着方队走,央视的稿子跟着电视画面走,内容基本一致,只是开头和结尾不大一样。

双方对两个稿子进行了论证。阅兵那天,央视提前一个多小时直播,他们的稿子比较长,加上了一些现场解说的内容,不像我们的干净利落,他们让我们提意见,我没表态。谈到我们的稿子,有人说,荣誉方队开口有些小。我细看,那稿子是以前报的,我们拿出新改过的稿子在大屏幕上把荣誉方队解说词念了一遍,大家说,这一稿好,往下一个字没改。

其实,那一关还不是最后一次。

22日晚上,天安门广场举行大阅兵预演,我无缘观看,不知道效果如何。23日中午,我又接到总参作战部通知,让我们当天下午7点半赶到京西宾馆。离阅兵只有十来天的时间,还要改吗?我了解到,军委两位副主席都在解说词上圈阅了,中宣部、外交部、中央党史研究室、中央文献研究室等权威单位都反馈了意见，没做什么改动，又进行了预演，应该定稿了。

总参作战部的领导告诉我，不是让我们来修改解说词的，是让我们起草一个关于解说词撰写说明报告。我这才松了一口气。这个报告要报到阅兵领导小组，28日中央抗战纪念活动领导小组要召开最后一次会议，首长要在会上听解说词起草有关情况汇报，我这才感到，我肩负的任务可真是既艰巨又光荣，一个解说词不仅要过五关斩六将，还要送到那么高级别的会议上审议，太重大了。

写报告过程中，住在京西宾馆，看到了许多关于此次阅兵的绝密材料，其中包括阅兵方案的制定过程和各级首长的重要讲话，还有各种会议纪要。我心想，如果当初这些材料让我看到，起草解说词初稿就不用那么费劲了，好在也都踩在了点儿上。用了一晚上的时间把报告写完了，作战部的领导稍作修改便通过了。完成任务，我准备打道回府，却又被扣住，说让我们在京西宾馆住到28号，等中央阅兵领导小组开完会再撤。

一直到8月28日下午，离大阅兵还差一周的时间，解说词的修改工作才宣告终止。一万多字的稿子，用了近八个月的时间，参考的资料，大概有千万字，审稿的专家近百人，涉及的部门有几十家，修改的次数，已无法做准确的统计，打印的纸张，摞起来估计要有一人高。

三、变动之多

阅兵方案不断地调整，不断地变化，每调整一次，我们就会被召去改词。

5月份之后，阅兵方队里加了将军领队，这也是新鲜事物，新中国成立以来的十几次阅兵从未有过，俄罗斯红场阅兵每个方队都介绍领队，但除了空军总司令以外，其他职务和军衔都很低，有的竟是尉官，人家不管官大官小，突出的是个人英雄主义精神，彰显的是军人的荣誉。而我们的领队都是清一色的共和国将军，尤其在装备方队通过天安门之前，又加了五位乘车的中将，这样一来，从天上到地下，从徒步到乘车，加起来有五六十名将军。这些将军都要介绍出去，起初的介绍包括单位、职务、姓名和军衔几个要素，尤其徒步方队，每个方队都是两名将军领队，本来解说词的字数就按秒计算，再加上这些文字，就更挤了。后来在总政改稿的时候，去掉了职务，精练一些了，但文字依然拥挤。

我记得，当初，联指首长还要求我在介绍将军领队之前，先加上几句词，阐述将军领队的意义。这并不难，安排将军领队，无非是要展示新中国将军当兵打仗、练兵打仗、带兵打仗的风采，反映我军高级干部身先士卒、率先垂范的精神风范，满满的正能量，可插在哪儿呢？第一个出场的空中护旗方队已经有将军领机，中间隔着抗战老兵方队和三军仪仗队，这几个方队没有将军领队，后面才是十个荣誉方队开始有将军领队，不连贯，而且也没有空余的时间专门解说将军领队的意义，写好了，后来就拿掉了。除此外，各方队的将军领队里还有一些个别问题不好解决，比如有的领队将军不在受阅方队任职，像白求恩医疗方队，领队的却是解放军总医院政治部主任田鸥少将，有的将军在阅兵训练期间职务又有了变动，总之，变数很多。后来，在总参改稿的时候，又去掉了单位，只剩下了姓名和军衔，干净利索了，不搭调的问题也解决了。包括装备方队领队的五位中将，分别是北京军区副司令、海军副司令、空军副司令、第二炮兵副司令和武警部队副司令，这么高的职务，而且代表军兵种领队，最后也只介绍了姓名和军衔。

刚解决完将军领队的问题，又有新变化了。我记得是在7月份，改了十几稿之后，联指首长告诉我，第一阶段要压缩一半的字数，原因是检阅车阅完兵返回到徒步方队时，受阅官兵要齐声高呼"听党指挥，能打胜仗，作风优良"强军目标内容，军乐团和合唱团要奏唱《团结就是力量》，此后，再也没有解说词。我细算了一下时间，原来的8分54秒，只剩下了4分40秒，正好压缩了一半的时间，这就是说，我经过点灯熬油绞尽脑汁锤炼的那一大段文字，必须砍掉一半，真像在自己身上割肉一样。最后一狠心，把"七十年过去，战争的硝烟虽已散去，但战争的阴霾却并未消除；战争的历史虽日渐久远，但战争的伤痕却历历在目。今天，我们隆重举行中国人民抗日战争暨世界反法西斯战争胜利七十周年纪念活动，是全体中国人民对先烈的崇敬，对苦难的追思，对未来的警示，对和平的追求"，还有"伟大的抗战胜利昭示我们，强大的国防是维护我国主权、安全和领土完整的可靠保障，没有巩固的国防就必然遭受侵略，没有强大的军队就会任人宰割"，还有"由此，我们可以告慰为中国人民抗日战争和世界反法西斯战争胜利献出生命的所有先烈，告慰近代以来为中华民族独立、中国人民解放献出生命的所有英灵，中国人民任人宰割、饱受欺凌的历史一去不复返了。今天的中国人民解放军，完全有信心、有决心、有能力捍卫国家的主权、安全和领土完整，今天的中华人民共和国，已经以凛然不可侵犯的雄姿屹立于世界东方"这些很有分量的大段落都拿掉了，我很痛苦地修改了大半夜，一千七百多字，只剩下八百多字。也就是说，一个丰满的躯体，砍来砍去，只剩下一副骨头架子了。

还有一种改动，也值得记忆。受阅部队训练展开很长一段时间后，又增加了白求恩医疗方队，由北京军区白求恩士官学校的二百六十四名女学员组成。国庆35周年、50周年、60周年阅兵都有女兵方队，她们每次出场，都给观众带来精彩和掌声，但前几次都是安排在徒步方队序列，解说词也容易出彩，但这次却安排在装备方队的末端，从形式感上看，与率先出场的抗战老兵乘车方队一头一尾相呼应，着陆海空三军服装的女兵身背药箱，臂戴十字臂章，英姿飒爽，乘车挺立，很吸引观众，但她们毕竟是在装备方队序列，前边都是介绍装备，突然来了一车女兵，这词怎么写，可就犯了难。第一稿主题写人："白求恩精神传人，肩背药箱救死扶伤，扛起钢枪能打胜仗，强军路上，中国女兵英姿飒爽。"后来觉得有些不伦不类，觉得既然她们在装备方队序列，就得按装备去解说，经过集思广益，最终改为"我军卫生战线大力弘扬白求恩精神，不断加强野战化机动卫勤力量建设，形成了半战结合、立体救护的卫勤保障新模式"。这样，就贴题了。看来，真是办法总比困难多。

四、荣誉之战

阅兵方案起初在徒步方队中安排有中央警卫团"张思德"英模部队方队，到了7月份改成了武警部队抗战英模部队方队。写第一稿的时候，我感到有些别扭，方队名称是"中央警卫团'张思德'英模部队方队"，而代表受阅的却是武警北京总队，靠不上去，解说词不知从哪里下手，想来想去，我只能打"张思德"和"为人民服务"的牌，可其他荣誉方队都能把本部队的荣誉靠上去，只有武警部队没有抗战经历，而张思德部队的前身又与中央警卫团和北京卫戍区有关，摆不平。修改稿子时，联指首长对我说，既然摆不平，就写上中央警卫团、北京卫戍区、武警部队都是张思德的传人。我遵照意见修改，可还是觉得别扭。张思德是全党全军和全国人民学习的英雄模范，何止是这几支部队的传人？写那样的解说词，连我自己都不能说服，何以服众？后来之所以改变方队名称，据说是中央警卫团给阅兵领导小组正式上了报告,提出了疑义,北京卫戍区也阐述过自己的意见,从理论上讲,这两个单位与张思德关系更密切。但此时,部队已经展开训练几个月的时间,再换人已经来不及,就改成了武警部队抗战英模部队方队。谁都知道,武警部队是1985年成立的,而眼下是纪念抗战胜利70周年,这荣誉如何写,也是难煞我也。武警部队的前身有许多部队有抗战经历,但不为人所知,我们就请武警自己拿一个解说词初稿出来,我们再润色,最后定稿为:"抗战烽火中,武警部队前身涌现出'杀敌英雄连''战斗模范连''勇如猛虎连''攻守兼备连'等英雄群体。英雄的精神穿越时空,英雄的血性代代相传。"

像这样的情况,国庆60周年阅兵也曾有过,而且更为典型。

65集团军是华北的老底子,晋察冀军区的前身,参加新中国成立35周年、50周年国庆阅兵都是这样介绍:"现在走过来的是由'红一师'组成的步兵方队,这是一支曾涌现出'大渡河十七勇士''狼牙山五壮士'的英雄部队。"而到了新中国成立60周年国庆阅兵再这样介绍,引起争议了。履带步战车方队由42集团军组成,而42集团军的前身部队是"红一团",与"红一师"的历史荣誉有交叉。历史事实是,1933年5月至1944年2月,"红一团"隶属"红一师",但1944年2月后便脱离该师建制,历经数次沿革变化,后来归属广州军区第42集团军。广州军区从来没参加过阅兵,以前怎么介绍"红一师"的荣誉都不太关注,这次"同台竞技",各受阅部队都以光荣历史为自豪,而如此辉煌耀眼的荣誉拱手相让,有些不大甘心。

总政集中改稿时,广州军区政治部来了一位二级部长,他把有关历史档案资料,包括党和国家领导人给"红一团"的题词复印件都带来了,尤其还带来了广州军区政治部的题为"关于妥善处理广州军区与北京军区受阅方队历史荣誉的函",信函详尽介绍了"红一团"的历史荣誉和部队沿革情况,并提出了妥善处理问题的办法,即"红一师"主要解说本级的历史，如中央根据地五次反"围剿"、长征和晋察冀抗日模范根据地等荣誉，把"大渡河十七勇士""狼牙山五壮士"留给"红一团"。

这倒是一个解决荣誉交叉的办法，但65集团军的代表不大同意，"大渡河十七勇士""狼牙山五壮士"是"红一师"最有代表性的历史荣誉，是写进中小学课本的，全国人民都知道，如果介绍红军长征的历史好多部队都有，根本就看不出是哪支部队。明确的态度，是不想让出这个荣誉。

几经论证，总政宣传部领导提出荣誉"分家"方案：一家介绍"大渡河十七勇士"，一家介绍"狼牙山五壮士"。

广州军区仍然不同意，这两个荣誉实物都陈列在"红一团"，根本就分不开；并说，广州军区一位首长专程从广州飞到北京，专门等"荣誉"竞争结果，不达目的不回广州。

总政宣传部的领导也感到了压力巨大。

最后解决的办法是，这两个荣誉谁家也不提了。65集团军提"红一师"，42集团军提"红一团"。

问题算是解决了，可广州军区还提出两个附加条件：1. 广州军区的受阅方队由42和41两个集团军组成，而41集团军是"塔山英雄团"的前身，解说词里要解说出来，这样，两家就平衡了。2. 要介绍出来这个方队自祖国南疆，不然，人家不知道是来自广州军区。

经过讨论，最终第一个条件被否决，第二个被采纳。

因为保密起见，部队驻地是不公开的，我们只有在地域特点和部队特点上做文章，比如，"太行山下""南疆边陲""江南水乡""大漠戈壁""中原大地""虎踞东南""铁军（54集团军）""万岁军（38集团军）"等，这样表述，大家都能接受。

崇尚荣誉是当代革命军人的核心价值观之一，为荣誉而战是军人的骄傲,我很理解他们。

五、劳心之苦

孟子曰:"天降大任于斯人也,必先苦其心志,劳其筋骨,饿其肌肤,空乏其身……"两次为国家大阅兵撰写解说词,说天降大任于斯也不为过,但作为军旅作家,任职大军区的创作室主任,承担此任,也是职责所在,况且,参与国家和军队大的历史事件,也是作家的幸运与光荣。这些年,从1998年抗洪到汶川地震,从奥运安保到国庆阅兵,从上合联演到跨区机动,凡是北京军区大的历史事件(也是全国全军大的历史事件),我都参与其中了,虽"苦其心志",也"劳其筋骨",但我的军旅生涯由此而变得丰富而精彩,充实而富有,与此同时,这些经历,也为我的专业创作积累了丰厚的素材,拓宽了生活领域。

搞创作是苦差事,不应叫苦,问题是,写大阅兵解说词的劳心之苦,是他人无法体会和想象的。我总结了一下,最劳心伤神的是保密。记得2009年,我拿到印有"绝密"字样的《庆祝新中国成立60周年首都阅兵实施方案》时,联指首长很严肃地对我说,这东西要是丢了,你我的乌纱帽就全丢了。首长不是危言耸听,保密就是保命,在部队是口头禅,谁也不敢掉以轻心。起草解说词,那份《方案》,我既离不了,又不能随便带,用完了,就赶紧锁进保险柜。那年我们封闭在远离军区机关的一个仓库的招待所改稿,尽管我提前踩了点儿,但住进去之后,还是看看门窗是否关得严,服务员也不允许随便进我们的房间,规定时间请他们来搞卫生,吃饭也要把电脑带到食堂,确实搞得神经兮兮的。各军兵种和方队报数据材料,要求他们刻成加密光盘,再派专人送过来,交接时要履行签字手续。写一次解说词,整个电脑就废了，任务一完成，就把电脑砸了。这次接受任务之前，联指首长问我，需要什么物质上的保障，我立马回答，一台新电脑，一个保险柜，不是想占公家的便宜，是为了保密。

尽管如履薄冰，谨小慎微，但还是出过有惊无险的事。

记得国庆60周年阅兵时，一次合练之后，有一段解说词被挂在互联网上了，阅兵联合指挥部如临大敌，作为重大泄密事件追查，我首当其冲成为被怀疑的对象，正好那天我也到现场看合练，难逃干系，领导跟我谈话的时候，我没做贼却心虚起来，我的确视保密如保命，不可能去铤而走险。可解说词就在我的电脑里，我跳进黄浦江也说不清楚，我到网上找，看泄密的是哪一段，但早被保卫部删除了，我认真回忆自己写解说词以来的所作所为，电脑是专用的，别说上网，连解说词以外的丁点内容都没有，在老婆孩子面前没泄露过解说词的内容，在亲朋好友面前也从未提过解说词的任何内容，打印出来的稿子，不敢扔垃圾箱，甚至不敢在碎纸机里碎，而是集中起来交保密室销毁。请专家讨论稿子，开完会，逐一收回，一份不差。一家军内报纸约我写一篇关于大阅兵的稿子，提出来先把解说词拿去看看，也答应不外传不泄密，虽然是好朋友，但我婉拒了。宁可不上这篇稿子，也绝不能做有风险的事。我就纳闷儿，如此谨小慎微，怎么会泄密呢？好在最后破了案，是在现场的一个记者搞的，他用手机录了现场解说词，然后整理出来挂在了网上。我这才把心放在肚子里。

记得一天晚上改稿子，刚开始改不进去，到后半夜才来灵感，凌晨5点才改完，但却忘了存盘，粘贴稿子时不经意间，把改过的稿子弄"飞"了。我脑子一片空白，赶紧在各个盘里找，但手忙脚乱，始终没找到。

我朝自己的脸狠狠地扇了两巴掌，想哭，甚至想死的心都有。

我"喀嚓"一声，躺在床上"挺尸"，此时天已大亮，大夏天，我浑身冰凉。

怎么办？找专家恢复，因为保密不敢把电脑交给别人，找熟悉的专家，大半夜的，找谁？而且上午9点钟就要讨论稿子，时间已经来不及了。

稳了稳神，静了静气，我只有从头再来……

劳心之苦，还反映在跟人打交道之苦。作为一名作家，我凭良心和责任做事，不仅没有圆滑的处世能力，有时还会显得很固执己见。比如，在起草此次解说词中，一位首长要求我在第一阶段加上新古田会议精神的内容，我就陈述自己的观点：历史上我党我军召开了若干次具有历史重大意义的重要会议，在有限的字数内，只提这次会议不妥。另外还要求我在结束语中加上"四个全面"的内容，即全面建成小康社会、全面深化改革、全面依法治国、全面从严治党。我又陈述自己的观点：在如此举世瞩目的场合，结束语应该具有国际性世界性，应该用激情的语言去赞美和平，歌颂正义。我这样提出自己的观点的时候，在场的人都瞪大眼睛看着我。谁都知道，改材料，一般都是谁官大谁说了算，首长定了，部下们不会再发出别的声音。但作为主撰稿人，我必须把自己的观点陈述清楚，因为这是一个国家的大庆典大仪式大事件，主题一定要突出，站位一定要高，眼界一定要宽。好在首长也同意了，不再坚持。

我这人心直口快，性子急，修养差，有时为改一句话，一个字，会与人争得面红耳赤，不可开交。记得写国庆60周年解说词时，结束语用了"让军旗告诉国旗，让历史告诉未来，让中国告诉世界"三句话。讨论稿子时，一位首长提出把"让军旗告诉国旗"拿掉，我说，为什么？他说与后两句不搭调，我又慷慨陈词地辩论，这三句话逻辑关系很密切，第一句是军队和国家的关系，第二句是历史和未来的关系，第三句话是中国和世界的关系，结束语应该用这三个关系向世界作出庄严的宣告。后来又经过几次争论，还是维持了我的意见。看来政治家比作家要大度得多，遇到我这个爱较真的主儿，有时首长也没辙。

在总参作战部改稿的时候，也争得一塌糊涂，作战部那位领导说了两个字，让我很佩服："忘我！"那两个字，很经典，很哲学。

不是吗？写大阅兵解说词，既没名又没利，甚至连版权都说不上，怎么还做不到"忘我"呢？

作家呀，做到忘我，才能做到物我两忘。

忘掉了自我，才用心记住了国家和民族。

嘎查人家

嘎查是蒙古语，汉语是村庄的意思。我走进大兴安岭中部的一个名不见经传的嘎查，是来采访两个普通的蒙古族之家。今年7月，为抗击洪水，保护嘎查，这两户人家分别献出了一个基干民兵。

我去的第一家主人叫开花，是烈士邓玉宝的母亲。她年仅二十二岁的儿子，是为救他的战友布仁白拉被洪水卷走的。这是一位五十岁上下的中年妇女，中等个儿，草原上的蓝天白云造就了她那张黑里透红且闪着亮光的脸。开花微笑着把我们迎进门，从外表根本看不出中年丧子的哀伤与愁苦。

进屋后，开花先让大儿媳给我们递烟倒茶，婆媳俩流露出蒙古族人的热情好客。我指着相镜子上的一个小伙子问开花："这是玉宝吗？"她冲我点点头，又过来给我指其他照片上的玉宝。从照片身后的背景可以看得出，玉宝是这个家庭中唯一走过南闯过北的人，穿着打扮与表情都有一股书生气，很难和一个临危不惧舍生忘死的英雄连在一起。开花拿出儿几本书给我看，一本是抗洪抢险的画册，一本是《解放军生活》杂志，还有一个是玉宝的日记本。开花刚参加全国抗洪抢险英模表彰会回来，那两本书刊是在会上发的，她一页也没有翻，不是因为不识字，而是怕看见那些抗洪抢险的照片，因为照片上的人都长得像她儿子。大会最后两天组织英模代表旅游，从没到过北京的开花却单枪匹马打道回府。她说，北京那疙瘩东西太贵，又是吃又是住，得浪费国家多少钱？还有，她的荣誉是儿子用生命换来的，她不能心安理得地坐享其成。一个蒙家妇女有这样的思想境界，后来把各界捐献的五千元钱又如数捐献给重灾区的行为，就不再出人意料了。

我打开了玉宝的日记本，这是一个线装本，封面上是用蓝天白云草地牛羊组成的图案，不难看出，这是主人自己创作的，从构图到线条可以说都很稚拙，甚至像儿童的蜡笔画，从中可以看出作者不散的童心。日记完全是用蒙文写的，我看不懂，但从行文的格式上看，大部分像诗，翻到最后一页，出现了两行歪歪斜斜的汉字："走你的路，让别人去说吧——雷锋。"那是但丁的至理名言，我丝毫没有埋怨抄录者的张冠李戴，相反，我倒认为玉宝对雷锋太崇拜了，从理论上他可以把但丁和雷锋弄混，但他却毫不犹豫地践行了雷锋的平凡与伟大。

我问开花："玉宝牺牲的那一天，对你说了些什么，在家里做了些什么？"

开花告诉我，玉宝是民兵班长，自打闹水那天起，他就带着他那个班昼夜护坝，玉宝每天用一个树枝在坝上量水位，量完就去支书家报告。7月19日早晨，玉宝起得特别早，他见水位又涨了，赶紧去报告支书，支书决定组织民兵打桩护坝。

不一会儿玉宝回来了，一进门就让我赶快烙饼，我动手和面，还没和好呢，玉宝就说太少，我就又加了两碗面。我问他，你吃得了那么多吗？他说，坝上还有人呢。饼烙好了，我家小孙子要吃，玉宝没给，孙子就哭。我就说，你给孩子一点儿，玉宝还是不给，我以为他跟孩子闹着玩儿呢，平时他们爷儿俩最好，今天这是怎么了？孙子哭着要，玉宝兜起饼来就跑，我急了，对着他的背影骂起来："小玉宝,你抠门儿,你死到外头别回来!"玉宝回过头来冲着我笑,一边笑一边跑,就再也没回来……

开花后悔地说:"玉宝是个听话的孩子,长这么大没惹我生过气,我也没这么咒过他,我这一咒……"

听着开花的叙述,我的眼泪开始在眼睛里打转转,开花没流泪,我也没好意思让眼泪掉下来。我不知道这烙饼的细节算不算预兆,我不知道开花咒玉宝的话,跟后来玉宝完成英雄的壮举有没有直接的关系,但起码证明,玉宝是一个十分可爱的青年人,是心里始终装着集体和别人的人,是一个在极其贫瘠的环境里不忘塑造和完善自己的人。最后开花竟说了这样一句无济于事的话:"我家四个儿子,要是换一个,我这心里也许好受些……"听那话,这场洪水她们家搭上一个儿子是天经地义的,只是哪一个的问题。

我又问开花:"你家里条件这么差,为什么还把别人的捐款捐出去?"

开花说:"那钱是捐给玉宝的,玉宝已经走了,我花他的钱,心里难受。"

我说:"你已经牺牲了儿子,再捐了钱,心里不更难受吗?"

开花说:"玉宝是为国家死的,他的钱也应该交给国家。"

开花说得很平静,我却感到震撼了。

和开花握别,我感到她那双手格外有力量。招招手,回眸一眼站在门口的开花,我的眼泪再也控制不住了。为玉宝的英年早逝,为开花这样一位平凡而伟大的母亲。

我采访的另一家是烈士布仁白拉家。这是两间独立房,距嘎查至少有五百多米远,院子挺大,一扇栅栏门上落着锁,一只狗在院里朝我们汪汪直叫。不一会儿一位少妇怀里抱着一个两三岁的孩子过来,看也没看我们一眼就把门打开了,不用问这是烈士的妻子,陪同我的武装部石政委告诉我，女人叫岳玉香，今年二十八岁，比布仁白拉大一岁。

进得屋来，我才知道了什么叫家徒四壁，外屋几乎什么东西也没有，里屋有一个木箱子，上面放着一台黑白电视机，算是屋里最奢侈的家当了。正面墙上挂着两张彩照，一张是三口人的合影，一张是布仁白拉的单人照，很明显，单人照是从合影照上裁下来的，照片两端各放着一个规格很大的荣誉证书，分别是内蒙古自治区民政厅和团委发的，因为屋里没有别的摆设，这些东西就格外引人注目。

岳玉香告诉我，那张合影是孩子一周岁的时候照的。照片上的三个人笑得都很开心，从中可以看出这是一个清贫而幸福的家庭。我问主人还有没有别的照片，她放下孩子转过身去，在箱子里来回翻，最后终于找出来了一张。我一看，跟墙上挂的那张一模一样，只是尺寸小了一点。她说，这是托人家照的，家里再没别的照片了。盖箱子盖的时候，我发现她的肩膀在抖动，不知道是因为箱子盖太重了，还是因为箱子或者照片什么东西触动了她的感情神经，但回过头来的时候，她那双大大的眼睛上没有泪花。

孩子哭了，抓着照片要爸爸，哭得让人撕肝裂肺。岳玉香赶紧解开怀，看也不看，就把乳头往孩子嘴里塞。孩子仍哭着要爸爸。岳玉香抓着孩子的手，两只眼睛瞪着直定格，总是回不过神来。我不明白，草原上的女人都没有泪水吗？刚刚失去丈夫的痛苦，孤儿寡母的艰难，足以让她痛哭一万遍，泪水完全可以冲倒这两间摇摇欲坠的小屋！

我对岳玉香说："能不能给我讲一个你们谈恋爱中的故事？"

这个话题使岳玉香感到兴奋和羞涩，她脸上立马涌起红霞。她犹豫了一下，讲了这样的故事：布仁白拉本来不是这个嘎查的，因为家里穷讨不上老婆流浪到这个嘎查。岳玉香的父亲是个老军人，看布仁白拉是个好小伙子，就打算把女儿嫁给他。父亲跟岳玉香商量，岳玉香说，咱不知根打底儿，要不要到他家打听打听？父亲说，这有什么好打听的，一看就是个好小伙子。岳玉香说，是不是太穷了？父亲说，日子都在过，只要人好就行。说这话不到一个月的时间，岳玉香就和布仁白拉举行了婚礼，这是全嘎查最俭朴的婚礼，别人说把两个铺盖卷儿往一块一搬就算结婚了，可布仁白拉连铺盖卷儿也没有，甚至连新婚礼服都是借的。嘎查人都笑话岳玉香嫁给了一个穷汉子，岳玉香却发现自己嫁着了，布仁白拉不仅人长得俊气，而且知书达理，懂得孝道，夫妻间也恩爱和睦，家里添了这个上门女婿，气氛活跃了许多。一年以后，他们添了个儿子，跟父母商量，他们要出去单过。嘎查里有排斥外来人的习俗，他们只好到远离嘎查的地方去盖房子，那是兔子聚会的地方，满地都是兔子屎。没过多长时间，两间土房子盖起来了，为了镇住那些兔子们，布仁白拉给儿子起名叫黄鹰。布仁白拉不仅是个好丈夫，好父亲，好女婿，在嘎查也是个好村民，好青年，不管是修路、护青、参加民兵训练，还是帮着街坊邻居干活儿，每次都少不了，而且特舍得卖力气，慢慢地，嘎查人再不拿他当外来人看待了。

　　岳玉香最后对我说，人就是命，布仁白拉那天不下水就好了。他连着干了七天，到家连孩子也不看一眼，上炕就睡觉。就在他出事儿的那天早晨，支书到家来，说他太累了，让他休息一下。等支书走了，我对他说，你的衣服太脏了，脱下来我给你洗洗。他脱了半天脱不下来，我一看，内裤都粘在身上了，一脱他就一咧嘴，我过来帮他，他说，听玉宝说水又涨了，说着就往外走，我追出去说，看看就赶紧回来。他没顾上答应就往坝上跑……到了晌午，我听到街上有人喊出事儿啦，我的脑袋一下子就炸了……他为保护大坝，保护嘎查走了，走得值得，我不恨他丢下我们娘儿俩，我倒恨我自己，当初为什么不扯住他，把衣服给他洗了。让他穿着一身泥衣服走了，我想起来就后悔。

岳玉香的两只大眼睛又在定格，那是两只由双眼皮组成绝不比电影明星逊色的大眼睛，是两只很有灵气也很有内容的大眼睛，只可惜在那张木讷的算不上白净的脸上，那两只大眼睛无论如何也生动不起来。

在内蒙古自治区团委发的荣誉证书里，我发现一张纸条，上面写着几行很难辨清的汉字，格式像大事记：

7月19日尚（晌）午，拉走了（拉是布仁白拉的简称）。

7月20日后尚（晌），旗宣传部长来为（慰）问，留下五百元。

7月21日，军分区白司令来看望，留下一千元。

7月30日，苏木领导送来各地卷（捐）款三千五百元。

……

我问岳玉香："这些钱你打算怎么使用？"

岳玉香说："存起来一部分给孩子留着，一部分给婆婆，她常年有病。"

岳玉香没有提到自己和这个一贫如洗的家，没有提到自己往后生活的光景。

孩子又开始大哭，扑在照片上喊爸爸，岳玉香又把乳头往孩子嘴里塞，孩子咬了她的乳头，岳玉香拧了孩子一把，孩子哭得一发不可收拾。

我的采访进行不下去了。

出了嘎查，石政委把我带到玉宝和布仁白拉牺牲的现场。这是一道脆弱的堤防，也是嘎查唯一的一道生命屏障，如果大堤决口，不仅嘎查在地图上消失，下游的城镇、农场、稻田和几十万人民的生命财产，都会被洪水淹没。旗抗洪抢险指挥部下了死命令，不惜任何代价守住大坝。洪水虽然已经退去二十多天，但大坝被它撕咬的痕迹还在，与洪水抗衡的层层编织袋还在，勇士们奋战的足迹还在，这是历史的见证。历史将永远记住人类与自然这场罕见的战争，记住在这场战争中，人类对自然的不屈不挠的征服力量。

石政委指着大坝的一个险段对我说："布仁白拉就是在这里被洪水冲走的，那天他的体力实在不行了，搬最后一捆柴草的时候，玉宝正好从家里拿干粮回来，他给大伙儿每人分了一份，就朝水里的布仁白拉喊，快上来，我这有大饼！这时，布仁白拉正走在河中间，听到玉宝喊他，他答应了一声，就往岸上走，就在这个时候，一排浪头打来，布仁白拉就被卷走了。玉宝一看，衣服也没顾上脱，就跳进了河里，他不顾一切地向着布仁白拉游去，两个人的手眼看着就拉在一起了，又一排浪头打来，两个人一起被卷走了。坝上的人一看不好，赶紧下水抢救，但已经晚了，往下游走了三四公里才找到两个人的尸体……"

英雄献身的过程并不重要，重要的是英雄献身的行为。英雄的壮举已经为他们生前没有留下的豪言壮语作了深刻的诠释。

石政委还告诉我，为两个烈士送葬的那天，整个嘎查家家关闭门户，男女老幼倾巢出动，泪水倾盆，哭声雷动，棺材怎么也抬不走。老支书大声喊着："这是我们嘎查最好的两个年轻人哪！"

假如他们在天有灵的话，一定会含笑长眠的。

他们是民兵，是中国武装力量的一个组成部分，更确切地说，他们是农民，是还没有解决温饱的中国农民，是思想觉悟和精神境界还没有达到某种高度的中国农民，是极其热爱生命珍惜生命的中国农民，而当祖国和人民召唤他们的时候，他们毫不吝惜地把自己年轻的生命和这场罕见的世纪洪水融为一体。

车在路上颠簸，我的情绪也在颠簸。

不知什么时候，车又停了下来，眼前是一排将要竣工的新瓦房。

石政委告诉我，这是以邓玉宝、布仁白拉两位烈士命名的一所学校，内蒙古自治区团投资二十万元。邓玉宝、布仁白拉的事迹在报纸上刊登以后，各界人士纷纷捐款，嘎查的男女壮劳力都来参加义务劳动，这所学校建起来将是全旗农村最好的学校。

　　我想，这应该是两位烈士没来得及留下的遗愿，不久，这座新瓦房里将传出琅琅的读书声。若干年后，这里的学生不再把但丁和雷锋张冠李戴，不再把贫穷当作资本，当烈火、洪水、地震、战争等一切灾难降临的时候，从这里走出的学生，也一定像两位烈士一样义无反顾。

用心灵靠近灾难

2008年5月12日，距8月8日的北京奥运会还有八十八天，从天文数理上来看，应该是一个吉祥的日子。然而，谁也没料到，这一天，却成了一个让13亿中国人把日历和心灵的记忆全部抹黑的日子。

这一天的14时28分，四川汶川，北纬31度，东经103.4度，发生了里氏8.0级强烈地震，烈度为11度。大地震波及范围包括四川、宁夏、甘肃、青海、陕西、山西、山东、河南、湖北、湖南、重庆、江苏、北京、上海、贵州、西藏等十六个省、自治区、直辖市，甚至波及泰国和越南。

让过惯了歌舞升平日子的国人猝不及防的是，距唐山大地震发生三十二年之后，"天府之国"又遭受与之有过之而无不及的噩运，而且受灾面积是那样广，损失是那样惨。一时间，汶川、北川、映秀、青川、都江堰、绵竹、茂县、安县、理县、什邡、高川……那么多人们不熟悉的地名都以灾区的称谓，强行灌输于人们的耳目。到底哪里是震中？到底有多少地区变成了灾区？到底多少国民变成了灾民？到底有多少人受难变成了罹难？

仅仅是几十秒钟的时间，或者叫作一瞬间，我们每一个中国人的心都变成了一片瓦砾：

山，崩了

地，裂了

路，塌了

桥，断了

人，埋了

国，殇了

……

从地震发生那天起，作为一名不坐班的作家，我放下正在写的长篇小说《血地》，坐在沙发上，或者藤椅上，不分昼夜而聚精会神地看电视。一时间，我的情绪立即从当年冀中抗战的悲壮转化为由大地震引起的悲伤。从那天起，央视一套就滚动播出抗震救灾特别节目，我掐着遥控器，一会儿央视一套，一会儿四川卫视，不住地来回倒。看着看着，就流泪。看到地震后灾区山崩地裂，房倒屋塌，流泪；看到温家宝总理第一时间赶到灾区现场指挥，流泪；看到解放军、武警官兵、公安干警舍生忘死抢救伤员，流泪；看到学校成为一片废墟，流泪；看到孩子们被一个个救出，流泪；看到全国人民纷纷向灾区人民捐款捐物，流泪；看到一个个志愿者奔赴灾区，流泪；看到世界各国政府、慈善机构发来慰问电，流泪……

我在流泪的同时，忽然感到一种从未有过的激情与无绪，悲悯与无助。我感到自己整个身心，瞬间被突如其来的地震所瓦解。我不知道，作为一名作家，一名军旅作家，此时此刻，要为灾区做些什么，能做些什么？我觉得心一阵阵地揪，血一股股地涌。我知道，就我的年龄、身体以及职业而言，到了前线，也不会有什么作为。但我期望自己的这种悲悯、无助以及冲动，能够得到释放。我希望我的心灵能够靠近灾区，靠近灾难。

5月18日晚，中央电视台直播《爱的奉献》大型赈灾文艺晚会，中国作家协会主席铁凝慷慨激昂地对着全国观众说了这样一段话："人民养育了作家，在国家和人民蒙难时，作家不能缺席。作家要用文学温暖生命，鼓舞人民，激励大爱，把美好的文学献给伟大的人民。相信人民，相信大爱，相信中华民族的伟大复兴一定会早日变成现实！"

铁主席的话，让作家们沸腾，让作家们激昂，也让作家们坐不住。

就在这一天，汶川大地震由里氏7.8级修改为里氏8.0级。这就让中国人本来就滴血的心，又被狠狠地揪了一把。

就在这一天，国务院发出公告：为表达全国各族人民对四川汶川大地震遇难同胞的深切哀悼，国务院决定，2008年5月19日至21日为全国哀悼日，在此期间，全国和各驻外机构下半旗志哀，停止公共娱乐活动，外交部和我国驻外使领馆设立吊唁簿。5月19日14时28分起，全国人民默哀三分钟，届时汽车、火车舰船鸣笛，防空警报鸣响。

就在这一天，我们请示前线的报告得到批复，我们将"千里赴戎机"。

从地震那天算起，按中国丧葬传统礼仪的俗称，5月19号这一天应该叫"头七"。由此可见，国务院是按照中国最民间的习俗安排悼念活动的，因为那些罹难者都是黎民百姓。这是对芸芸众生的缅怀与尊重。

这一天凌晨4点56分，天安门广场上国旗在《义勇军进行曲》中冉冉升起，人们向国旗行注目礼，4点57分0秒，国旗升到旗杆杆顶，在短暂的定格后开始缓缓下降，现场气氛凝重而肃穆，几千人静静地聚集在降半旗的国旗杆周围低头默哀。

泱泱中华五千年，半旗第一次为黎民而降。

人们看到，低垂的国旗比以往更鲜艳，似在为苍生泣血！

其实，并不是偶然的巧合。我们乘坐的北京飞绵阳的航班是下午

4点30分起飞，我们所在的西山八大处，距首都机场较远，需提前两个小时出发。我们乘坐的轿车还没驶出北京军区大院，14点28分已至。顷刻间，大院内外以及很远的地方传来汽笛长鸣，警报声声。

那一刻，中国静止。

那一刻，我们静止。

那一刻，在苍天之下，在街巷之间，在心灵之所，在生死之地，山河失色，泪雨倾盆，举国齐哀，草木同悲。

那是一日长于百年的三分钟，也是被泪水浸泡的三分钟。其实，在这三分钟里，我感受到的不只是这些。《左传》中有这样的句子："臣闻国之兴也，视民如伤，是其福也；其亡也，以民为土芥，是其祸也。"我为我们的党、我们的政府以人为本的执政理念和"视民如伤"的大爱情怀而深深感动。

国有殇，民有哀，情有痛。

那三分钟里，路人止步、车辆停行、警报鸣响，一个民族的表情和声音统一到了一起。那一刻，在十三亿人的泪光里，我仿佛看到，汶川大地震的亡灵们都生出美丽的翅膀，在国人的祝福与祈祷中向天国翩翩飞去。那一刻，我们仿佛听到，一个如洪钟大吕的声音在九百六十万平方公里的大地上回响："任何困难也难不倒英雄的中国人民！"

我们乘坐的这趟1463航班是地震发生之后临时加的。因为地震的原因，飞机上乘客很少，几乎连五分之一的座位都没有坐满。这是我乘飞机的历史上从未遇到过的。这样一来，我们就有理由选择一个靠窗户的座位，好看一看地面上的景色，调整一下心情。在上飞机之前，我已经从收音机里听到了国家民政部发布的最新消息，截止至19日12时，汶川地震造成的死亡人数已达34073人。自地震发生后，这些黑色的数字每天都数以百计地递增。我不希望它增长得太快，而我又无法阻止它。

趁着机舱里的安静，我开始梳理自己的心情，下意识地掏出采访本，俯在小桌上或许记点什么。当兵三十多年，这是第一次以上前线的姿态去履行一名军旅作家的使命。震区还有余震，有山体滑坡，有泥石流，有疫情发生的可能，还有好多好多不可预测的危险。对于过惯了大都市、大机关养尊处优日子的我，对于身体患有疾病的我（血小板减少至2万，医生嘱不能出远门），这次赴灾区不是没有顾虑的。但军人的使命、作家的使命，都需要我和我的战友们把这些顾虑打消。换一个角度来说，这些日子在家也不好过。电视不敢看还得看，报纸不忍读还得读。每天都流泪，每天都激动，每天都不安，心情无法恢复常态，创作无法正常进行。想来想去，与其坐立不安，倒不如"铤而走险"。在我看来，从某种意义上来讲，灾难，对于人类是不幸的，而对于作家却是幸运的。在远离战争的和平年代，应付突发事件，承担急难险重，奋力救灾抢险，是体现中国军人存在的重要舞台。而对于军旅作家来讲，能有机缘用文字、用心灵记录他们的英雄风采和精神世界，无疑是幸运的。

我知道，我没有能力像钱钢师兄当年写《唐山大地震》那样，立誓"要为今天和明天的人类学家、社会学家、地震学家、医学家、心理学家，还有人——整个地球上的人们，留下一场关于大毁灭的真实记录，留下关于天灾中的人的真实记录，留下尚未有定评的历史事实，也留下我的思考和疑问"，而即使有能力写出一本全景式的《汶川大地震》，也引不起那样的轰动效应了。因为当年唐山大地震是在特殊的政治年代发生的，新闻对外是严密封锁的。虽然钱兄的《唐山大地震》是在地震发生十年之后才出版的，但那些数字，那些故事，那些消息，仍然带有揭秘性质（当然，我不否认《唐山大地震》一书还有其较高的社会、学术等多方面的价值）。而汶川大地震从发生开始，广播、电视、报纸、网络等等新闻媒体都是敞开的，都是透明的。尤其是电视，每天都在滚动直播，地震现场是什么样的，人是怎么救出的，救援者与幸存者是怎么交流的，怎么配合的，有图有像，有声有色，真实生动，一目了然，让我们这些从事文字的写手们心力苍白，无所适从。而无所适从，并不等于无所作为。我坚信，文学有文学的功能，文学有文学的魅力，这也是新闻手段及其他艺术形式所不能代替的，比如文学对生命的温暖，对心灵的描述，对精神的激励，对灵魂的安慰，对希望的撒播，对人性的揭示，对灾难的反思等等。

飞机开始下降，我们已经进入四川上空，我不忍隔窗俯瞰，生怕电视上的惨景一下被拉到现实。我需要一个缓冲的机会。飞机继续下降，播音员开始广播了："女士们，先生们，我们此次飞行的目的地绵阳马上就要到了，飞机开始下降，请大家系好安全带……"

我的视线开始胆怯地向下移动，我在电视上看到，绵阳也是重灾区，但我看到的景象不是那样。一层层梯田像螺旋一样，错落而静谧，小麦刚刚收完，地里是焦黄的麦茬。水田里，青年男女高挽着裤管在紧张而秩序地劳作，有人向空中抛着稻秧，似在挥洒并张扬着自信。一排排房屋整齐漂亮，青山碧水，炊烟袅袅，有老者背着背篓在街上踽踽独行……

天府之国，鱼米之乡，人杰地灵，美丽富饶，这里的一切，都一如既往，根本看不到大地肆虐的痕迹。

难道那是一场噩梦？

但愿那是一场噩梦！

当我看到第一个废墟现场——北川中学的时候，噩梦猛然间变成现实。

我脚下的北川中学，七层高的教学楼变成了一两米高的大垃圾场，只有散落在垃圾场上的学生用具，还有"四川省北川中学"的牌子，才证明这里曾是一所学校。有千余名师生被埋……向西距学校几公里的地方就是北川县城，眼下，那座往日美丽、安详并具有羌族特色的小山城已在中国版图上消失。据说，这是此次汶川大地震中毁灭最惨烈的一座县城，城内二万余人，仅有四千余人逃生……

汶川——此次大地震的震中，县城的损失与北川相比，要稍幸运一些，但它的映秀、水磨、卧龙等等一些名字和景色同样美丽的小镇，仅在一晃之间，变得满目疮痍，青面獠牙……这里是由成都通往九寨沟的必经之路，凡是走过这条路的人，都会记住她们仙境般的美丽与神奇。但现在这里，已经成了令人扼腕的伤心地。

在卧龙自然风景区"四面环山，三山竞秀，二水争流，一城跨江尽新楼"的威州，已在地震中面目全非……

绵竹汉旺镇，距汶川仅三十公里的一个工业重镇，已变成一片废墟……

什邡县黑白镇，一片瓦砾……

远离汶川县三百余公里的青川，也在地震带上，强震袭来，天崩地裂，房倒屋塌，万余人被埋……

都江堰，千年古城，天府明珠，此次汶川大地震中最熟悉而响亮的一个名字。这项始建于公元前256年、历次地震中岿然不动的伟大水利工程，维系着天府之国两千余年的安宁富庶，而李冰父子带领百姓"以火烧石""凿山穿水"的壮举，已是中华民族抗击灾害百折不挠、众志成城的象征。但这次汶川大地震却无情地摧毁了她的容颜，都江堰水利工程虽健在，但玉垒山上的二王庙已全部坍塌，本来紧嵌在墙上的"深淘滩，低作堰"几个大字，被震成无数碎片。在都江堰，遭受地震重创的还有聚源中学、新建小学、中医院……

还有安县、茂县、理县等等，都在地震中遭到毁火性的重创……

天地不仁。

滔天之灾，撼地之痛，椎心之伤！

天府之国怎么了？

这里是治水英雄大禹的故乡。

这里是唐代诗人李白的故乡。

这里是大熊猫的故乡。

这里有享有盛誉的川酒、川茶、川剧、川菜……

我曾两次走过这片美丽而神奇的土地。奔腾的岷江，奇秀的山峰，竹林的香茶，马帮的铃声，别样的羌寨，少女肩上的背篓，山间传来的情歌，雪山上飘来的炊烟……她的美，曾经让我神魂颠倒，激动得泪流满面，曾让我几乎下跪感谢上帝给人间留下了这番动人心魄的美丽！

而今天竟成了生离死别的伤心地。

凡是到过这一带的人，都会称赞这里的风景美丽、姑娘漂亮，都会感受到川西人的勤劳、朴素、坚忍与善良，谁也不希望这么美丽的地方、这么善良的人们，会与惨绝人寰的地震灾难联系在一起。

不管是老天爷也好，土地爷也罢，只是那么潇洒而随意地一晃，就使数万无辜苍生死于非命，近十万平方公里的美丽山河被毁于一旦！

上苍太残忍了！

不是吗？

蜀 道 难

天在下雨,我们想由绵竹去北川。吃过早饭,大概不到8点钟,我们在街上找车。以往下部队或者出差,有人管吃管住管车坐,自己不用操心,这回可不行了。部队连自己的车辆保障都很困难,根本顾不上我们,而在灾区,交通保障几乎成了最难的事。火车不通,长途车不跑了,"的士"也见不着了。要想出行,唯一的办法就是找志愿者,而灾区有车的志愿者毕竟是少数。我们见车就追,见车就拦,但人家都来去匆匆,无暇顾及我们。不时有志愿者过来问我们:"解放军同志,需要我们提供帮助吗?"一听我们是等车,摇摇头,带有几分歉意地走开了。

等了一个小时,还是没等来车,我们在雨中急得冒汗。

这时,一个年轻妇女走过来问我:"你们去哪儿?"

我说:"北川。"

妇女说:"我看你们在这儿等了半天了,一定是有急事儿。这样吧,我把我老公叫过来。"说着,就拨打手机。

约莫十多分钟的时间,一辆轿车停在我们面前。年轻妇女拉开车门对司机说了几句我们听不太懂的四川话,司机点点头,就招呼我们上车。

车掉头,年轻妇女又俯在玻璃上对司机说:"路上慢一点儿,早点回来拉我去医院。"

上了车，我们发现后排座位上还有一位，我们感激地跟他们握手，道谢。司机告诉我们说，刚才那年轻妇女是他媳妇儿，坐在后边的是他小舅子。司机还说，他岳母在地震中受伤，现正在医院抢救。听了这话，我首先为那年轻妇女的表现所感动，同时，心里又有些不落忍。司机说，没事儿，现在老人家已经脱离了危险。

绵竹属德阳，北川属绵阳。从绵竹到北川要经安县，也就七十多公里。一过安县就是山区了，山很陡，路很窄，有的地方裂开了很宽的大口子，路上到处是从山上滚下来的大石头，有的形容不上来到底有多大。有两座桥，桥头上已经标示着是危桥，重型车辆不能通过。看到桥桩和桥栏杆被震损，坐在车上还真有晃晃悠悠的感觉。雨还在下，山坡上不时有细沙细石流下来，远处看，像水流，不怎么害怕。路上行人很少，来回行驶的车辆不是救灾的军车，就是呼啸着的救护车，像我们这样的车辆几乎看不到。

司机告诉我们说，自地震后，我们都没来过北川。谁也不敢开车来。

听了这话，我就明白了，那个年轻妇女为什么在马路上徘徊半天，才主动帮我们找车，这不仅仅是到医院去看自己受伤的母亲，还有冒着危险的成分。这就使我对那位年轻妇女，还有她的丈夫、弟弟，又多了一分敬佩和感激。

到北川曲山镇，下了车，我们和司机招手再见。

车开走之后，我忽然想起来一件事，应该问问他们的名字，或者留个电话。

结束北川的采访，我们要返大本营——绵竹，车辆又成了问题。此时，北川县城已经封了，来往的车辆就更少，我们找到车的难度就更大。我们在马路上等了半天，没找到，就顺其自然地往前走。走了一两公里，还是没找到，昨晚雨下了一夜，路很滑，再加上又从山上滚下来一些石头和泥沙，蜀道更难了。问题是，这老天爷一点儿善心也没有，越怕下雨它偏下，不知道把灾区人折腾成啥样它才解气，才罢休。眼下，雨又下大了。我们没雨衣，只好在树底下避。再往前走，更是路静人稀了，我们只好又往回走。看到前边有一个收费站，旁边有警察。对，遇到困难找警察。警察让我们在路边上等。

不一会儿，从北川县城方向开出来一辆"别克"轿车，还挺新。警察把车拦住，商量了一下，同意让我们搭车。我们像遇见了救星一样，连声道谢。

坐车的机会，也是采访的机会，在灾区，遇上任何一个人，都会成为你的采访对象。车上坐着一位乡镇干部模样的中年男人，他告诉我们，他是北川县政协的，现在要下乡。地震都过去八天了，这个乡还进不去（具体哪个乡我记不清）。现在要去这个乡，需绕道绵阳，再沿着山路折回来，至少要多走一倍的路。他说，你们只能搭车到安县。我说，这就很感激了。安县损失稍小一些，可以打到车去绵竹。那边是平原，路也好走。

路上无聊，自然就说说地震的事。中年男人说，他妻子、母亲、妹妹都遇难了。家里只剩下他、父亲和儿子，地震带走了他家的三个女人，留下老少三辈的男人。短短几十秒钟的时间，人就不见人，家就不是家了。他说得很平静，没带任何悲伤色彩，就像说别人家的遭遇，或者叙述电视剧的情节一样。

车后排座上还坐着一位青年女性，打我们上车，就没听她说话，好像没这个人似的。我问了她家的情况，她告诉我，娃儿没了。再没多说一个字。我知道再追问下去，纯粹是逼人家揭心灵的伤疤，那就太不人道了。

中年男人叹口气说，整个北川都没了。我们还不算最苦的。有的整个家庭老老少少都没了。我知道，那应该叫核心家庭解体，也叫家破人亡。

中年男人接着说，真是太惨了，就那么一晃，一座县城就没了。谁敢想象？

今天早晨，我们本来是想进县城的，因为封了，才没进去，只站在县城边上看了一眼，就回来了。但就那一眼，对我心灵的震撼和伤痛，是终生的。中年男人又说，开始没有大型机械，部队还没上来的时候，我们只能用手扒，眼看着活人被楼板压着，干着急，就是救不出来。我们的常务副县长，活了一天一夜，我还给他送过水，跟他说过话，但第二天就死了。地震的第一天晚上，废墟里还有一片"救命啊，救命啊"的呼喊声，第二天，就越来越弱，越来越小……

说着说着，安县到了，我们该下车了，我想宽慰那个中年男人和那个年轻女子几句，但在如此灭顶之灾的大难面前，任何语言都显得苍白无力。我只有默默地祝死者安息，生者坚强。

我们下了车，道了谢。中年男人摇下玻璃说，放心吧，北川不倒。

这句话，让我流泪了。

夜宿北川

下午两点多，我们从绵竹出发经安县赶往北川，路程也就七八十公里，却走了三个多小时，等到北川，就到吃晚饭的时间了。

我要采访的对象是国家地震救援队的队员们，他们身穿橘红色的制服，后背上印着"中国救援"的字样，实际上他们大多数是北京军区某工兵团的官兵。他们这支队伍对外叫国际救援队，参加过数次国际地震救援，是专门受温总理调遣的。12号晚上，也就是温家宝总理到达灾区后的几个小时之后，他们就飞到了成都。到灾区的七天里，他们已经转战都江堰、绵竹汉旺、汶川映秀救援。两天前到达北川。

我碰到的第一个采访对象是副营长王庆山，山东汉子，大脸盘，皮肤黝黑偏红，个不算太高，但块儿特大，眼前一站，就是英雄形象。在帐篷里，我掏出笔记本，提出要采访他。他却不紧不慢地说，作家，先出去感受感受吧。他的声音是沙哑的。我问他是怎么回事，他轻描淡写地说，喊的。

出了帐篷，他领我上了一个山坡。这里的视野更开阔，放眼望去，我们所处的位置是一条很深的峡谷，两侧是海拔三千多米的大山，奇怪的是，南面的山体，植被茂密，万木葱茏，而北面的山体却被剥去了一层外衣，从山顶到山根儿，裸露着青面獠牙的大石头，山下是一棵棵连根拔掉的大树。地震和山体滑坡的肆虐，由此可见一斑。我不由对滴血的大自然产生了一种从未有过的悲悯情怀。

王副营长把我带到一片废墟上，他告诉我："这就是北川中学的教学楼。"

我被眼前的惨景惊呆了，这哪是什么学校，而是一个被瓦砾堆起的大垃圾场。我走上废墟，弯下身子看着一件件散在瓦砾上的物件：书包、课本、作业本、手表、文具盒、计算器等等，都是一些学生用的东西。最让人看不了的是那一只只颜色不同、大小不同的小鞋子，有的还系着带子，但不知道鞋子的主人究竟命归何处。走了两步，我还看到一张照片，照片上是一个漂亮的女孩子，笑得很甜，照片被雨水打湿，化作女孩的泪水或汗水。我捡起了那张照片小心翼翼地收藏起来，我想这张照片的主人不论在人间，还是在天堂，都会美丽到底。

我的心一直被深深地揪着，我不敢问这座教学楼到底有多少层，废墟里到底埋了多少人，有多少人获救。我的眼前晃动着一张张孩子的脸，耳畔响起清脆的笑声和琅琅的读书声，我期盼眼前的一切都是梦幻，梦幻过后，他们的生命会同明天全新的太阳一样在地平线上冉冉升起。因为我抬起头来，看到了废墟最高处，在风雨中飘动的那面鲜红的国旗！我心里默默地祈祷：孩子们，忘记这场灾难吧。向天上看——中国力量与中华爱心已经铸成了一架天梯，通向汶川，通向北川、通向青川……通向每一处拥有你们的绿水青山，通向你们心中最美好的希冀与向往。

天渐渐黑了下来，废墟上一片寂静，我却心如波澜。

不知什么时候，一个身材高挑约摸三十多岁的女人走上废墟，她拿着手电照着一个位置自言自语地说："找的娃儿，就在这。我的娃儿，就在这。"

我走上去问那女人："这么多天了，还能找得到吗？"

女人并没抬头看我一眼，还是用手电照着那个地方："我的娃儿很漂亮，学习成绩是班里的尖子。她不会死的。"说这话的时候，她的脸，未带任何悲情，倒显得很自信。

我还想说什么的时候，王副营长拉住了我："咱们回去吧。"

走了两步，我情不自禁地看了一眼，只见那女人还是蹲在那儿，一边用手很机械很无助地清着瓦砾，一边说："我的娃儿，就在这儿。我的娃儿，就在这儿。"

王副营长告诉我："我就见不了这场面。"

实际上，我更见不了这场面。可这场地震，却在美丽的天府之国造就了很多这样的场面，在大街上，在难民营，在路边，在帐篷内，你不敢跟哪个人说话，不敢提地震的话题，一碰就是血泪。

我看见，不远处，一个挖掘机在有条不紊地劳作着，微弱的灯光照着它的车身，照着它动作机械的身影，看不到操作手，也看不清挖掘机到底挖出了什么，只听到那有节奏的缓慢的"咣唧咣唧"的声音，如同一首悲凄的挽歌。

再往前看，就是北川县城了。而此时的北川县城，已经变成了一座空城，一座黑城，一座鬼城。街上没有一丝灯光，不见人走动，听不到一点声音，甚至连动物的声音也没有，静得瘆人。此时此刻，无论什么样的声音从哪里发出，都会令人毛骨悚然。十年前我到过这个县城，美丽的自然景观和羌族人特有的生活风情，让人流连忘返，记忆犹新，而这一切，已不复存在。大自然无意间的一抖，就使这一切完全毁灭。

北川，像一个鸟巢，被裹挟在龙门山的地震断裂带中，娇小，可爱，易碎。北川县城处在一个险要的地理位置，它身处两座大山合拢的平地上，老城区被王家岩包围，新城区背后是唐家山。之前，有人告诉我说，三十余年前，北川曾有搬迁的打算，1976年唐山大地震，北川也有地震发生。地质专家专门来此勘察，指出县城正好处在龙门山地震断裂带上,且两边是易滑坡的山体。专家指出,北川有被两座大山包饺子的可能。一位老师说:"我们只能等着老天爷哪天发威。"当时,北川还没对此有所警惕,随着城市人口的增加,城域开始扩张。去年,北川在王家岩山脚下挖掘地坪,准备兴建居民楼。结果,今年地震发生了。

晚上,我和十几个战士睡在帐篷里,但这一夜,却无法入眠。老天在无休无止不知疲倦地下雨,还夹杂着风和闪电,帐篷不时被风刮得呼呼山响,感觉随时都有被刮上天的危险。帐篷的底部和门口不时有雨水流进帐篷,我们的鞋、放在地上的包,都被浸湿。说不清是几架直升机在天上飞过,发出嗡隆隆的声响,我们的头顶上就是唐家山堰塞湖,如果堰塞湖决口,将把四川的第二大城市——绵阳吞噬。据说已发现险情,直升机是在巡视侦察的。整整一夜的时间,都没有停止飞行。还有一种声音是来自山体滑坡的声音,不时从远处传来,在我们门口,是一台发电机,也辛勤劳苦地工作了一夜。可以想象,有这些声音存在,这觉该怎么睡?

其实,让我难以入眠的远不止这些。我的脑子异常兴奋,但充斥的不是来自周围的这些声音,而是我的心,总是无法安宁的,始终是死死地被揪着的,几乎被揪碎,出血。我闭上眼睛,眼前却始终晃动着在北川中学废墟上看到那一幕一幕,那些学生的学习用具,那张漂亮女孩的照片,那个寻找孩子的女人,那个有条不紊劳作的挖掘机,还有那座空城……这一切,这一切的一切,都让我难以恢复成一个正常人的心态,不管是出于一个作家的悲悯情怀,还是出于一个军人的壮怀激烈的情感,我难以忘怀这一生中从未体会到的一夜。

战士们都睡了,天上地下的声音还是不绝入耳地传来,我来回翻身,想确定一个舒适的姿势,强迫自己睡着。这时,我床前戳着的矿泉水瓶忽然倒了,紧接着我觉得床在晃,睁眼见顶上的灯也在晃。地震了！但士兵们鼾声如雷，没一个人做出任何反应，显然他们已经习惯了在地震中工作和休息，显然，他们是太累了。几分钟过后，晃动停止了。我看了一下手机上的时间，已经是凌晨1点34分了。不行，我必须睡，我跟王副营长约好，明天一早5点钟去北川县城搜寻幸存者。我来晚了，还没见到救人的场景。王副营长说，他们救援队一共救出了49名幸存者。他还告诉我说，他们今天下午救出了一个在废墟里被掩埋164小时的老太太。

不知睡了多大会儿，我被肚子疼醒。我知道是昨天喝凉水喝的。我这人小姐身子丫鬟命，从小就不能喝凉水，喝了就闹肚子，在家宁可渴死，也不喝冷水，哪怕是矿泉水，还是纯净水。可到了灾区，我一点招儿也没有，这儿没有任何烧开水的地方，我拿着保温杯冒着雨围着几百顶帐篷转了一遭，也没讨着一口。我不能渴死，只好喝了矿泉水。这家伙在我身上就这么灵，喝下去，肚子就疼，接下来就准备拉稀。我从床上爬起来，捂着肚子朝厕所跑，谁知那个简易厕所离我住的帐篷竟有一百多米，我以百米冲刺般的动作向着厕所跑去。这时天已亮了，好不容易深一脚浅一脚地跑到厕所，却见厕所门口有几个士兵在排队等候。娘呀，真是要命。好不容易等到里边一个士兵出来了，我向排队等候的士兵们招了一下手，表示不礼貌了。可正当我痛快淋漓地排泄之时，手机响了，是王副营长打来的，他问我在哪里，部队马上出发了。得，节省一些吧。我没按程序完成排泄任务，紧急跑了出去。

我追上王副营长的时候，他们已经走到了山根底下，因为下了一夜的雨，山体滑坡到处都是，路又被堵死了，进北川，只能徒步。我看了一下，这支小分队有二十多人，都穿着橘红色的制服，戴着头盔，扛着救援工具，领着搜救犬，只有我穿的是迷彩服。一见面，王副营长就把一个头盔扣在我的头上，还给了我一个口罩。这身行头穿在身上，我感觉自己像一个编外的救援队员了。

我们走了两三里地的时候，北川县城已经近在眼前了，它已是满目疮痍。但就在这时，前边有一个路卡，一个公安人员拦住我们的去路，说："因为山体滑坡，前边很危险，指挥部有命令，北川封了。"王副营长说："我们是国家救援队的，进去执行搜救任务。"那警察说："不管什么人，我现在只认指挥部的条子。"又交涉了一会儿，警察还是不放行，而且一点活口也没有。最后，警察说："我要替你们的生命负责，你也要替我的饭碗负责。"话都说到这份儿上了，也就没辙了。

过了一会儿，武警排着队过来了有上百人，也被拦住了。

还有一些准备回北川的老百姓都被拦住了。

我们不死心，尤其是我，失掉这次机会，就等于再也看不到救人的真实场景了。因为这一天，已经是地震发生后的第八天，生命奇迹不那么容易创造了，大面积的搜救已基本结束。

又过了一会儿，一辆救护车开过来了，也被卡住，车上下来一些穿防护服的军人，跟"非典"时期白衣战士一模一样。其中有一个当官模样的人，从口袋里掏出一张纸给警察看，警察放行了。但车被扣下，人都徒步进去。我看了一下，大约有二三十人，他们身上除穿防护服，还带了些消毒的工具。看着他们鱼贯进了县城，我在想，当初也弄这么一身行头混进去就好了。

就这样，我不得不与北川接近而不能亲近了。我看到"欢迎您到北川来"的广告牌还坚挺地戳着，给人们当着向导，但眼下人们却进不去了，即使进去，也不知道看什么了。

我觉得很遗憾，已经到了跟前了，却被北川拒之门外。我有一千个愿望，一万个理由，要刻骨铭心地去感受一下被地震撕裂的北川，无论她眼下的面孔有多么狰狞。

哦，北川，我心中永远的北川！

不会哭的四川人

在灾区采访了十天，有主动采访的，有被动采访的，有听到的，有看到的，有感受到的。林林总总，零零散散，加起来不知道有多少，一直到回京，才使这些有形或无形的记忆得以梳理。在灾区的日子，是被悲伤、激动、同情、震撼感染的日子，眼里天天流泪，心里时时滴血。直到在很长的日子里，才得以修复和释怀。

我不知道，我是不是也需要心理救助。

在灾区，我有一个发现：四川人不会哭。

在北川曲山镇，我贸然走进了一个写有"救灾"字样的帐篷，里边住着一家人，家主是一对老年夫妻，看上去有七十多岁的样子。从面目表情和精神状态上看，两位老人都算不上健康。不知道是因为地震，还是因为年老多病。我进去的时候，老太太正躺在床上输液，她旁边站着一个护士。帐篷里还有三个小床，分别坐着两男一女三个孩子。问了一下，一个十一岁，一个八岁，小的只有五岁。三个孩子趴在床上，各自玩儿着手里的玩具，小女孩儿在画画。我凑过去一看，她画的是房子、树木、河流、道路，还有小鸟。孩子是在创作一个美丽、安详的世界，或者是一个充满幸福阳光的童话。然而，我一细问，几天前家里发生的一切，与孩子憧憬的童话世界，是那样的截然相反。三个孩子的爸爸和妈妈，全部在地震中遇难。其中，八岁的男孩儿和五岁的女孩儿是亲兄妹。也就是说，这个家庭，在地震中失去了两对中青年夫妻！

老人告诉我，他的大儿子四十二岁，大儿媳四十岁；二儿子三十八岁，二儿媳三十二岁。他们都在北川城里上班，12号那天上班走了，就再也没回来。老人说，孩子们命大，本来两个儿子都在县城有房子，他们礼拜天才回来看看我们。11号那天，不知道为什么，我那老伴像得了魔怔似的挨个给他们打电话，说想孩子们了，让他们把孩子们送回来。他们说，孩子们还上学。老伴说，那就请假，第二天再接回去。就这样，我老伴的电话，救了三个孩子的命。后来，我才知道，学校都垮了，整个北川都垮了……

眼下，我既为三个孩子的幸免于难而欣慰，又为两对夫妻不幸罹难而痛惜。他们是这个家的顶梁柱、脊梁骨哇！就这么简单的一震，顶梁柱塌了，脊梁骨断了，整个家庭失去了支撑。望着两位老人和三个孩子，我的心在控制不住地颤抖，我无法安慰他们受伤的脆弱心灵，也无法揣摩他们后来日子里的种种艰难。

可老人和孩子都没有悲伤，没有眼泪。

在都江堰新建小学，我看到了一对夫妻在废墟上不住地徘徊，嘴里不紧不慢不高不低地嘟囔着："我的娃儿呀，我的娃儿呀。"过了几天，我因采访又返都江堰新建小学，居然又碰到了这对夫妻，还是在废墟上徘徊，还是不断重复着："我的娃儿呀，我的娃儿呀……"有人来废墟给孩子们烧香、上供、烧纸，有人来废墟凭吊罹难的老师。这对夫妻视而不见，依然叫着他们的娃儿，但他们都没哭。

在北川曲山镇马路边，我看到了一个老汉背上背着一个两三岁的孩子。我凑上去问了一下，才知道，他的老伴和儿子在地震中遇难了，他背的是自己的孙子。地震发生后，他们被疏散出来。现在地震过去了,他要回家。他告诉我,他的家在一座山坡上,地震引起山体滑坡,把他们的房子都埋了,儿子是在北川打工遇的难,老伴是心疼家里的坛坛罐罐,地震跑出来了,又回屋里拿东西,被山上滚下来的大石头砸死的。他后悔当时没拦住爱财舍命的老伴。老汉后面是他的儿媳,一个很清秀的四川女子,腼腆,低着头,一句话也不说。

我问老汉:"现在去哪儿?"

老汉说:"回家。"

我说:"家不是没了吗?"

老汉说:"地还在。麦子收了,该种稻谷了,现在还来得及。"

老汉说得很轻松,像是外出打工赶回家一样,像家里什么事儿也没发生一样,像以往几十年的农家日子那样,日出而作,日落而息,寒来暑往,秋收冬藏……

在映秀镇,透过一顶帐篷的门窗,我看见,有几位老师在辅导高考生,那几位老师脸上或者胳膊上都有伤,其中一位男老师胳膊上还缠着绷带,那些孩子也有负伤的。但他们镇定自若,心无旁骛,聚精会神……

在绵竹,我看到一个老太太坐在帐篷外边很用心地做针线,她背后是垮塌得不成样子的房子,不知她的家人是否都平安,一只猫静静地卧在她身旁,看着她穿针引线……

在绵阳九州体育馆,我看到了聚集着上万人的安置点,那是一个用帐篷搭起的世界,那里的人们过着"灾时共产主义"的生活。广播里在喊着找某某人,还广播卫生防病方面的知识。广播员不论男女,都是地道的四川话,显然不是说给外人听的。周围的环境还算干净,有人清扫,还有人打药。我们去的时候,他们正开饭,饭堂跟前排着长长的队伍,有男有女,有老有少,他们手里拿着各种不同的餐具,很有秩序地等着打饭。我看见,给他们打饭的是武警战士。那天的主食是米饭,副食是大烩菜。我走近看了一下有白菜、豆腐、土豆和肉,这应该是北方菜。四川人是很讲究吃的,但到了这份儿上,谁也顾不上了。

我这人多事,爱问话。见一老太太领着一个小女孩,便凑上去问:"这是你孙女吗?"

老太太说:"不是。"

我又问:"是你外孙女?"

老太太又摇摇头:"不是。"

我不敢再问了,再问又会问出催人泪下的悲剧。

我忽然想起了小学时学的一篇课文,题目忘了,内容是:下雪了,一个老太太在街上滑倒,一个同学把她扶起来搀着她过马路。这时,过来一位同学问道:"她是你的奶奶吗?""她是你的姥姥吗?"最后,那同学说:"我不认识她。"

我猜想,那老太太跟那女孩的关系,可能就是"不认识"的关系。

在绵阳大街上,我看到一个年轻的母亲在跟十来岁的儿子打羽毛球,娘儿俩球技都不太高,但打得很认真,两个人都姿势变形地去救一个个出界的球。打累了,娘儿俩坐在地上休息,有说有笑。我凑过去,跟他们聊天,不知不觉地又扯到了地震上。我以为,娘儿俩玩得这么开心,这么投入,地震灾难定与他们无关。没承想,母亲却指着孩子说,他爸在北川失踪了。

此时,地震已经过去十多天了。我知道,如果没有奇迹发生,现在"失踪"与"遇难"只是说法上的不同,没有本质上的差别了。

母亲说:"12号那天,老公去北川出差,地震的时候,他正和一个朋友喝酒,朋友躲在厕所里活下来了,老公往外跑了,却至今没有消息。"

母亲说:"我老公在煤矿干了多年,遇过险情,身体很好,应该有死里逃生的能力。可是……"

母亲说:"咳,我不去想了,我希望他给我们娘儿俩创造一个奇迹,但就是最坏的结果,我们也要接受……"

母亲说:"我现在就想拼命地工作,拼命地干活儿,别让自己闲下来……"

这些日子,我一直纳闷儿,一场大地震袭来,这里的人们,眨眼之时,生死别离,阴阳两界。活下来的人,应该柔肠寸断,以泪洗面才是。而我看到的人,都很平静,无论触到如何伤心的话题,都不流泪。甚至我都流泪了,他们还是不流。

我想,他们大概早已把眼泪哭干了。

我想,他们都明白灾难不相信眼泪。

我想,他们已经把泪水化作了火焰。

看到某些场景,回忆某些画面,揣摩某些故事,我想起了我的老家——冀中。抗战时期,那是一片洒满鲜血和泪水的土地,那个年代的人们也为这片土地,为这片土地上的后人,留下了一个个遍地英雄的故事。1942年"五一大扫荡",日军在冀中杀了五万多人,在那以后的日子里,"扫荡"、反"扫荡"就成了冀中的平常日子。人死了,挖个坑埋了,顾不上哭,就下地干活儿,就接着打仗。那时,冀中有一首歌:"死了的,就死了;活着的,咱还活着;哭瞎了眼,只有小日本儿才乐和。死咱就死,活咱就活。这就是战争,这就是生活……"

灾难走了,还会来。生活在继续,生命在延续……

假如我不来灾区

到了灾区之后,我发现我应该来,来晚了;如果不来,我会后悔一辈子。

之前,我一直没有给自己这次灾区之旅以一个准确的定位,也就是说,一个作家,我到灾区来干什么?能干什么?是采访?采风?深入生活?抑或体验生活(这都是我们以往下去之后的冠冕堂皇的理由)?我最终发现,这些都不是。等我登上返京的航班,回眸灾区的时候,我才把自己此行定性为心灵之旅,精神之旅,生命之旅。

从某种意义上来讲,我应该感谢这场灾难,它使我的心灵浸泡了苦难,而苦难是人生的最好的老师,也是作家最珍贵的财富。

在很长时间里,我曾为文学而悲哀。在市场经济条件下,在各种视觉、听觉多种艺术形式的冲击下,文学之母的使命已无从担当,文学很尴尬地被抛到边缘,作家很尴尬地被抛弃到边缘。想想20世纪80年代人们对文学的那种痴迷,再看看当下人们对文学的这种冷落,悲从心来,怅然长叹。真不知道是社会的悲哀,还是文学的悲哀?不知道是作家失去了读者,还是读者抛弃了作家?

面对这样一个残酷的现实,确实有些无可奈何,并带来创作上的激情锐减,甚至消极怠工。

应该说,是这次灾区之行,又使我找到自信,找到自我。

我在国家救援队采访的时候，战士们听说我是作家，都在言谈话语中透出某种崇拜，有的要求把他作为原型写进小说，有的掏出笔记本，让我在上面签字。一个读过我小说的战士，我走到哪儿，他都给我背包。有一次，我把采访本丢在他们的帐篷里，我正急得要命，晚上11点多钟，他却跑着给我送来了。我住的地方离他的帐篷有二三里路，他不知道我的电话，也不知道我住在哪儿，就跑出来瞎找。见到我，他脸红扑扑地说，怕你着急。说完就走了。我记得，那天还下着大雨，他淋得精湿。

有一天晚上，一个教导员找到我，要求我给战士们讲讲文学。那位教导员说，这是大家的意见。还说，我们在下面，见一个大作家不容易。要不是地震，哪能认识你？我听了真是有受宠若惊之感。那天在帐篷里给战士们讲了两个小时，我认为是我发挥最好的一次，因为是我最感动的一次。战士们刚刚停止了在废墟里挖人，惊魂未定，却一下子把感情倾斜给文学。由此可见，他们把文学和生命连得是那样紧。我无法不为之动容。

在中宣部组织召开的抗震救灾文艺创作座谈会上，文艺界的大家们都参加了。我听作家徐坤讲了一个故事：在青川，我们作家代表团拿着帐篷，找不到地方搭建。后来发现一个广场上有一块空地，正准备安营扎寨时，呼啦！围上一群人，纷纷质问：你们是干什么的？这地方是留给学生们上课用的，你们为什么要抢占？当地领导说，这是北京来的作家们，是专门到灾区来看望我们，写我们来的。群众纷纷散开，把地方让出，还有很多好心人过来帮着干活儿。

这个故事虽然是听来的，但我比亲身感受还感动。作家没被遗忘，没被冷落。在灾区是这样，在祖国各地都应该是这样。让我们反思的，不应该仅仅是文学的地位，还有我们作家自己。

那次会议上，王海翎的开场白也很精彩，大地震过后，我们每个人都要问："5·12"这一天，你在做什么？

的确是这样，每一个中国人都会在追问，抑或扪心自问。那一天，你正在干着什么并不重要，重要的是，地震发生之后，你是否被震惊地停下了手里的活儿，把眼睛朝灾区眺望，把心灵向灾区靠近。你是否有一种激情，要为灾区做些什么？

这就回到了我最初的话题上，假如我不来灾区，现在的心，能不能这样安然？能不能这样坦然？国家遭难了，人民遭难了，作为一个作家无动于衷，事不关己，高高挂起，该是多么多么的惭愧，多么多么的汗颜！

我庆幸，我到了灾区。

灾区使我收获了我一生所不能获得的收获。

还有一件事。出发前，因匆忙，我没带相机，只带了一些日常生活用品就上了飞机。到了灾区以后，看到一些非常入画的场面，我却手中羞涩，看着别人拍，心里有种说不出的遗憾。

但任何事情的结果，都有得与失的成分相互掺杂。

我在映秀看到这样一个景象：一个老汉从自家的废墟里扒出了一把犁，老汉就像什么事也没发生一样，把那把犁扛在肩上，很自信地朝田地里走去。他的背有点儿驼，落日余晖下，那个扛着犁驼着背走在田埂上的逆光背影以及他身后的一座废墟，应该是很好的一幅摄影作品，但我苦于没有相机，只好默默看着老汉的身影在我的视线里渐渐消失。但我被震撼了。我觉得那老汉肩上扛的已经不是一把犁，而是一座熠熠闪光的金山，一座不倒的民族精神丰碑。

还有一个画面，也是我用眼睛记录下来的。在都江堰，一大清早，我起来打算到岷江边上转转，一出帐篷，我看见，对面女兵帐篷门口，有两个女兵在互相化妆。她们的动作是那样轻柔，那样专注，那样从容，那样一丝不苟。谁也不可想象，她们的身边是帐篷，背后是废墟。也许，化完妆，她们背起药箱，就去翻山越岭，走村入户，为灾民巡诊服务。但在临行之前，只要有时间，她们就要把自己精心打扮一番，以最好的面容和姿态出现在那些受难者面前，给他们以精神上的抚慰。同时，我也对她们充满了理解和敬仰：她们是军人，也是女孩儿，爱美的女孩儿。在任何环境中，都没忘记爱美的天性。这是一种大美。大美无言。

忽然间，我觉得应该庆幸自己没带相机，如果从镜头里看到这个画面，绝对没有用眼睛看获得的震撼更强烈，也不会如此触发我丰富的想象和燃烧的激情。

人们常说，眼睛是心灵的窗子。正因为我用自己的眼睛久久地看着那个背着犁走向田间的老汉，看着那在废墟旁精心化妆的女兵，我的心灵才能与他们互动，与他们共鸣。

我想，一个作家，深入生活也好，体验生活也罢，一定要用自己的眼睛、自己的心灵、自己的生命，而不是用相机及其他。

第三辑

文学心得

你是中国人，请你坐在前面
战争文学：英雄、故乡、女人
永无止境的心灵折磨
作家面对历史的沉重担当
让英雄形象留下时代的精神记忆
青涩记忆、心灵独白及其他
我为什么要写《哥们儿弟兄》
都市题材里的《生命线》
无法释怀的苦恋
作家的良知
小说的艺术

你是中国人，请你坐在前面
——重读魏巍经典散文《谁是最可爱的人》

在我的记忆中，新中国成立之后，还没见有哪一篇文章，能够获得如此殊荣。毛泽东批示：印发全军。朱德连声称赞：写得好，很好。她为子弟兵树起了一座丰碑，她成为中国人民志愿军的代名词，她成为一个时代的文化符号——这便是红色经典《谁是最可爱的人》。

初读这篇文章是在初中的课本上，那时的阅读理解能力主要靠老师总结中心思想和讲写作手法。中心思想主要是文章中所歌颂的志愿军战士为了祖国和朝鲜人民与敌人血战到底的英雄气概，而那种气壮山河、可歌可泣的英雄气概是用悲壮故事和感人细节表现出来的，比如，你把山顶的土"打翻了"，我就让你的尸首在"山前堆满"；你汽油弹的火焰把阵地"烧红了"，我就让你的血把"山岗流红"，还有对烈士遗体保留着各种搏斗惨烈姿势一一详尽的描写，使我们对最可爱的人产生由衷敬仰的同时，也对敌人产生了刻骨仇恨；而接下来，作者话锋一转，又写了最可爱的人的两面性。我们的战士，对敌人是这样狠，而对朝鲜人民却是那样地爱，接着便娓娓道来，讲志愿军战士烈火中救人和以苦为乐以苦为荣的故事。这一"狠"一"爱"，淋漓尽致地告诉读者，最可爱的人是世界上最伟大的爱国主义者和无产阶级国际战士。就写作手法而言，文章中用了大量的排比句用于议论和抒情，使之产生了较强的阅读快感和感人的力量，也使志愿军作为"最可爱的人"这一理论定位，更加深入人心。魏巍谈本文创作体会时说："《谁是最可爱的人》这个题目，是从我心底跳出来的，是从情感的浪潮中蹦出来的。"我完全相信。

事实上也是这样，中国人民解放军的前身曾叫过工农红军、八路军、新四军，经历了土地革命战争、抗日战争、解放战争，而只有抗美援朝战争留下了"最可爱的人"这个光荣称谓。新中国成立后的几次局部战争，还有当人民子弟兵在执行抗洪抢险、抗震救灾等重大急难险重任务中，所表现出大无畏英雄主义精神和无私牺牲奉献精神时，人们仍用"新一代最可爱的人"去赞美他们，这样，谁还有理由怀疑《谁是最可爱的人》的历史意义和现实意义呢？

若干年后，当我重读《谁是最可爱的人》，那种激情澎湃的情绪还在，但不是来自艺术的感染力，更多的是历史与情感的真实性。作者笔下的英雄不仅为一代又一代的人点亮了理想的灯，并在漫长的人生旅途中，深层次地影响着人们的人生观和价值观，让人们崇拜英雄，向往崇高，把争做新一代最可爱人，作为一种理想追求和精神守望。除此以外，通过读这篇具有历史符号和记忆的文章，对那场战争的特殊背景、惨烈程度及其重大影响，有了追问的理由和反思的意义。

1953年7月26日，历时两年零九个月的抗美援朝战争结束，交战双方谈判代表在板门店正式签订停战协议。鸦片战争以来，被称作"东亚病夫"的中国人在从未间歇的内忧外患中挣扎煎熬，如今，在中国共产党的领导下，站起来的中国人敢于向美利坚为首的联合国军进行抗争，而且逼得对手三次撤换战场上的最高指挥官，逼得对手亮出了除原子弹以外的全部家当，逼得对手在谈判桌上无条件地接受停战签字。中国军队首次出国作战，打出了军威国威，打出了一个军事大国的形象，打出了世界格局中属于自己的位置，取得了政治上、军事上、外交上乃至道义上全方位的举世瞩目的胜利。

抗美援朝战争的胜利，捍卫了新中国的安全和尊严，维护了亚洲以及世界的和平。同时，让世界认识了中国共产党及其所领导下的人民军队，抗美援朝战争是一个起点，也是一个理由。

在这里讲一个小故事。一个国民党将军1949年被赶出了中国大陆，但他没有去台湾，而是定居在南非。在南非坐公交车有个规矩，就是白人才能坐前面。这个将军每次上车时，就主动到后面与黑人坐在一起，但有一次，他上车后主动向后面走去时，那个南非司机却拦住了他，对他说，你是中国人，请你坐在前面。他从那个司机那里才知道，中国人民志愿军打败了美国人。当得知这个消息后，他仰天长叹。

若干年后，有些人就"抗美援朝战争该不该打""伤亡三十七万人值不值"等问题提出质疑，以上故事，就是最好的回答。

抗美援朝历史过去近七十年，不管是研究这段历史，还是阅读与这段历史有关的文学作品和相关文章，《谁是最可爱的人》这篇文章成为绕不开的话题，因为它以歌颂志愿军爱国主义、革命英雄主义和国际主义精神为最基本动力，感染和教育后人，从而融入人们的思想、生命与灵魂。但如今，最可爱的人这个称谓变得陌生了。

若干年以来，不经意间，《谁是最可爱的人》在课本中被删除。删除的原因，不得而知，但代替或与《谁是最可爱的人》比肩的文章却很鲜见，我不禁要问，难道英雄和英雄主义精神有实效性吗？把生命交给祖国，交给民族，交给人民的子弟兵，不再是最可爱的人了吗？我们这个年代，不需要英雄精神鼓舞和无私奉献牺牲了吗？

历史不能遗忘，英雄不容亵渎。尊崇并守护人民英雄，是对历史和良知的尊重和捍卫，是对正义和秩序的坚守，是对信仰和未来的守望。

让红色经典《谁是最可爱的人》再红起来，让英雄的生命再开新花……

战争文学：英雄、故乡、女人

巴尔扎克说，小说被认为是一个民族的秘史，而小说家则承载着讲述民族秘史、塑造民族英雄形象的崇高使命。战争是产生英雄的土壤，是造就英雄的机遇，应该说，战争中的英雄形象更具民族精神魂魄和独特典型意义。

若干年来，随着人们对"高大全"式英雄的摒弃，文学作品中出现了既具英雄特质、人性光辉，又具有某些规律的英雄形象，比如《红高粱》中的余占鳌是一个充满了原始野性而又不屈不挠的英雄，他冒险杀死劫匪，用人肉炸弹去袭击青沙口的日军，目的是为了保护自己心爱的女人和故乡那片一望无际的高粱地。《白鹿原》中的黑娃是一个既有叛逆行为而又革命不彻底的英雄，他为了爱情与田小娥私奔，因为田小娥名声不好不能入祖宗祠堂，他毅然逃离家乡投身革命，大革命失败后，他又回到故乡修身救赎。最复杂的英雄形象当属《静静的顿河》里的主人公格里高利，个人生活中，他两次回到妻子身边，三次投入情人怀抱；革命生涯中，他两次参加红军，三次加入白军，穷途末路之际，他把武器丢进顿河的冰水之中，回到家破人亡的故乡。从以上几个具有典型意义的英雄形象中，得出这样一个结论，英雄与故乡与女人有着密不可分的联系。

我写过两部战争题材的长篇小说，一部是《百草山》，一部是

《血地》。在这两部小说中，我有意或无意触及了英雄与故乡与女人的联系。《百草山》的主人公贺金柱是一个既有传奇色彩又有道德缺陷的英雄，抗日战争中，他用九匹战马逼退了日军的一个小队；解放战争中，他用兵不厌诈的手段，一个人俘虏了国民党一个团；抗美援朝战争中，他指挥一个加强连全歼了美军一个加强连，由此，他被授予一级人民英雄。然而，部队进城后，当了团长的他毅然抛弃家乡的前妻娶了年轻漂亮的大学生，这一举动，使他的命运一下子涂上了悲剧色彩：他的父亲因之自缢，他的弟弟因之打了一辈子的光棍儿，他的前妻至死不接受他的赎罪，他的女儿死活不叫他一声爹。他也尊崇那句话，一个军人，要么战死在沙场；要么，就回到故乡，然而，当他回到家乡，每个人都像躲瘟疫一样地躲着他，他跪在百草山前忏悔，围观他的是几个看热闹的孩子……《血地》中的主人公李长生因躲避追杀参加了红军，五年后，当了团长的他奉命回到家乡组织抗日队伍，然而，家里却发生了让他尴尬的变故：家里人听到了他牺牲的消息，由母亲做主把他的妻子香梅许配给了弟弟李长在，他与香梅恩爱有加，年轻漂亮的大学生吴桂兰向他示爱，他因走不出香梅的影子而优柔寡断，弟弟因为猜忌他与香梅旧情复发而郁闷甚至暴躁，香梅因夹在亲兄弟之间左右为难，随着时间的推移，当他终于走出香梅的影子去接受吴桂兰的爱时，吴桂兰却牺牲了……日军"五一大扫荡"，李长生被迫率主力部队撤离家乡，等他回来，美丽的家乡变成了屠宰场，他的母亲、侄子和村里的几百人全部被日军杀害，村里像坟墓一样静得瘆人，李长生拿着银圆到各家道歉："对不起，八路军连累你们了……"

战争会让无数军人变成各种类型的英雄，作家当然要表现无数英雄的"这一个"。为什么英雄与故乡与女人有着密不可分的联系和纠缠，因为故乡是英雄的精神家园与心灵湿地，因为女人是英雄灵魂与肉体的黏合剂，她能使英雄释放出别样的浪漫激情并闪耀出特有的人性光辉。《百草山》中的贺金柱十五岁离开家乡参加了新四军，他从一个士兵一路晋升为军长，和平年代进了城，换了城市老婆，尽管他大逆不道抛弃农村前妻让他与家乡有了隔膜，但家乡毕竟是生他养他的地方，那里有他的爹娘，有他的一双儿女，有他情感的寄托和心灵的牵挂。他听到爹为他离婚而上吊自杀的消息后，新婚之夜不能尽丈夫的义务，第二天，给新娘子留下纸条，跑回老家，星夜跪在爹的坟上失声痛哭默默祷告，他把随身带的食品衣物放到自家门口，趁着天没亮，急匆匆赶回部队。自抛弃前妻，他对故乡既想又怕，既躲又盼，既热爱又疏离，这种纠结，让他寝食难安。对于女人，贺金柱作为常人，也表现了英雄难过美人关。前妻魏淑兰有文化有相貌，在老家也是很拿得出手的女人，而与南方水乡养大的正值妙龄的大学生张敏相比，毕竟还是逊色几分，贺金柱经不住张敏美貌与青春的诱惑，但内心也矛盾重重：如果天下的女人俊丑都差不多，男人们就没那么多后悔的事了，活得就不那么闹腾了。柳青说，人生的路很漫长，但紧要处，常常只有几步。贺金柱在紧要处走了令他一生都无法挽回的一步，之后，便没好日子过，他利用职权让家乡的女儿出来当兵，女儿竟拒绝，当了兵的儿子也与他若即若离，魏淑兰得脑溢血来省城做手术，他想将其接回家照顾，不仅受到了张敏的阻拦，也遭到了魏淑兰的拒绝，就是这样，他想尽力减轻自己的负疚，就是得不到任何机会，这种负疚的折磨变本加厉，伴随了他一辈子。女人，彻底改变了英雄的人生际遇与命运色彩。

如果说，《百草山》还值得一看的话，我觉得贺金柱在婚姻与爱情上的选择，算是比较重要的一笔，但现在回过头来看看，尽管我格外用心想塑造英雄中的"这一个"，但仍留下诸多遗憾，最大的遗憾是，之前，我没有认真解读《静静的顿河》。所以，在阐释英雄与故乡与女人的纠缠中，留下简单与肤浅的印记。

《静静的顿河》里的格里高利是一个复合性的英雄，参加革命，他以忘我的精神和疯狂的冒险，英勇杀敌，义无反顾，获得了数枚十字勋章，然而，他又在红军和白军队伍里左右摇摆，最后成为散兵游勇，沦落为匪帮。在十月革命与国内战争的严酷斗争中，格里高利站在十字路口，动摇于革命与反革命之间，他的反反复复，摇摆不定，说明一个中农哥萨克不可能不经过痛苦的过程而获得无产阶级的明确的政治观点。格里高利热爱家乡，向往自由淳朴的生活，他的理想就是回到顿河的怀抱。在反反复复的战斗生活中，他总忘不了顿河那片热土，最终，他把武器扔进顿河，是为了让自己的家乡永远告别武器，告别战争。格里高利与女人的瓜葛更为复杂，他在爱人与情人之间摇摆不定，在爱情与婚姻中间来回选择，最终导致了婚姻与爱情的双双毁灭。这就是既勇敢善良而又粗鲁残暴的格里高利，这就是既激情如火又优柔寡断的格里高利。鲁迅说，悲剧是把有价值的东西撕毁给人看，从格里高利身上，我们看到了一个具有强烈的正义品性、不俗的人格力量和独特审美价值的理想主义英雄形象。这样的英雄形象注入了一个民族秘史的血脉，也唤起了民族精神与灵魂的重铸。

与格里高利这样复合性的英雄形象相比较，我认为，我们的差距不是在技术层面，而是在观念层面、思想层面和精神层面。缺少直面人生的勇气，缺少深刻的思想透视，缺少应有的精神深度，是我们不可回避的短板。苏联的十月革命、国内战争、卫国战争都在文学作品中留下了独特的英雄形象，而我们现代史上的北伐战争、抗日战争、解放战争、抗美援朝战争，同样惊天动地，波澜壮阔，为什么就不可以有与之相匹配的英雄形象诞生呢？

永无止境的心灵折磨
——读徐怀中的长篇小说《牵风记》

徐怀中离休前是总政文化部部长，还任过解放军艺术学院文学系主任，我曾是军艺文学系第三届的学员，后来又一直在军队从事文学创作，按部队的规矩，应称呼其领导职务比较贴切，但接触当中，感觉徐部长，或徐主任，没有半点儿官架子，骨子里还是作家，或者文人。后来听一位朋友说，当年，中组部找他谈话，拟让他接任国家文化部部长，他赶紧呈上一封信，谢绝此事。这在历朝历代的文人中，恐怕是极为少见的。徐怀中能婉拒辞官，淡泊权力地位，从容坚守文学初心之举，实为可敬。

老先生在九十高龄之际，推出了他的长篇小说《牵风记》。作品以1947年晋冀鲁豫野战军千里跃进大别山为历史叙述背景，集中讲了三个人物和一匹马的故事，投奔延安的女青年学生汪可逾，随身带一把古琴，因一曲《高山流水》，与知识分子出身的团长齐竞相识，成为他部下的一名文化教员，她与齐关系暧昧而未吐真情，战争岁月里，少女淋漓尽致地挥洒自己的浪漫与任性，坚挺与悲情。齐竞是一名儒将，文武双全，在浪漫激越的战地恋歌即将奏响之际，却因性格的内在冲突，走向凄楚与悲怆。齐竞的通信员曹水儿高大勇猛，非常男子汉，却因一出出战场艳遇，终于酿成悲剧，还有一匹叫"滩枣"的战马，与三人命运交织演绎，生死相依。

读完《牵风记》，感慨颇多，我首先想到的是卡夫卡写给友人一封信里的一句话："人们应该只读那些撕咬人们心灵的作品。"的确，《变形记》《城堡》在荒诞中撕咬了人们的心灵，从而带给人们永无止境的折磨，眼下《牵风记》就是如此的阅读效果，它像一把斧头一下凿开了人们冰冻的心海，从而遭受永无止境的心灵折磨。不是吗？冰清玉洁的汪参谋绝食而去，身高马大的骑兵通信员被执行枪决，一匹战马为主人化作一堆白骨，一号首长服药身亡……他们身上都有英雄的光环，也有人性的弱点，然而他们的命运归宿却永无止境地撕咬人们的灵魂，让你无法挣脱，无法忘怀，无法承受这种难以承受的撕咬。请问，你再坚强的心灵，经得住这种撕咬吗？

闭目冥想觉得老先生是在用自然、文化、哲学、佛学、科学等学科为叙述底色，来完成战争形态下对人性独辟蹊径而又无以复加的开掘，有壮阔，有悲怆，有残忍，有凄美，有战争创伤，有心灵摧残，有英雄气短，有儿女情长，有现实主义的老到，有浪漫主义的洒脱，有后现代主义的魔幻，有什么主义也无从包容的五颜六色与千姿百态！我的阅读量有限，可以说是腹无诗书，但在自己有限的阅读范围内，《牵风记》堪与《静静的顿河》《第四十一》《活着，并且要记住》《一个人的遭遇》等同类题材的世界优秀文学作品平分秋色，或争相媲美。老先生经历阅历丰富，思想深邃，思维敏捷，尤其在拘泥与洒脱，絮叨与节制，保守与开放，温暖与冷峻，攻坚与迂回等等方面的处理，老先生都做出了睿智开明而又从容不迫的胜利选择，也就是说，凡是老年人，老年作家所应犯的错误，老人家一下子全部修正了，颠覆了，这不仅是创造，而且是奇迹！

横向比较第十届"茅盾文学奖"获奖作品，不难发现两个特点，其一，老先生是获奖作者中年龄最长的，老先生九十岁，而本届最年轻的作家只有四十一岁；其二，《牵风记》在五部作品中是篇幅最短的，《人世间》三卷本百余万字，算是短一些的《北上》也有三十万字，而老先生之作仅有十九万字，这在历届"茅奖"获奖作品中恐怕也是字数最少的。这就应验了那句话"姜还是老的辣"。纵观老先生的创作历程，当年的《西线轶事》如此，如今的《牵风记》又是如此。当军事文学创作进入徘徊期，老先生就来个"柳暗花明又一村"，"忽如一夜春风来"，让人们一下子恍然大悟，原来军事文学的路可以这样走，原来战争题材的小说可以这样写，原来英雄人物可以这样塑造！

联想起当年第八届"茅奖"揭晓后，军事文学作品全军覆没，在一次重要的军队文化工作会议上，一位首长指着我们说："军队剃了光头，你们这些作家情何以堪？"当时在会场觉得挺没面子的，后来又想，军事文学缺席"茅奖"，就是军旅文学打败仗吗？有军事文学获奖而无撕咬人的心灵之作，就算打了胜仗吗？

我认为，《牵风记》获"茅奖"是应运而生，当之无愧，它的意义远不在于军事文学又回归"茅奖"地位，而在于它在当下军事文学走入窠臼前途渺茫的情况下，独辟蹊径，另起高峰，开创先河。它一斧凿开人们冰冻的心海，使军事文学的前景由此变得开阔和明亮起来。

老先生让我佩服，也让我汗颜，他不仅有生命的长度，更有人格的高度和作品的生命力度，这些，足以令我辈一生敬仰与追随。

作家面对历史的沉重担当

我的长篇小说《血地》出版发行后，有朋友发问：抗战题材的作品已不再是读者和观众的关注点，为什么还要耗费近十年光景写这么沉重的东西？面对这样的发问，我确实有一肚子话要说，但又一下找不到最能表达我创作初衷的准确语言。的确，抗战过去半个多世纪了，一代又一代的作家为这场旷日持久的战争贡献了很多作品，其中也不乏经典，但我认为，这些作品跟我们这个民族所承受的战争苦难相比，其数量和质量还远远不够，跟苏联反映卫国战争的文学作品相比，更是存在着很大差距。所以，这就成了我们作家，尤其是军旅作家的债务和责任。

动笔之前，我也认真想过，眼下要真正写好一部抗战题材的小说相当不易，我要面对两座绕不开的"大山"，一座是"文革"之前十七年的"红色经典"，如《平原枪声》《烈火金钢》《敌后武工队》等等，这些作品在读者中有着很深的烙印和广泛的影响。另一座"大山"就是近十年来在社会上产生广泛影响的《亮剑》《历史的天空》等经典作品，这两座"大山"都在不同历史时期创造了文学和影视作品的辉煌，达到了应有的艺术水准。的确，超越这两座"大山"有难处，但又必须翻过去，这就逼着我要调整思路，反复沉淀，独辟蹊径。

把小说里的故事放在整个大的抗战背景里去讲。我把叙事根据地放在冀中，但所有的故事脉络都放在中国抗战乃至整个二战大背景里去叙述。比如，七七事变发生后，冀中地区的社会混乱，人心惶恐，生活无序。比如，晋察冀边区政府成立，给老百姓抗战以心理上的支撑。比如，太平洋战争爆发，给日军造成兵力不足、补给困难等方面的影响，以及推行"以华治华，以战养战"的战争政策给日军造成的压力。再比如，冈村宁次就任日军驻华北方面军司令官，极力推行"三光政策"，给冀中老百姓带来了深重灾难等等。杀鸡要用宰牛刀。为弥补阅历的不足，我先后花去近十年的时间去各地图书馆查阅资料，并沿着晋察冀的版图探访故地，寻访老者，试图把历史的脉络和细节都梳理清楚，以便在创作中娴熟运用。这样一来，就使小说中的人物和故事都融入抗战大背景的格局，每个故事的发生和每个人物的命运走向都不是孤立的、偶然的，也使小说的叙事空间有了厚重的历史感、朴素的真实感，艺术空间也有了扩展与张力。

把叙事着眼点放在抗战环境中的小人物命运上。小说中的主人公李长生当兵前是个教书先生，因组织暴动失败躲避追杀一路南逃，当了红军团长后奉命回老家老井镇发动群众打鬼子，但家里情况已面目全非：爱妻变为弟媳，仇人虎视眈眈，亲人报仇心切，旧部作鸟兽散，他在尴尬和窘境中肩负起抗战使命。富家子弟郭文广在国难当头之际卖房卖地拉队伍抗日，但他一时却走不出父辈仇怨的狭隘，意气风发而难有作为，后在李长生的帮助和影响下，逐渐成长为一名真正的抗日战士。大家闺秀出身的女大学生郭文秀书生意气投笔从戎，因文化理念差异私自离队，在北平不堪忍受当亡国奴的屈辱又回到了革命队伍。除此之外，还有一些小人物也个性突出命运多舛，比如，玩世不恭幽默滑稽而又机智勇敢神出鬼没的侦察员铁榔头；强逼儿子报杀父之仇又为掩护仇家之子英勇牺牲的刚烈女性李母；当了汉奸不失良知最后舍身成仁的浪荡鬼小刺猬；风流成性而又重情重义不失气节的漂亮寡妇小白鞋等等。小说里的人物没有一个是高大全的，很多小人物甚至是有缺陷的，但他们都有着冀中人特有的血性品格和人性光辉。我刻意从最底层的视角去观照人物，使他们最大限度地保持"原生态"的朴素质感，并尽最大努力使小说中的每个人物都以"这一个"的面貌而鲜活存在。

把笔墨用在渲染慷慨悲情色彩上。全面抗战爆发的八年是中国人最为悲惨苦难的历史岁月，而在抗战相持阶段，冀中是日军"扫荡""蚕食""封锁""围剿"的重点地区之一，仅1942年的"五一大扫荡"，冀中群众就被日寇杀害5万多人。有史学家说，南京大屠杀，是日本鬼子在中国城市制造的最大惨案；而冀中"五一大扫荡"，是日本鬼子在中国乡下犯下的最大罪孽。我认为，中国人在抗战中被日本鬼子杀害3500万人不仅是最大的牺牲，而尊严的践踏、精神的摧残、人格的侮辱，更是莫大的伤害。记得小时候，我们每当调皮捣蛋的时候，家长就厉声吓唬：日本鬼子来了！一句话，我们的脸就变得煞白，甚至尿裤子。我们都没见过日本鬼子，但从家长的描述中和在银幕上看到的日本鬼子形象，就认定日本鬼子是世界上最可怕的东西。基于这些感受和认识，我在《血地》里设置了很多具有悲情色彩的人物和故事。比如，郭文秀从北平返回老井镇的第二天就遭鬼子轮奸，发现自己怀孕后痛不欲生。比如，妇女们拒绝被鬼子带走而拼命反抗，镇长老黑头跪在地上哀求："走吧，孩子们，一定要活下来。留得青山在，不怕没柴烧。"妇女们被蹂躏后，老黑头在大街上筛锣高喊："孩子们要好好活着，千万别寻短见哪。乡亲们可不能看不起她们呀，她们是被逼得呀。"除此之外，还有感情上的悲情色彩，李长生面对爱妻变成弟媳的现实，却怎么也走不出爱妻的感情世界，一再拒绝漂亮大学生吴桂兰的追求。吴桂兰为拒绝郭文广而逃婚，后因追求李长生无果又委身嫁郭文广，刚有身孕却牺牲在送粮路上。铁榔头喜欢小白鞋，先是怕被"白虎"克死不敢沾身，后来参加了八路军，又怕影响不好不敢走近，最终双双慷慨赴死，被乡亲们结成"阴亲"合葬。总之，在《血地》里每个人的爱情几乎都没有一个圆满的结局，有情人难成眷属，成眷属的未必是有情人。我知道，这样设置，不符合中国老百姓期盼的大团圆结局，但我还是要这样写，因为在那苦难深重的日子里，谁也没什么好日子过，只是各有各的不幸而已。

把历史的倾诉融入现实的思考。在创作过程中，我一直在思考，我的冀中前辈们，当年是以怎样的生命姿态在刀尖上行走？是以怎样的精神力量在旷日持久的灾难中奋力挣扎，繁衍生息？后来，我渐渐悟出来了：是"宁当刀下鬼，不做亡国奴"的朴素誓言，是"死了的已经死了，活着的咱还活"的生命态度。由此，而造就了冀中人特有的达观精神和血性品格。在创作《血地》的过程中，我心中时常有一种隐忧：当今世界并不太平，半个多世纪过去了，侵占中国十几年杀戮中国同胞3500万的日本人，不但没有向中国人谢罪，居然还在挑衅中国领土，这究竟是为什么？因为我们的国家和军队还没有强大到让我们的对手望而却步不敢冒犯的地步，富国强军，实现中国梦，乃是我们一代又一代中国人光荣而艰巨的历史任务。在这样一个任重道远而波澜壮阔的历史进程中，作为一名军旅作家，应该义无反顾地担当起文学使命。

让英雄形象留下时代的精神记忆

搞军事文学创作，离不开塑造英雄形象。如何塑造具有典型意义的"这一个"的英雄形象，一直是军旅作家所追求的目标，同时也是困扰着每一个作家的难题，因为古今中外的军事文学名著，几乎什么样的英雄形象都有人写过了，想标新立异，横空出世杀出一个全新面孔的"程咬金"，不是那么容易。

说实话，我是从事军事文学创作的后来者，之前，前辈们把形形色色的英雄形象都写绝了，我只有绕着走，绕着走的做法是着力写英雄的婚恋生活和情感世界，在儿女情长的纠结中再现英雄的顶天立地。比如《百草山》中的贺金柱，打起仗来英勇无比，却因为一个离婚事件，造成了一辈子的尴尬和悲情。再比如《血地》中的李长生，参加革命暴动后离家出走，当上红军团长回来却发现自己的爱人变成了弟媳，他一边带领群众打鬼子，一边接受感情的煎熬……英雄也是普通人，只不过是在特定的时空中完成了英雄使命，他们有着普通人的情感，而正因为称为英雄，他们的情感生活就更受到道德的严格约束和社会的广泛关注，无论是在战争年代，还是在和平时期，他们的精神境遇都留下了强烈的时代精神记忆。

《戎装之恋》是我的第五部长篇小说，这部小说主要写了一家三代军人的婚恋生活。第一代父亲是华东一级人民英雄，参加红军游击队之前家里有了童养媳,为逃婚,十五岁的父亲偷了家里八块现大洋投身革命。抗战爆发后,红军游击队改编为新四军东进抗日,父亲在前线得到全家被"白狗子"斩尽杀绝房屋烧毁的消息,解放战争攻打兖州,父亲救了被保长逼婚的大丫,大丫立誓非父亲不嫁,父亲被动接受,答应战后结婚,大丫却在淮海战役中支前牺牲。在朝鲜,已当上师长的父亲看上了文工团的漂亮演员高娜,结果高娜却以与文工团团长相爱为由拒绝,无奈之下,父亲只好娶女军医杨春丽为妻。戎马一生官至大军区副司令的父亲,最遗憾的是没有娶到漂亮演员,他就把这一理想寄托在唯一的儿子——"我"的身上。"我"是和平时期边境作战的英雄,当指导员时,与驻地女教师林红发生恋情难舍难分,父亲得知后把"我"强行调离,并下令"我"与林红断绝关系,"我"不敢抗旨违心与林分手,并在父亲的撮合下与军区文工团漂亮舞蹈演员朱倩结婚,然而却貌合神离同床异梦。儿子军校毕业后到了谈婚论嫁的年龄,按照父亲的要求,全家人无论婚嫁都要找军人,"我"的两个妹妹都是按照父亲的标准找的军人,可叛逆的儿子却与大他一岁的外地打工妹热恋并准备谈婚论嫁,"我"和朱倩认为是大逆不道而强行干涉,儿子留下纸条离家出走……隔辈儿亲的父亲却对"我"说:"当初我没给你自由,你就放他一马吧。"

  动笔写《戎装之恋》之前,我就暗暗对自己说,千万不能重复自己,不能把自己的东西,从左边兜儿里掏出来,再放在右边兜儿里,糊弄自己等于自欺欺人,哪怕往前走一小步,也是进步。说实话,在作家队伍中,我的写作节奏并不快,不大勤奋是一方面,另一方面就是想扎扎实实地走一步是一步,不盲目追求数量,所以这部《戎装之恋》我反复酝酿,几次颠覆,煞费苦心。我认为,这部作品就思想意义而言,我写了两代军人的忏悔,他们的人生旅途中都有精神的负疚和心灵的熬煎。当父亲得知童养媳不仅活着,而且还为他生下一子的消息后，便带着全家踏上寻亲之路，当童养媳把记载他离家数日的豆子撒满一地时，父亲老泪纵横地带全家人齐刷刷跪下。"我"因迫于父亲的压力违心与心爱的林红分手，可一生难以忘却初恋时的点点滴滴，当得知林红为等自己而孑然一身时，不禁捶胸顿足追悔莫及。在叙述方式上，我采取了"游走式"结构，主人公"我"去寻找离家出走的儿子，车站偶遇前来寻找他的林红，他们结伴一路行走，走到一地，就牵扯出新的人物和故事，一直走到父亲的老家信阳，也是"我"插队的地方，最终作品完成了两代人的忏悔诉说及道德救赎的使命。这样的结构是受英国作家乔伊斯长篇小说《一个人的朝圣》的影响，主人公得知友人得了绝症，便独自踏上探寻之路，不是开车，也不是坐车、乘飞机，而是步行，仿佛只有这样，才能显出他的关心和诚意。他认为，只要自己一直在走，一直在寻找，病友就会活着。"游走式"结构颠覆了我以往的线型叙述和板块样式，时空随着"游走"而转换，人物和故事也随之招之即来，挥之即去，而叙事精神平台不变，这就使作品读起来轻松而清新，跳跃而灵动。

  这部小说，我大概构思了二十来年，刚开始想表达什么东西不是很清楚，也就没急于动笔，后来我慢慢悟出，军人的牺牲是什么？是军人生命的全部，这里包括自然生命、精神生命、文化生命、情感生命等等，一旦你穿上这身军装，就把你的全部都交给了祖国，交给了人民，交给了使命，交给了战争与和平，你随时都要做出全部的牺牲，没有选择的余地。我写三代军人的婚恋，实际上是写三代人的人生观和价值观，是在写中国共产党所领导下的革命军人在革命、建设和改革进程中，在近百年的风云历史中的使命担当、牺牲奉献和情感悲欢。幸福的家庭基本相似，不幸的家庭却各有各的不幸，军人家庭也不例外，但这并不影响他们去履行军人的使命，并不影响他们抛头颅、洒热血，义无反顾，冲锋陷阵。父亲如此，我辈如此，儿子如此，世世代代都是如此。这就是中国革命军人的特质。

　　英雄的成长离不开他所处的生活环境，离不开他所处的特定的历史时期，所以，他们的英雄行为和心路历程都会留下强烈的时代精神记忆。无论在现实生活中，还是在文学作品里，高大全式的英雄不复存在，食人间烟火的英雄，都会有英雄气短、儿女情长的一面，爱江山也爱美人的英雄，同样可尊可敬，可亲可爱。然而，在某些特定的历史时期，军人却为了服从的天职和使命的崇高，牺牲了爱情，或者委曲求全地选择了婚姻，这是常人难以体会到的。所以，我们在塑造英雄形象时，或者写普通军人生活时，不仅要看到他们外表的光鲜和洒脱，也要看到他们内心的纠结和无奈，用掰开揉碎的方法，去解剖和撕咬他们的心灵，让读者走近真实可敬却并不一定完美的他们。

青涩记忆、心灵独白及其他

从严格意义上说,《独门》是我的第三部长篇小说。第一部《百草山》,写英雄的成长历史及心路历程;第二部《血地》,写冀中抗战斗争生活。以上两部都是地道的主旋律,作为军旅作家,有使命感。而《独门》却让我对自己的创作进行了彻底的颠覆,没有任何使命意识,完全是心灵的独白与解剖,纯粹意义上的精神回望、人生反思与道德批判。

《独门》以第一人称"我"的视角叙述了三个家族三代人命运的起承转合,沧桑裂变。在大王庄,满世界的人都姓王,只有李家和谷家两个杂姓,而杂姓人家,在村里被称为独门小户,一般情况下,独门小户的人家会受大户人家的气,活不出应有的尊严,这在农村很常见。小说中的主人公"我"是独门李家的孩子,从小生下来就是个"怪胎",落地四斤三两,随时准备让爹卷进席筒埋了,就这样一个"怪胎",却在李家成了人物:抓周抓胭脂膏子,吃奶吃到上学,尿炕尿到成人,偷食招来暴打,好色招惹是非,可他却聪明过人,未学说话先认字,上学文科成绩突出,作文每次都被老师作为范文朗读。形象丑陋却聪明过人的"我"立誓要出人头地,最远大的理想就是通过自己的成人成才成事,去改变独门小户在村里受气的命运。为了实现这一远大理想,"我"从小便开始了一系列的叛逆行为:为戴上

"红小兵"袖章,"我"当着全村人的面上台吐被批斗的奶奶;为得到王家女儿婷的喜欢,不惜出卖了跟他最亲的三叔,结果招来李家全家为王家出狗殡;为争当"反潮流"英雄,"我"带头把老师赶出教室;为争当与旧的传统观念决裂的典型,"我"挖空心思地出卖了家族史,使李家清代末年小资本家的历史公布于众;为娶婷,"我"狠心踹了独门小户同盟军而又两小无猜的未婚妻蕊,使蕊自杀未遂被迫远嫁新疆;为获得推荐上大学的指标,"我"被人利用把无辜的奶奶推上了绝路……作为李家的叛逆者,"我"在有意无意间做了一件又一件令亲者痛仇者快的事,不仅使李家与王家的矛盾变得错综复杂性质转变,也使李氏家族内部裂痕显露,危机四伏,一波未平一波又起。

小说前前后后追述了上百年的历史,但主要叙事时空是在20世纪六七十年代的冀中平原农村,那是一个物资匮乏而精神亢奋的年代,那是一段激情燃烧血脉偾张的洪荒岁月,在这样一特殊年代,由一个"怪胎"所演绎的家长里短、衣食住行、婚丧嫁娶、男耕女织、悲欢离合、人情世故、酒色财气、柴米油盐、鸡鸣狗盗、个人荣辱、家族兴衰、世道人心等等,就格外具有鲜明的政治色彩、荒诞色彩和悲情色彩。

小说中的"我"并非生活中的我,但直言不讳,确实有我的影子。我出生在一个十几口人的大家庭,爷爷奶奶、爹娘、叔婶儿,三个小家庭组成一个大家庭,我和叔家的一大堆孩子,年龄差不了几岁,在几间屋子里蹿来蹦去,弄得鸡飞狗跳,热火朝天,每天吃饭要把两张桌子拼在一起,有坐着的,有蹲着的,有跪着的,有站着的,围一大圈儿人,好不热闹。周围三乡五里没有这样的大家庭,别人都羡慕我们家和睦,其实,家家都有一本难念的经,大家庭更不例外。生长在这样一个大家庭,就使我早熟,稍懂些事体之后,一进家,说什么,做什么,都要看看每个大人的脸色,生怕说错了,做错了,就惹出麻烦。大家庭，一旦起了事儿，就会引起连锁反应，不好收场。我从小就感觉，这个大家庭是很敏感，甚至是很脆弱的，每时每刻都要发生好多故事的，这些故事都嵌进了我的记忆，融入了我的历史，垄断了我的精神世界。所以，我早就立下志愿要为这个大家庭的来龙去脉起承转合写一部小说。

　　写成一部什么样的小说呢？开始动手的时候，我想模仿《红楼梦》，那里边写了四大家族几百号人的家长里短、爱恨情仇、酒色财气，但很快我就发现自己有些大言不惭，那"万艳同悲""千红一哭"的氛围我无能力制造，还有那广场式的结构我也无力驾驭，后来，我读了卢梭的《忏悔录》和普鲁斯特的《追忆似水年华》，我像在黑暗中摸东西，忽然间被人打开了一扇窗户，我的思路瞬间开阔起来，清晰起来。我何不写出一部带有自传体、忏悔式、心灵独白式的小说呢？我所积累的原始素材完全具备这样的可能。普鲁斯特有一段话对我启发很大："若干年后，我们回过头去或许会笑自己当初的青涩、莽撞，但是自己所做的决定绝对不会后悔的，因为'我'就是'我'。"的确，《独门》中的"我"青涩、莽撞、天真、玩味、叛逆，年纪不大，却做了很多让人不消停的事体，"我"的存在，构成了一个家庭不安生的导火索。然而，"我"执着地奋斗、拼死地挣扎、不甘平庸地活着，"我"在一路成长一路折腾中获得了人生意义上的某些成功，这个人物有着复杂性、多面性和怪异性，但我不能去模仿普鲁斯特，像《追忆似水年华》一样，整个作品没有中心人物和完整的故事，一来我不是意识流或魔幻现实主义类型的作家，说确切点儿，我压根儿不是那样的作家。二来中国读者向来爱看故事，我必须把故事讲好，离开了这一点，我就没丝毫的本事了。另外，我还对卢梭的一段话颇感兴趣："当时我是什么样的人，就写成什么样的人。当时我是卑鄙龌龊的，我就写成卑鄙龌龊的；当时我是忠厚善良道德高尚的，我就写成忠厚善良道德高尚的。"可以说，这两位大作家，对我写《独门》影响很大，我大致确定了方向，也确定了作品的类型及表述方式，那就是用纯属于自己的声音讲述自己的故事。

这部小说从构思到完成大概用了十五年的时间。这期间，经常被各种使命文学所打乱，写写停停，断断续续，拿不起又放不下，完成初稿之后，又用了两年的时间修改。其中包括把电子版文字发给朋友，然后听朋友谈意见，一谈就是三四个小时，我录下来，回来慢慢整理、消化、吸收。我如此重视这部小说，是因为这个题材在我内心储存时间太长，压得我透不过气来，不吐不快，又怕吐了更不快，所谓的更不快，就是怕吐不好，吐出毛病，留下诸多遗憾和顽症。我认为，无论再伟大的作家，无论如何高产，其代表作，或者重要的作品，也就一两部。陈忠实把《白鹿原》视为"垫棺做枕"之作，就说明他认为《白鹿原》是个真宝，再就是断定自己以后很难写出超越它的作品了，陈忠实是明智的。我觉得《独门》未必能成为我的"垫棺做枕"之作，但就我个人的阅历积累和创作能力而言，也不会有多么大的超越了，所以我才这样看重它，用十年磨一剑的功夫去打磨它，让读者看到我辛辛苦苦的努力和孜孜不倦的追求。

卢梭曾这样表述过自己："我的懒散不是游手好闲的懒散，而是一个独立不羁的人的懒散，我只是在爱干活的时候才干活。"实际上，我的表现比卢梭有过之而无不及。我平时是个很慵懒的人，每天一睁眼就先看手机，睡觉前也是溜完手机才闭眼，与朋友打扑克、网上玩游戏，丝毫不吝惜时间，不爱惜身体，过后便后悔不迭，但再遇机会，仍乐此不疲。但更多时候我是清醒的，明智的。我是一个作家，靠写作吃饭，靠作品安身立命，尤其现在，使命文学不多了，应该静下心来一门心思地写自己想写的东西，必须强有力地证明自己还活着及其活着的价值。

我为什么要写《哥们儿弟兄》

先讲一个真实的故事吧。

去年冬天，大弟来京做股骨头置换手术，定好上午8点半进手术室，我7点半开始往医院赶，正常的话，8点就能赶到，可偏偏赶上堵车，医院大楼就在跟前了，眼睁睁地过不去。这工夫，大弟打来电话，说他马上进手术室了。我看了一下手表，差一分不到8点。我问他，不是8点半吗？他说，提前了，不跟你说了，医生催我了，话没说完，电话挂了。

我心里埋怨大弟，手术时间提前了，为什么不给我打电话，我又自责，明明今天手术，为什么不早点儿动身？我催司机，快！快！快！车到医院，我飞身下车，以百米冲刺般的速度跑进病房，按了电梯，不见动静，便沿着楼梯疯狂奔向三楼。手术室的门关着，门前放着一双棉拖鞋，我认出是大弟的，我透过半透明的玻璃隐约见大弟在脱衣服，不一会儿，门开了，护士抱着衣服出来，我问，是十三床的吧？护士点点头，把衣服递给我。我说，能不能进去看一眼？护士不搭理我，转身把门关上了。

我抱着大弟的衣服，颓丧地蹲在地上，我这个大哥，当得太不合格了，大弟来京做手术，我是他唯一的亲人，怎么能让他一个人走进手术室呢？他能行走，不一定用我，可我哪怕是目送他进手术室，心里也是踏实的。我想，这次迟到，是要命的失误，或许将造成我对大弟一生的歉疚。

手术做完了，大夫拿着从大弟身上取下来的股骨头给我看，我把那个血淋淋的东西小心翼翼地收了起来。那是大弟身上的骨肉，当然也连着我的骨肉，连着我的心。

这个故事与《哥们儿弟兄》密切相关，因为小说中主人公原型有我的影子。在20世纪八九十年代，为数不少的长兄像我一样，只身出来当兵，通过拼命努力提了干，长了出息，然后就开始不遗余力地拉兄弟一把。一人当兵，全家光荣，一奶同胞，手足相依，他们用超越父辈的爱去呵护弟兄传递亲情。我认为，这本身无所谓对与错，与拉关系走后门搞不正之风是完全不同的性质与概念，当然也论不上"打虎亲兄弟，上阵父子兵"的大忠大勇。长兄们之所以这样做，一是为父母分忧，二是尽长兄如父之责，殊不知，在履行这一责任的旅途中，却充满着艰辛并牺牲自我，劳其心志并损伤着尊严。

小说中身在军旅的"我"背着长兄如父的十字架忘我前行，用含辛茹苦心力交瘁演绎着人生的成功与失落，用真诚与付出体味着亲情的冷暖与世态的炎凉，于纷繁复杂尴尬纠结的情态中，呈现出当代军人在中国传统文化桎梏下的坚守与抗争、担当与无奈、思辨与苟同。

都市题材里的《生命线》

写了十几年的小说，始终不敢碰都市题材。以往写的那些东西，不是写农村，就是写部队，两者兼顾的更多一些。粗算起来，我在都市里也生活了十几年了，也知道都市人的一些事体，可闭上眼睛想想，能够写成小说的事却不是很多，不知怎么回事，一写到钢筋水泥结构的楼层里头就没什么话说了。每当这个时候自己就很自卑地叹口气：咳，到底我还是个农民，要不就是个军人，或者都似是而非。

这个叫作《生命线》的东西让我碰了一下都市题材，但诱发这次创作的原因，依然来自农村。

去年夏天，我带儿子回了一趟老家，听说村里一家有两个孩子参加高考都被重点大学录取了，可因交不起学费，两个孩子都把录取通知书撕了，我迫不及待地到两个孩子的家里看了看。因为出来当兵二十多年，那两个孩子我都不认识，他们的父母跟我的年龄差不多。见了面，孩子的父亲握着我的手说，真是怪事，我跟他娘都没上过学，这俩孩子愣考上了大学，我长年有病，他妈还有点儿残疾，家里也就是维持个温饱，俩孩子四年的学费，我拿命也换不来呀。我见了那俩孩子，是对双胞胎，而且是一男一女，男孩儿考了594分，女孩儿考了598分。俩孩子长得也不难看，眼睛里透着灵气，见了我，送给我两双乞求的目光，仿佛我能让他们免费上大学似的。当时我想，我要是教育部的领导就好了；要不，我手里有个几百万，也当一回救世主。可这两样我都沾不上，只能为他们叹息。我问孩子的父亲，你家里条件这么差，为什么这俩孩子学习这么好？他说，这就说不清了，这俩孩子打上小学成绩就在班里拔尖，一直到高中都是班里的前三名。他们考了好成绩回来，我们两口子就叹气，要是成绩不好，上几年学回来种地，或者出去打工就得了，要是都考上大学，这得多少钱？听了这话，我真觉得他是在逮住便宜卖乖，我们家的孩子考试成绩一上前十名，我们两口子就抢着去开家长会。

从老家回来之后，我一直在想这件事，假如这俩孩子都在都市里受教育，闹不好北大、清华就能添两个高才生。再想想，大都市里的这些孩子，一生下来就在蜜罐子里泡着，都快泡糟了，一天到晚除了学习还是学习。再看看那些家长们，为让自己的儿女能够考上大学，挖空心思不遗余力，除了自己不上吊，别的法儿差不多都用上了。

这就是中国人，"昔孟母，择邻处，子不学，断机杼"。读书之目的"修身，齐家，治国，平天下"。

这就是中国人，望子成龙，望女成凤。可怜天下父母心！

想了一大段时间，我就"冒天下之大不韪"，碰一碰都市题材，碰一碰高考题材了。

碰过之后，细想一想，觉得自己直到现在还十分幼稚，写什么，怎么写，都不如怎么写得好更重要，为什么要把题材领域搞得那么分明，那么可怕呢？就像人一样，看见一条蛇在地上爬，感到毛骨悚然，可在餐桌上吃起清蒸蛇段儿，不是也觉得很香吗？写小说这东西，也要长些胆儿，能碰的，不能碰的，都要壮着胆儿去碰一碰，不管是写农村还是写城市，写学校还是写部队，都要写人，写人的思想、言语、行为、感觉、灵魂等等，而这些东西不论放在哪儿写，最后都要调动小说家自己的生活积累，都要掏自己全部积累中最值钱的东西。群众的眼睛是雪亮的，而我们自己往往是幼稚可笑的，你究竟掏了多少真东西，投入了百分之多少的真诚，读者一眼就看透了，想糊弄别人，到头来被糊弄的恰恰是自己。就像一个自认为自己很精的人，总说谁谁傻帽儿，实际上他自己早傻得不可救药了，趁着自己还有救，就别自作聪明了。

我认为，当作家最大的幸福，就是能把自己的生命和灵魂变成作品，人活一辈子不易，与其坐以待毙，不如垂死挣扎，只要有体验幸福的欲望，就多动点儿真格的，别把自个儿看得太金贵喽，好好写，写好点儿。

无法释怀的苦恋

一大早，文友打电话告诉我："你的作品获《解放军报》长征文艺奖了！"我早就过了容易激动的年龄，从理论上讲已经进入看花开花落、望云卷云舒的境界，但接到这个消息时，我内心还是着实激动了。我表面上假装平静，却在第一时间找到了那张登有获奖名单的报纸，接着便在一大堆获奖作者里寻找自己的名字。找到后，我用加粗的签字笔在自己的作品和名字下面画了一条笔直的横线，并用手机把画面拍了下来，接下来我心中起了矛盾：发不发朋友圈，晒晒荣誉？一个专业作家写了几十年，也获了不少奖，至于如此拿捏不住吗？正矛盾着，又有几位朋友发来信息表示祝贺，同时也见其他获奖作者在朋友圈里发了图文并茂的消息，这无疑对我是一种鼓舞和推动，我一咬牙，发！

说来说去，我是真心看重这个奖，并珍惜她在我心目中的位置。《解放军报》"长征"副刊记载着我的文学初心，承载着我的作家梦想。

我的新兵班长是个文学爱好者，他得知我当兵前发表过文章，便对我刮目相看，经常单独找我谈心。他有一个很大的报刊剪贴本，上面粘贴的都是报纸副刊发表的文学作品，有小小说、特写、散文、诗歌等，大部分是《解放军报》"长征"副刊发的。班长退伍时把剪贴本送给了我，并在扉页上留下了《解放军报》的通信地址：北京市西城区阜成门外大街34号。临别时，班长对我说，我写了好多篇稿子，就是不敢给《解放军报》投，就看你的了。我看了班长写的稿子，有小说，也有散文。说实话，确实不够发表的水平，何况堂堂军报，高处不胜寒。

送走班长，我们继续在大山沟里执行国防施工任务，清渣，放炮，起早，贪黑，推大车，迈大步，出大力，流大汗，虽热火朝天，我却感到了循环往复的枯燥与平淡。作为一名刚入伍的革命战士，我不怕苦和累，但我惧怕军旅岁月的平庸与寂寞，它无法让我产生创作激情。为了老班长的殷殷期盼，为了实现我的文学梦想，我一定要突破《解放军报》"长征"副刊，把自己的名字在那片高处不胜寒的"土地"上变成铅印字。

我在搜索枯肠的寻找中终于捕捉了一个故事：一个战士在施工中遇塌方砸伤右腿，成了残废，未婚妻得知后提出"吹灯"，同村的另外一个姑娘却提出要与这个战士结婚，承诺要照顾他一辈子。多么感人的故事呀！我按捺不住内心的兴奋，连夜写了一篇小说，题目叫《美的心灵》。

第二天，我把稿子带到工地，利用休息时间朗诵给大家听。大伙儿说，太好了，太感人了，都鼓励我投稿。投给哪儿呢？我首先想到了《解放军报》"长征"副刊。那时邮电部门有个规矩，只要在信封上写上"稿件"二字，不用贴邮票，剪去信封的右上角便可投寄，但为保险起见，我还是贴足了邮票。投出去之后，我就数着指头盼，闲来翻看老班长留下的剪贴本，闭上眼睛梦想，过不了多久，自己的名字就要登在副刊的某个位置上了；我马上就不鸣则已、一鸣惊人啦。半个月之后，一个落有《解放军报》字样的大信封寄到连队，战友们都争着看我的处女作问世，我打开一看却是退稿。退稿信是手写的：

"李西岳同志，作品拜读，文笔不错，可以看出你有一定的写作基础，但作品欠生动和新意，不拟采用，欢迎多赐稿件。"稿子虽未见报，但得到了编辑老师的悉心指导，也足以使我万分荣幸。军报的编辑夸我"文笔不错，可以看出你有一定的写作基础"，这对我是多么巨大的精神鼓舞哇！那短短几行字，我看了上百遍，并像珍宝一样收藏起来。之后，我把这个消息写信告诉了老班长，他鼓励我接着写，别松劲！

当兵一年多，虽然我一篇稿子也没上过，但庄稼不收年年种，在繁忙而危险的国防施工中，我一直笔耕不辍，只管耕耘，不问收获。有一次，我作为唯一的战士代表参加了师政治部组织召开的文艺创作座谈会。临行前，我带上了几篇未发表的稿子，算是参加会议的资格证。在座谈会上，我结识了几位老师，他们的讲课让我茅塞顿开，其中就有《解放军报》"长征"副刊的一位编辑，但我没好意思问是不是给我写退稿信的那位老师。在大山沟遇上这样一位大师级的人物不容易，我当然没有放过单独请教的机会。那位老师认真看了我的稿子，先是表扬我写得不错，接下来就说但是，但是以后的话就是批评我的作品太虚假，学生腔太浓，缺少兵味儿。最后老师嘱我以后写些小文章，不要太长，另外，先投给小刊小报，一步一个脚印地朝前走。我一想，也真是，截至到目前，我只上过县一级的刊物，与堂堂军报相差十万八千里。

老师的提醒，让我在有病乱投医、急于求成的状态中，找到了自己的位置，端正了创作动机。创作座谈会之后，我冷静了一些日子，后来试着写了一些小文章，有的有幸登在了地区级的小报上。看来那位老师的教导还真管用，但我几经努力，军报的大门还是打不开。连队只有一份军报，每逢有"长征"副刊的版面，我都一字不落地细嚼细品，遇到好文章，就工工整整地抄在笔记本上，包括"长征"副刊的刊头画，我都描画了若干遍，但还是没有勇气投稿。我觉得自己一直与《解放军报》"长征"副刊苦恋着，缠缠绵绵的，久久不能释怀。两年之后，我由施工连队调到团机关，因为急着下山竟把班长送我的报刊剪贴本弄丢了，一同弄丢的还有《解放军报》那位编辑手写的退稿信，那可是我稀罕的物件哪，因此，我感到十分对不起老班长，更十分对不起自己。

那一年，我的报告文学《托起崇高》终于在《解放军报》"长征"副刊头条位置发表了，我在激动之余又感到深深遗憾，因为老班长送我的报刊剪贴本再也找不见了，当然还有那位编辑老师的手写退稿信。

作家的良知

接到邀请函,将赴天津参加新经济文学学术讨论会,还要做重点发言,我不得不提前做做功课,新经济文学的概念,对于我来说,稍有些陌生。

我个人理解,新经济文学内容包括两个方面,一个是以新经济环境为叙事背景的,一个是塑造当下新经济人物的,不知是否准确。改革开放的特点是经济发展,市场繁荣,信息技术革命等等,这一切,都使人民的生活面貌、节奏、质量等等发生了日新月异翻天覆地的变化,这是扑面而来的新经济时代。有了这样的事实,就应该给新经济文学一席之地,给它应有的定位。

我了解到,在中国,真正从经济领域成长起来的作家不是很多,既是经济学家又是知名作家的,恐怕也不多见,但无论你是作家,还是平常人,只要你生活在这个全球经济化的时代,就无法抗拒经济发展时代变迁对你的影响和改变,比如中国高铁的飞速发展,使天涯变咫尺,天堑变通途;比如家庭轿车成为普通人的代步工具;比如在中国大面积普及的手机,已成为最基层的老百姓们最基本的通信工具,还有无法回避的一些经济术语:招商引资、融资征地、软件开发、知识产权等等,当然还有融入我们日常生活的电脑、互联网、信用卡、公众号、支付宝、微信、博客、快递、外卖、网购等等,这些在十几年前还感到不可思议的事情，现在都变成了事实，如果不会运用这些高科技的工具，不掌握这方面的基础知识，就意味着落伍，意味着被淘汰。在这样的现实面前，作家的生活和创作与之是无法回避的，我们必须把笔触延伸到这个被高科技所支撑的新经济时代，反映这个时代所呈现的生活面貌和精神世界。其实，作家们并没有生活在真空，打20世纪80年代起作家们就开始用作品表现新经济时代的生活，比如蒋子龙的《乔厂长上任记》、谈歌的《大厂》、关仁山的《九月还乡》、孙惠芬的《民工》、柳建伟的《英雄时代》等，我也写过一部中篇小说《战友》，反映的就是市场经济条件下，物欲横流，人心不古，同一战壕里的战友，在利益面前也面临着考验。作家要勇于面对现实，积极接受新生事物，走出生活的圈子和思维惯性，更新观念，积极投入到火热的经济大潮中去，努力开采新经济领域这个文学富矿。

　　作家要拥抱新经济时代的火热生活，用饱满的激情和浓重的笔墨去讴歌时代的弄潮儿，深入挖掘新经济时代下和环境中的新人物、新事件、新情感、新变化，塑造典型形象，传递正能量，营造具有新经济特点的文学现象，着力塑造个性鲜明、生命鲜活、血肉丰满的经济人物，同时也促进新经济文学流派的逐渐形成和良性发展。但文学功能不只是歌功颂德，要以文学的名义介入新经济体制下和发展中出现的各种问题，这也是作家不可推卸的责任。我国改革开放四十年来，经济发展了，综合国力提高了，人民的物质文化生活水平也得到了改善，这是不争的事实。但我们也看到，国民经济的发展也付出了沉重的代价，比如盲目开发，造成的资源破坏和环境污染，天不蓝了，山不青了，水不绿了，华北地区每年冬季春季接踵而至铺天遮日的大雾霾，空气质量糟糕，也严重影响了人民的身心健康。还有老百姓买不起房、看不起病、上不起学的问题，还有外出务工的农民长年累月遭受的种种磨难，以及留守老人日子的种种艰难等等，都是在新经济条件下产生的。习近平总书记在十九大报告中倡导文艺要坚持以人民为中心的创作导向，说到底，文学的核心是人学，关注人民群众的现实生活和命运是永恒的创作主题。那些中外文学的经典之作，都是因为表现了深刻、丰富的人性和人道主义精神，才对人的灵魂产生强烈的震撼，我们作家很重要的职能是关注最底层弱势群体的生活和命运，用文学去温暖他们的生命，反映经济大潮下各种人物的个体命运以及命运中的挣扎，这是作家的良知，也是一种社会责任和精神守望。

毋庸置疑，改革开放改变了中国，但从另一个方面讲，这些年，我们也失去了许多不该失去的东西，比如理想的丧失、信仰的虚无、精神的萎靡、道德的滑坡等等，英雄渐渐走出了人们的视线，走出了人们的脑海，走出了人们的记忆，甚至走出了人们的灵魂。比如社会上一些人对董存瑞、刘胡兰、毛岸英、狼牙山五壮士等英雄人物的嘲弄和诽谤，就是信仰虚无、价值观扭曲的表现。比如一些高官贪污腐败，奢侈极欲；比如一夜暴富的土豪挥金如土，花天酒地，"一夜情""包二奶""婚外恋"等等司空见惯、屡见不鲜。令人扼腕痛惜的还有我们的农村，千百年流传下来的夜不闭户、路不拾遗的良好习俗，敬老爱幼、和睦乡邻的民间道德等等，都在渐渐消失。我们作家要以文学的名义承担起社会道德救赎的义务，歌颂真善美，鞭挞假恶丑，以文学的力量唤起道德回归，重塑新经济环境中的良好道德形象。

小说的艺术

在作家当中，我最不擅长理论，大致原因是读书少，思考得不够深刻与独到。搞创作这些年，出了一些作品，但没有哪一部作品是在理论指导下完成的，完全是凭积累，凭经验，凭感觉，凭想象，凭发自于内心的东西。用这些去展示自己的感情生活和内心世界，把要说的话，要表达的感情，一股脑儿地倾注在小说里，就再没话说了。我很羡慕，甚至仰慕那些理论家、批评家，还有一些理论功底深厚的作家们，在某些场合口若悬河，妙语连珠，自己沉浸在痛快宣泄中不能自拔，听者也报以掌声和啧啧称赞声。

小说是讲究艺术的，也是表达艺术的，忽略了这一点，一个作家在某种程度上是存有缺陷的。小说的艺术是小说文本提供的，是小说所有的信息传达出来的，读伟大作家的伟大作品，你会被其释放的艺术信息、艺术特色、艺术品质等所吸引和陶醉。奥地利小说家赫尔曼·布洛赫一直顽固地强调：发现唯有小说才能表达的东西，乃是小说唯一存在的理由；也就是说，小说唯一存在的理由，就是说出只有小说表现出的东西，而其他艺术形式是望尘莫及的。一部小说，若不发现一点在它当时还未知的存在，那它就是一部不道德的小说。他还强调，知识是小说的唯一道德。细抠起来，这些观点有些偏颇，至少有些苛刻，但又觉得也不无道理。我们的一些作家，一味地追求数量，出了多少部书，写了几百万字。但想没想过，那些小说，那些文字，是不是只有小说才发现的东西，是不是有小说价值，是不是"道德"的？这也值得我扪心自问。我真不敢说，我的每部小说都经受得住这一理论的考核，每写一部作品之前，都想写出一些只有小说才能发现的东西，只有小说才能表达的东西，但等作品出来，发现并没实现这一愿望。对于这些，自己往往是很无奈的，甚至是很痛苦的。

当小说家不容易，我说的是当一个真正有"道德"意义的小说家。

梳理一下世界上的名作，会发现它们都有其艺术之根，即有水之源，有本之木，而其特色在于作家都有自己的独到的发现。比如，塞万提斯是在探讨什么是小说的冒险；而在巴尔扎克那里，小说发现人如何扎根历史之中；而在福楼拜那里，小说探索当时都不为人知的日常生活的土壤；而在托尔斯泰那里，小说探寻在人作出的决定和人的行为中，非理性如何起作用；而卡夫卡的小说则是梦幻与现实丝丝入扣的交融等等。在他们看来，小说应该照亮人们的生活世界，而小说的精神是具有复杂性的，每部小说都会告诉读者：事情比你想象的复杂得多。这就是小说永恒的真理，而这个真理就是小说的艺术。

小说的艺术是妙不可言的，有时是鬼怪精灵的，甚至是匪夷所思的。莫言的小说艺术就是这样呈现的。比如，他有一篇小说，写一个人回老家，进村碰见熟人跟他打招呼，两人聊得很投机，到家一问，家人告诉他，那个人早死了好几年了。小说到此戛然而止。读者会倒吸一口凉气，怎么大白天遇到鬼了呢，不由想起《聊斋志异》里的一些鬼话连篇故事，但无须去追问那个人到底是不是死了。叙述到这，小说的使命就完成了，剩下的你自己去琢磨吧。莫言的小说给人的印象是不可捉摸，它提供的艺术空间是多时空、全方位、立体感的，手段是多样的，也是高超的，他最善于调动多种感官，比如听觉、视觉、感觉、触觉，甚至嗅觉，有人专门研究莫言小说的气味，写空气的气味,写土地的气味,写植被的气味,很有创意。他写人饥饿,咯嘣咯嘣咬煤渣,把粮食吃在肚子里回到家再吐出来,这些情节是真是假,无从考证,但它确实很典型地反映了饥饿年代人为生存而付出的代价。写小说不能太老实,要天马行空,大胆想象,逻辑之外,情理之中,似反常恰是正常,假亦真来真亦假,其真实的谎言,只有作者自己知道,读者看不出破绽,这就是小说家的天赋,也是艺术的天赋。

　　小说是语言的艺术,语言是小说的外衣,读者通过打开外衣,走近小说的肌肉纹理,从而获得全方位的艺术享受。屠格涅夫说,文学的天才也在一切天才身上,重要的是我敢发出称之为自己的一种声音。也就是说,作家的语言应该是自己的心声,应该始终保留自己的特质。我认为,小说语言的艺术特色,大概体现在这样几个方面,一是小说语言的民间性,比如鲁迅笔下的绍兴,沈从文笔下的湘西,老舍笔下的老北京,莫言笔下的高密东北乡,贾平凹笔下的商州等,其语言都有典型的民间性,味道非常纯正。小说语言,越有民间色彩,就越具有艺术魅力。二是小说语言的张力,张力是指超出语言本身的功能,产生无穷的力量,给人广阔丰富的想象空间。比如阿城的《棋王》,开头"火车站乱得不能再乱了",乱得不能再乱了,高!乱到什么程度都可以再乱,没有标准,没有止境。如果在舞台上摆道具,导演就提一个要求,乱得不能再乱了,恐怕得把管道具的愁死累死,也不一定达到要求。三是语言的节奏韵律感。鲁迅小说《秋夜》中开头:"在我的后园,可以看见墙外有两株树,一株是枣树,另一株也是枣树。"为什么不直接写有两株枣树就得了,还绕口,不对,这就是重复的魅力。人都长得相似,但没有两个人是完全一样的,包括双胞胎,也有细微的差别,那么两株树,两个枝蔓,两片叶子,都有不同的姿态。四是对话中的语言特色。人物的个性很大程度上通过语言来体现，什么人说什么话，在什么场合说什么话，准确独到地反映不同的人物性格和心态。《红楼梦》第十四回，凤姐为秦可卿办丧事大显身手，她指着误事的丫鬟说："明儿打四十大板，后儿打六十大板，有要挨打的，只管误。"还有第六回送刘姥姥时说："天也晚了，也不虚留了你们了。"（刘姥姥在贾府又吃又喝又拿，上厕所回来迷了路，上了贾宝玉的床，人们以为她掉在厕所里了，分头去找。）一个"虚"字用得很妙，本来该走了，再留就是虚的了。《红楼梦》第七回，贾宝玉与林黛玉在房中玩游戏，周瑞家的来送花，黛玉一看是假花，便问："是单送我一个人，还是别的姑娘都有？"周瑞家的说："别人都有了，这两枝是姑娘的。"黛玉冷笑道："我就知道，别人不挑剩下的也不给我。"寥寥几句，黛玉任性、矫情的性格跃然纸上，呼之欲出。当然还有语言的纯粹、干净、简洁、质地、精到等等，都是其中的特色，不一一列举。

关于小说的艺术远不止这些，写上一部书，话也说不完，可惜，我没那个能量。

第四辑

自我对话

我与文学
我与军艺
我与鲁院
我与老家
我与军装
我与开车
我与日记
我与样板戏
病中诗兴
因病而美
李班相聚

我与文学

写小说，当作家，是我的理想和一生的追求，最终，我当上了专业作家，还被称为军旅作家。我在几篇文章里都表达过，一个人最大的幸福，不是诞生在一个优越的家庭，不是娶一个漂亮的老婆，而是把最大爱好和毕生事业合并在一个轨道上。你想想，自己爱好写小说，一睁眼，吃饱喝足之后，就是伺候小说，怎么能说不幸福？

仔细梳理一下，我与文学的不解之缘，可分为以下几个阶段。

一、在老家

我很小的时候就喜欢读小说，立志长大当作家，原因是，我觉得自己有这方面的天赋，觉得自己想象能力比较丰富，也就是善于说谎，我能把一个没发生的事儿说得跟真的一样，让别人一般挑剔不出来是假的。我后来才知道，小说就是一个真实的谎言，或者是谎言的真实。我的知识背景可以说是先天不足，我一共上了九年的学，小学五年，初、高中各两年，又赶上"文化大革命"，基本上没学什么东西。家里没有一本可读的书，读小说主要是向同学借，通过各种手段把想看的小说借到手，然后在人家要求的时间内还回去或者拿东西换，用这种办法如饥似渴地读书。《林海雪原》《青春之歌》《三家巷》《苦斗》《红旗谱》等等，就是在读初高中的时候看的，那时候记性好，好多的精彩的段落都能一字不落地背下来。我从上初中时开始偏科，语文政治拔尖儿，数理化成绩平平，差距很大；到了高中时期，更是明显。我的作文经常在班里年级里，甚至在全校师生面前朗读，刻成蜡版油印后发给每位同学，可以说是红得发紫。

高中毕业后，我到公社海河工地当宣传员，主要任务是给县海河指挥部工地广播站写稿，有文科好作文好的基础，我上路很快。记得我上的第一篇稿是《爷俩治海河》，写的是老治河模范和儿子共同为根治海河出力流汗的事迹。我记得清晨5点钟，天还没亮，海河指挥部的大喇叭就响起了《东方红》的乐曲，乐曲一停，就听到女广播员清脆悦耳的声音："下面广播八章公社民兵连的来稿《爷俩治海河》……"真是激动得心都快蹦出来了，后来再接再厉，又写了《青春献海河》《拉起我的小拉车》《海河民工最光荣》等稿子，都被采用了。从1975年3月到1976年12月，我一共参加了宣惠河、清凉江、黑龙港河、沧石路等水利工程，写了几十篇稿子，现在拿出来看，都跟文学沾不上什么边儿，但那的确是我的文学之初，或者文字之初，那两年的历练，为我以后从事文学创作打下了基础。

二、在基层部队

我当兵时，正赶上"粉碎'四人帮'，文艺得解放"的大好形势，文学热潮一下子涌了出来，在家没见过的小说，书店里可以买得到，随着一些文学杂志复刊和创刊，一部小说发表出来就可以家喻户晓，红遍天下，比如刘心武的《班主任》、卢新华的《伤痕》、莫伸的《窗口》、王亚平的《神圣的使命》、贾大山的《取经》等等，好多不知名的作家都冒出来了，另外，看他们的作品，并不是写高大上的人物和传奇故事，那些家长里短、日常琐事，就可以写成小说，也就是说，普通人完全可以成为作家。我当兵参加国防施工，工作艰苦，又住农村老百姓家，但这并不影响我做作家梦。我热血沸腾地写了处女作《美的心灵》，踌躇满志地寄给了《人民文学》；石沉大海之后，又写了第二个短篇《谁合适》寄过去。我左等右等，等来的却是退稿信。当兵第二年，我被调到了团机关，工作轻松了，接触文学刊物也多了，胆子也更大了，有了构思就下手，写了就往外投，发不发先不管它。后来，一位老师教导我说，先写小的，写短的，先往低级的报刊投，一步一步地来。后来我写了一篇小散文《可怜孩子心》，写了我小时候在家如何接受父母的棍棒教育，精神上受压抑，那篇稿子被当地的《承德群众报》副刊采用了，责任编辑是刘长满老师，报纸寄来后，我数了数字数，含标点符号是764个字，稿费是三元人民币，是我半个月的津贴费，好大一笔收入，问题不在钱，更重要的精神鼓舞，自己的作品能变成铅印字，那是了不起的事儿。

后来，我又从团里调到师里，从乡镇进了县城，师里有图书室，县里有文化馆，我很快与这些单位建立了关系，除了看一些报纸杂志，还借一些世界名著回来看，《复活》《红与黑》《飘》《永别了，武器》《活着，并且要记住》等外国小说就是从那时候开始看的，说实话，有的实在读不进去，外国小说太啰唆，太晦涩，故事性也不强，但还是要读，因为老师教导我，必须把文学理论功底砸扎实，才能搞创作，阅历不达，也就谈不上有理论素养。很幸运，师里有一位作家叫薛克扬，名义上是我们副师长，可整天在家写小说，他是从军区机关下来的，因为年龄偏大，还有身体的原因，早就不上班了。我1980年认识他，那时候，他已经出版了《连心锁》（与戈基合作）《夺刀》《农奴戟》《献礼》四部长篇小说，可我连一个短篇小说也没发表过，差距太大了。薛副师长经常到我宿舍来，但他很少传授写作经验，有时给我讲故事，有时看我写的稿子，也喜欢做人梯，看中了稿子就往外推荐，当然，我的小说不够发表水平，推荐出去也白搭，但他确实费心了。另外，我还往县文化馆跑，那里有一个文学创作组，办有《潮河》杂志，李金刚老师是主编，他倒是经常给我讲一些文学理论和小说技巧类的东西，我的短篇小说处女作《抉择》就是在《潮河》上发表的，一遍一遍地改，凝结着李金刚老师的心血。若干年后，我有了些名气，还专程跑到丰宁看李金刚老师，以谢师恩。处女作发出之后，我开了些窍儿，接连在《承德群众报》上发表了《雨夜》《西瓜事件》《平衡》《小磨香油》；在《战友报》上发表了《春联摊上》《借书》《不可忘记的一天》；在《中国青年报》上发表了《盼》；在《战友文艺》上发表了《理解》等十几篇小说。

三、军艺毕业后

上军艺文学系两年，是真正开了窍儿，短篇小说《芦苇席花儿》是正儿八经的一篇小说，发表在《解放军文艺》1990年第8期上，那是我第一次上全国有名的刊物，也就是说，我的创作，从1990年开始，才算真正上道儿。毕业后我告别大山沟，调到北京军区机关工作，我们系的一些学员毕业后一部分进了创作室，但我当时的水平和成就，确实不够进专业队伍的资格，进了军区政治部文化工作站，站里办有一张叫《战士与电影》的小报，我一个人既是编辑，又是记者，还兼发行，一个月出一张，有足够的时间写小说。第一部中篇小说《秋天无故事》发在《清明》上，紧接着又在《昆仑》杂志上发表了短篇二题《正月十五》《探家经历》，在《红岩》杂志上发表了中篇小说《师电影队》《同学往事》等，其间，还尝试着写过一部长篇，有二十多万字，但因为水平的问题，投了几家出版社，最终还是没出版。

从军艺毕业七八年，我的创作还是不温不火，虽然发表了一些作品，但并没引起读者的关注，如果说证明我冒出来了，那应该是中篇小说《农民父亲》。

1999年5月，我写了中篇小说《农民父亲》，这是我早就想写的一部作品，主人公的原型是我的父亲。那时候，关于写父亲的小说已经很多了，比如《父亲是座山》《父亲进城》《父母爱情》等等，在社会上炒得很热闹，我再写父亲还能叫得响吗？但我没有退却，那些父亲形象大都是革命者、叱咤风云的老将军，而我写的父亲是一个彻头彻尾的农民，是一位平凡而伟大的农民父亲，是军人眼里的农民父亲，我认为还是有充足理由要写的；另外，我认为，我积累到这个程度，应该写一个属于自己代表作的作品了，不能再不温不火了。果然，《农民父亲》在《清明》1999年第4期头题发表后引起强烈反响，《小说月报》《中篇小说选刊》《作品与争鸣》同时转载，《作家文摘》连载，《文艺报》用专版展开讨论，紧接着，读者来信源源不断，我至今还收藏着几十封，很多熟人和陌生读者来电话祝贺夸赞，其中有一位叫唐美红的读者专门从老家湖南邵阳到北京拜访我，因为找不到我的电话，住地下室等了我好几天。一系列的热浪扑来，我真感到幸福，从未有过的幸福。后来，《农民父亲》获了《小说月报》第九届"百花奖"，按得票多少为序，我排第三名，第一名是铁凝，第二名是池莉，同期获奖的还有莫言、王蒙、毕飞宇、梁晓声等大家。

四、进入创作室

《农民父亲》让我火了一阵子，也因为《农民父亲》，我进了北京军区政治部文艺创作室，成了一名专业作家。那是2000年5月的事，是在《农民父亲》发表后的第二年，那部作品还获得了全军文艺新作品奖二等奖。过后，一位评委对我说，因为不算纯军事文学作品，所以没给一等奖。

我趁热打铁，又写了《人活在世》《遍地胡麻》《生命线》《战友》《娘，朝着天堂走》《大奶奶》等中篇小说，写一个发一个，发一个，转一个，有的被多家报刊同时转载或连载。其中，《战友》获第十届中国人民解放军文艺奖，那是军队文艺的最高荣誉，也叫"八一"大奖，两年评一届，我刚进创作室就拿了这个奖，还立了二等功，为在专业创作队伍里安身立命打下了基础。

2001年下半年，我开始写长篇小说《百草山》，百草山是我老家村后的一座古汉墓，我早就立志为它写一部大书，我当时的构思是，以百草山为叙事平台，以革命军人叱咤风云的辉煌历史和苦涩纠结的心路历程为主线，写三代人的命运悲欢，又像写《农民父亲》一样。当时这类题材已冒出了许多，比如《历史的天空》《亮剑》《我是太阳》等，尤其电视连续剧《激情燃烧的岁月》播出后，"石光荣"这一形象家喻户晓，再碰这类的题材，肯定是费力不讨好，但我认为自己积累的素材装在脑子里，谁也偷不走，也不会去撞车，所以下决心还是要写。记得当时创作室一些关心我的老同志劝我不要轻易写长篇，认为我的积累和功力，还不具备写长篇的资质。我表面接受，但还是偷偷干上了。很顺利，半年多的时间，写出了四十多万字的初稿，拿给解放军文艺出版社编辑郭米克看，他很快给我手机回了两个字：好看。接着又提了一些意见。那年正赶上我到鲁迅文学院进修，我一边听课一边修改，毕业前给老师胡平、王祥，学员柳建伟、许春樵等看，他们都给我一定的鼓励，也提出了诸多诚恳的意见，我都认真领会，虚心接受。就这样，这部长篇先后八易其稿，写了两年多，最终于2004年1月，由解放军文艺出版社出版发行了。就像《农民父亲》一样，《百草山》又火了一阵子，中国作家协会、解放军文艺出版社、鲁迅文学院、北京军区政治部共同举办了作品研讨会，四十多名作家、评论家参加，《人民日报》《求是》杂志、《解放军报》《文艺报》《战友报》等二十多家报刊都发表了评论文章和消息，《三湘都市报》《沧州日报》分别作了连载，这部作品还荣获了中宣部"五个一工程"奖、解放军图书奖、全军文艺新作品奖。一书得三个奖，这是我没想到的。

之后的十几年内，我又陆续创作了长篇小说《血色长城》《血地》《独门》《戎装之恋》，我自认为一部比一部成熟，在叙述方式上，在运用小说技巧上，在营造小说氛围上，在传达思想情感上，在拓展小说外延加深小说内涵等方面，都比写《百草山》之前强多了，尤其是《独门》，我认为是用自己的声音讲述自己的故事，是自己家族史和心灵史，最有文学品质，可其反响，都没超过《百草山》。事隔多年，我到外面参加活动，人家介绍我的文学成就，说一大堆作品名字，但人家还是只记住我的《农民父亲》和《百草山》。对了，后来，由于为新中国成立60周年和抗战胜利大阅兵写过解说词，人家对我肃然起敬的程度，大大超过了对我的文学作品的评价。我心里有些不服，有时还感到有些悲哀。可事实就是这样。

文艺创作室是军队作家的天堂，不用坐班，不用三天两头开会，不用看别人的脸子，不用见了上级点头哈腰，活得自我和洒脱。我的好朋友说，一个创作员，给一个副总理也不换。全军几百万部队，一个大军区和军兵种才有一个创作室，一个创作室才有三五个作家，的确够金贵的，很幸运，我过了十几年的好日子。如今，我退休了，写作的时间更充裕了，但刚六十岁出头，没理由养老等死，任性地写作，任性地活着，就是作家打发晚年生活的最好方式。

我与军艺

解放军艺术学院是军队唯一的一所高等艺术院校,文学系是出莫言、李存葆等大作家的神圣地方,我能踏进这个门槛儿,纯粹是个意外。到现在我还这样认为。

那是1989年春天的事。有一天,我忽接到通知,集团军下达了一个考军艺文学系的名额,领导问我想不想考,我当然想试一把,可也知道当时自己值几斤几两,虽然在集团军范围内,算得上文学重点骨干,可只是在省一级的文学刊物上发过两篇不怎么像样的短篇小说,其他都是小散文、小报告文学、小言论等等,林林总总,五花八门,实在不敢称作文学成就。但既然考军艺文学系的机会来了,我绝对不会放过,因为我的理想就是当一名作家,军艺文学系是文学大熔炉,生铁也能炼成好钢。我认为是这样。

报名不久就开始报作品,我抱着剪贴本筛来选去,复印了几篇纯文学作品就上路了。军艺地址在北京市海淀区魏公村,周围都是高等院校,要不是来报考,我这辈子恐怕没机会进军艺的大门。那时候军艺的大门脸儿有些不起眼儿,还不如我那山沟里的师部大院气派呢。我找到了黄献国和朱向前老师,他们看了我的作品,都没有表现出乐观的情绪,说明我的作品在他们眼里是平平的,我心里凉飕飕的,出了学校大门,我请陪我来的战友帮我在"解放军艺术学院"的牌匾下照了一张相。我认为，这就算了结了。这个门槛儿，我没能力，也没缘分跨进来了。

等待的日子很尴尬，很漫长，据说，如果作品被刷下来，考试资格就没了，也就不用复习文化课了，可我在远离京城的大山沟，又没人脉，无从打听作品的打分情况，不复习吧，又怕万一有考试文化课的机会，再因成绩不合格被淘汰，岂不可惜！大概在6月中旬，我终于得到了准考证，那张准考证至今还被我完好无损地保留着，考试时间是7月2日至4日，我们考军艺的只考语文和政治两门，有底子，不害怕，我记得作文题目是《这句话使我明白了一个道理》。我立马想到了一句话：知耻而后勇。它使我明白的道理是，一个人要活得明智，要知道自己的不足，要把不足看作是耻辱，这样就会使自己变得勇敢。我很自信，估计我的分数不会低。当然，我也知道，录取与否不在这篇作文，最好的作文是你的作品，可我只能用作文去弥补。我终于等来了那张录取通知书，我不知道，我为什么如此幸运，本来认为进不去的门槛儿，愣是闯进来了。年届三旬方进大学门，本身就不多见，一下子进了军队的艺术最高殿堂，对于我来说，已经是人生奇迹了。

军艺文学系是1984年创办的，创始人是著名作家徐怀中，我们是第三届，莫言、李存葆是第一届的学员，他们俩的名字，成了文学系的招牌，相比第一、二届的师哥、师姐们来说，我们第三届的同学大致有两个特点，一是大部分都来自基层部队（前两届专业作家多一些），二是大部分都没什么名气。大家共同的愿望是通过军艺文学系的深造，使自己尽快成为一名军旅作家。所以一入学，大家就表现得急功近利，不甘寂寞，好多人不好好听课，躲在屋里搞创作。那时候还没电脑，货真价实地爬格子，每个人都暗里使劲儿。开学一个多月，有人就写了几个中、短篇，都投给了《人民文学》《当代》《十月》《中国作家》这些大刊物，然后就等消息，看看作品发在哪一期，第几条。

记得一个礼拜二的下午，本来没课，班主任黄献国突然召集全体学员到阶梯教室集合，说是要开紧急会议。我们一个个都慌里慌张地从布帘子里钻了出来（当时四个人住一个宿舍，每个人都拉了布帘子），到了教室一看，黄献国、朱向前、张志忠、刘毅然几位老师都在，老师们个个表情严肃，讲桌上摆着一大堆稿子。见此情景，学员们人心惶恐，如临大敌。

黄献国老师情绪激动地指着一大堆退稿道："同学们，我郑重地提醒你们，从现在起，你们一个字也不要写了，再写就把文学系的牌子给砸了！"学员们像惹了祸的孩子，低着头胆战心惊地听候发落。谁知，朱向前老师却接过来说："文学系的牌子是李存葆、莫言创立的，谁也砸不了！"接着，张志忠、刘毅然老师都劝大家，不要急于创作，先静下心来听课、读书。最后，黄献国老师说："以后谁写了稿子，首先让老师们看看再往外投。"散会之前，学员们情绪低落、表情尴尬地走上讲台拿回了自己的退稿，然后回到布帘子里面静静反思。现在回忆起来，那次会议扭转了大家心浮气躁、急功近利的局面，使每个人对自己来文学系读书的目的有了更清醒的认识，对自己的创作有了更加准确的定位；同时，对老师们的"恨铁不成钢"，也有了善意的理解。

在文学系读书期间，我属于不显山不露水的那一类学员，因为基础差、底子薄，所以没有急功近利，第一学期基本上一个字没写，真正按照老师的要求，潜心读书，认真听课，晚上认真翻看笔记，一层一层地悟出军事文学的真谛。第二学期刚开课，《解放军文艺》到军艺组稿，每个大单位出一期，这对于学员们来说，既是一次机会，也是一次挑战。平时上《解放军文艺》不容易，现在找上门来了，机会难得，能上不能上，是一个不比赛的比赛。经过一个学期的听课、读书，我觉得自己开了一层窍儿，就根据自己亲身经历写了《芦苇席花儿》和《探家经历》两个短篇。谁知，编辑都看上了，这大大出乎我的意料。稿子发出来之后，《昆仑》副主编海波约我写一组此类风格的短篇，我写了三篇，后来发了两篇。就这样，我就慢慢上道儿了。

我们系主任是王愿坚，曾被誉为短篇小说之王，他的《七根火柴》《党费》，我们都是从中学课本里读到的，他编剧的电影《闪闪的红星》，更是红极一时。记得我们入学第一堂课是他讲的，有两句话堪为经典，至今记忆犹新："小说最好的开头和结尾是什么？你把有意设置的开头和结尾去掉了，剩下的就是最好的。"军艺的教学是开放性的，除了开军事文学、古典文学、影视文学、外国文学课等文学专业课以外，还请军内外的各类专家授课，比如请外交家讲外交，请建筑学家讲建筑，请地震学专家讲地震，请军事专家讲军事，触类旁通，全面开花。我记得讲课的著名作家有王蒙、刘白羽、莫言、李国文等，著名学者教授有钱理群、谢冕、孙绍振、王扶汉、陈晓明、孟繁华、雷达、白烨等等，都是国内文学界顶级的大腕儿，这对我一个从山沟基层部队来的文学爱好者来说，真正被洗了脑子，后来我到鲁迅文学院进修，也是这种教学模式，而且会碰到同一个老师讲同一课题。军艺那两年的日子过得惊惊乍乍，不定哪一天，冒出一个学员，冒出一部作品，老师会不遗余力地课堂上大肆表扬，极力吹捧，我们文学系又一颗新星升起了！这句刺耳的话会从不同的老师嘴里喊出，被表扬的学员沾沾自喜，而我们这些听表扬的人便有些无地自容。无功便是过，每天被鞭子抽得屁股生疼，那滋味儿真不好受，那日子真不好熬，文学这碗饭没那么好吃。

现在回忆起来，在军艺文学系读书那两年，有些事，值得记载和回忆。一入学，我做好了过军队院校正规生活的充分准备，把被子叠得整整齐齐，军帽放得不偏不倚，还带了外腰带，准备出操用，结果一个礼拜只出一次操，队列动作也不要求那么规范。我们每周二下午，周三、周四全天，都没课，再加上礼拜天，大部分时间是自由活动，可以读书、创作，也可以请假外出，那种自由度，让我这从野战部队过来的基层学员，一下子享受不了，但慢慢也就适应了，舒服的日子还不好过吗？但搞创作的压力很快顶替了这种舒服，出不来作品，在这儿也舒服不到哪儿去。

共同课中有外语课，这很要命。我是从农村上的高中，又是在"文革"年代过来的，根本就没学过外语，连二十六个字母也念不下来，现在都到而立之年了，跟着一个比自己年龄还小的女老师读ABCD，真有些难为情。记得那位英语老师是天津人，二十多岁，长得很漂亮，声音也很透亮。她用英语开场白，我们就像听鸟语一样，然而她也不顾及我们听懂听不懂，还是那么流利地讲着。我们都怕她课堂提问，答上来的人不多，她好像在挑逗我们，越怕就越提。她提问的方式很特别，一般不翻花名册，而是指着下面的座位点名，而且不直接点哪一位同学，点第几排第几位，你左边那位同学，你后边那位同学，或者隔一个同学，或者长得像哪位演员的那位同学，搞得人人自危，时而哄堂大笑。我坐在最后一排，基本上没被点到过，若点到，我肯定尴尬，不一定会出什么笑话。

还有上体育课，教我们的也是一位女老师，但年龄比我们大，大概有五十多岁的样子，也是很认真很较劲。我们的体育课，有太极拳，有太极剑，有养身功，大家认为跟着比画比画就行了，不，她要单个教练，还要列入考核，谁做的动作不规范了，就让你到前面来比画。据说，我们的大师兄莫言，在上太极剑课的时候，经常被这位老师提溜出来单个教练，不知获了诺贝尔文学奖的莫兄还记不记得。我上中学的时候，不爱好体育课，体会要领的能力较差。我脸皮儿薄，生怕被弄到前面去丢人现眼，就下功夫学，用心体会。有一次学游龙功，其中有一个动作是双手合拢从头到脚跟转八字，那动作很优美，但不好掌握要领，大部分同学做不到位，我也跟着瞎比画。有一天，老师突然走到我跟前说，你到前面来，我一下子出了一头汗，坏了，真要当众出丑了。老师却和颜悦色地说，你做得不错。嘀，我倒成样板儿了，不知怎么搞的。

还有很多笑话，不打算在这篇文章里讲了，留作慢慢细嚼。

说句掏心窝子的话，是军艺文学系改变了我的人生命运和文学命运。自己从小爱好文学，把当作家作为崇高的理想和毕生的追求，是军艺文学系把这一愿望变成现实。

毕业之后，我养成了两个习惯，一个是在填写作者简介时，我总要写上毕业于解放军艺术学院文学系；一个是稍得空闲，就翻看在军艺文学系读书时的笔记。

我 与 鲁 院

我上鲁迅文学院的时间是2002年9月至2003年2月，全称叫"鲁迅文学院全国首届中青年作家高级研修班"，后来有人称作"黄埔一期"，据说，现在已经办了几十期了。十几年过去，我们鲁院各届同学不时在不同场合相聚，主持人会介绍，谁是鲁院某某期的，当介绍到我们"黄埔一期"的同学时，掌声便激烈起来。

现在回想起来，2002年，我连续"充电"，上半年参加了全军青年作家进修班，时间大概是一个月，那是我1991年从军艺毕业十年后，再次回母校"回炉"；紧接着，下半年又到了鲁院，那是我调北京军区政治部文艺创作室任副主任的第三个年头，虽发表了一些作品，但在同年龄段儿的专业作家中，还是偏弱的，进专业队伍也是比较晚的，这就使我急于"充电"，开阔视野，迎头赶上。

我上鲁院，是想静下心来，好好读书学习，可没想到竟被选为班长。"黄埔一期"的班长，我至今还享受着这几乎是终身制的称谓，鲁一的同学见了还是叫我"班长"，但说实话，当时真不想当，那个官儿也确实不好当。

我们报到后的第二天，开始选班长，班主任高深老师主持，提候选人的时候，我怎么也想不到会有我，因为全国四十九名学员，有很多大腕儿，还有某某省的作协副主席，河北的"三驾马车"就来了两驾，怎么也轮不到名不见经传的我，可后来形势逆转，我的名字被人喊了出来。高老师很快写在黑板上，接着便有人齐声喊我的名字，就这样，班长这个桂冠，就冤大头似的落在了我头上，我当场陈述，表示自己不能胜任，但反对无效，尘埃很快落定。

后来，我了解到，其实鲁院早有内定，无非是走个选举程序而已，之所以内定我，是因为我头上有北京军区政治部文艺创作室副主任的头衔儿，部队作家，荣誉感强，纪律性强，用着放心。至于你愿不愿干，人家就不管了，反正在选举之前，院方没有向我透露过任何信息，如果征求我意见，我会奋力"辞官"。

在部队，班长这个职务被称为"兵头将尾"，是最不好当的差事，也是最锻炼人的岗位。我当兵不满一年就当了副班长，当时班长不在位，我以副代正，努着劲儿干得还不错。我这人就是这样，要么不干，一旦干上就要不辱使命，尽管我不知道，这个全国知名作家高研班的班长究竟该怎么当。

班委会成员很快确定：班长、副班长、学习委员（两名）、文艺委员、生活委员，还有各组组长。后来，我查了一下，这些学员在原单位大小都有个头衔儿，属于"冤小头"。通过一起工作，我发现这些人还真有些当过官儿的样子，是有责任心，也是乐于服务、勇于付出的。

入学不久，就赶上过中秋节，院里提倡搞晚会，拨款一千元，但以班委会的名义组织，届时院领导参加。我在基层当过指导员，又在师机关当过宣传干事，组织筹办一台晚会不成问题，问题是，刚入学不久，人家还不太熟悉，不知道这些每天码字的男男女女作家们，有没有文艺范儿，而且大部分都是四十岁以上的人了，能不能放开了蹦蹦跳跳。我先通过各组组长摸情况，让大家自愿报名出节目，为晚会献计献策，然后班委会汇总情况，列出节目单，然而自动报名的人数不多，我就强令指派每组必须出两到三个节目，班委会成员和各组长首先带头出节目，然后是集体跳舞，中间还穿插抽奖活动，这样形式就多样一些，也便于留大家在现场。

我认为，这是头三脚，作为班长一定要踢开，一定要把大家的热情调动起来。晚会头一天我回了趟家，买了白纸，和老婆一起制作晚会会标《月是鲁院明》，我用行书字体书下来，再用剪子剪下来贴在会标布上，卷起来就回了鲁院。那次班委会成员和各组组长很给力，等我回来，节目单做出来了，男女主持人确定了，奖品、水果也买好了，各项准备工作都做好了，两个主持人简单地对了一下主持词，"演员们"也没走台，就准备上场了，反正是自娱自乐，不怕出什么纰漏。

那天，院领导都参加了，我代表班委会和全体学员致欢迎词，雷抒雁院长代表院领导讲了话，然后，节目就开始了。我是班长，带头唱了《小白杨》，我知道，我唱得就那么回事儿，我上场是一种态度，带动大家进入晚会状态，是真正目的。刚开始，大家有些拘谨，不一会儿，就放开了，主动上台唱呀跳呀，活泛开了。我表演完节目，就蹲在门口，不管是谁，许进不许出，必须捧场捧到底，见我这么较真，谁也不好意思溜号了。

作家，尤其是专业作家，有成就的作家，一般都有个性，有独立的人格意识，再加上，南方北方，地域有别，文化背景不同，也会造成性格上的差异，而鲁院全国首届高研班，就是把这一些"精英"们集中在一起，形成满汉全席的文化大餐，学习、生活、交流，朝夕相处，既碰撞文学火花，也偶尔爆发争吵，还会因为伙食问题、活动场所问题等等，与院方发生小的摩擦，遇到这些情况，都是班委会出面解决，而作为班长要首当其冲，直到大事化小，小事化了，息事宁人。

在鲁院学习期间，作为班长，还有一件事，值得记载，那就是社会实践活动。

院领导几次召集我们开会，拟在学习期间，搞几次社会调查实践活动，会上提了几个方案，但都因为经费、交通、安全等问题，定不下来，眼看一个多月过去了，还是没着落，我就向雷抒雁院长提出，到北京市郊区农村走一趟，可完成此项任务。当时我正在为昌平区崔村镇香堂村创作一部长篇报告文学，那个村的书记叫张文山，是他带领群众脱贫致富，使香堂村成为北京市的重大典型，也是全国文明村；再有，几次接触，发现张文山喜欢跟文化人打交道，如果全国几十名知名作家一道走进社会主义新农村，对香堂村，对作家，都会是一件很有意义的事。

我的提议，得到了院方的认可和支持，经与香堂村张文山书记商量，很快定下了这个方案：

主题：鲁迅文学院学员深入文化新村，促进作家与农民的沟通与交流。

内容：参观香堂村村容村貌，给香堂村村民签名赠书，书画笔会，与村民联欢，采摘果实。

现在我还记得，时间是2002年10月26日，周六，没课。

早饭后开始登车，两台中巴上坐着五十多位作家和鲁院领导及工作人员，昌平电视台来了一台车，连带路带采访。我坐在第一台车的副驾驶位置上，我今天唱主角，一手托两家，责任很重，好事要办好，不能弄砸喽。

进了香堂村，作家们看了陈氏太极馆，看了东方书画院，看了敬老院，看了村里为村民建的三合院。

香堂文化活动中心有一个能容纳近千人的歌舞厅，据村干部介绍，里边的灯光、音响设备，都是进口的，每逢过年过节，村里都要在这里举行文艺晚会，今天的联欢活动也将在这里举行。舞台上方挂着一幅横标：全国知名作家与香堂村民联欢会。大厅摆了17张桌子，桌上摆好了餐具。显然，作家们就是在这歌舞升平的环境里与香堂人共进午餐。大厅正中央，几张方桌对在一起，上面铺着画毡，放着笔墨纸砚。不一会儿，作家们将在这里挥毫泼墨。

人到齐了，各就各位。

张文山宣布座次：每桌十个人，其中六名香堂村人，四名作家。

演出开始，笔会开笔。

雷抒雁和白描两位院长，不仅带来了他们的文学作品，也现场献上书法作品，学员中也有几个爱好书法的，分别留下墨宝。

我爱好书法，今天又担任这样的角色，当然也不甘落后，我写了一幅中堂："文化溢香，山村香堂。"把"文山"和"香堂"都嵌在里边了。

吃饭的时候，作家们与香堂村的村民推杯换盏，进行着友好的交流。

这是一个很耐人寻味的场面。

这也是一个有些不太和谐的场面，因为同席杂座的人，从外表到内心都有很大差别。

这些来自天南地北的作家们，在车上谈的还是福克纳、普鲁斯特、博尔赫斯、大江健三郎，谈的还是主旋律、新写实、批判现实主义，还有后现代派，眼下的话题一下子来个陡转，但他们很快与香堂人找到了共同的话题，而且谈得很投入。作家们有的出身农村，有的始终从事农村题材创作，感情上与农民一脉相承。

那顿饭花样不多，但很实惠，上的都是大碗炖鱼炖肉，热气腾腾，香味儿扑鼻。即将离席的时候，有些作家已是恋恋不舍。告别的时候，不管是作家，还是村民，眼里都含着泪花。

最后一项活动是摘苹果，大家更是兴高采烈，有的人情不自禁地唱起了朝鲜电影《摘苹果的时候》的插曲，摘得有滋有味儿。那时候，采摘还不普及，好多人没有摘过苹果，南方的作家甚至没见过苹果长在树上的模样，都放开了摘，反正不限量，只要你提得动。

满载而归的路上，作家们还意犹未尽地谈论着在香堂活动一天的体会，都认为是最有收获，也是最有意义的一天，有人说，我们像"鬼子进村"一样，又吃又喝又拿，可我们能给香堂人做些什么呢？

我记得昌平电视台的人还专门刻录了那次活动的视频光盘，我分发给每一个同学，留作纪念。

我们毕业十年和十五年，在贵州搞了两次聚会，同学们一见面还是亲切地称呼我"班长"，而且在贵州的系列活动，还是以班委会的名义组织，我还是"牵头"的，尽管操了一些心，但心里还是热乎乎的，这个班长没白当，不是什么"冤大头"。

我 与 老 家

对于老家，我的感情是复杂的。

那年当兵，是老家人敲锣打鼓把我送走的，尽管我出去当兵并不一定能混出什么名堂，但乡亲们还是一程又一程地送我，男男女女的目光里充满了希望。好在当兵真的改变了我的命运，我终于混了个"铁饭碗"并在大都市安了家。于是，那片白花花的盐碱地便成了老家。

第一次回老家，农村还吃大锅饭，家里的生活条件比我在家时好点儿有限，没有"外援"的庄户人家，除了能填饱肚子，也就没有什么结余了，但老家人对在外边混事儿的人格外高看一眼，那种热情、真诚与友善，让我至死也忘不了。记得我是腊月二十八到家的，一进家，屋里炕上就挤满了人，围着我问长问短，让我讲当兵的故事，有说有笑，一直到晚上人还没断流。第二天就开始轮流到各家吃饭，不管是当家伙族，左邻右舍，还是既不沾亲又不带故的乡亲，几乎都轮一遍。那年间，在外边混事儿的少，我这"一颗红星头上戴，革命红旗挂两边"的军人，就更显得金贵，有时为争我去吃饭，两家差点儿打起架来。尽管农家的饭桌上，并没有什么美菜佳肴，远不如我走南闯北出头露面吃得见得好，但乡里乡亲炕上一坐，桌子一围，酒盅里一泡，那气氛格外亲切与热烈，尤其是那种无拘无束、畅所欲言的抒情与怀旧，绝对比在任何规格的宴会上都感到幸福。

等我假满归队了，乡亲邻里们又过来为我送行，大娘抓一把枣儿，婶子煮俩鸡蛋，姐妹们送两双鞋垫儿，不容你推辞，放下就走，你要是表现出不想接受，立马就跟你翻脸。说实话，那些东西并不值钱，自己也不一定需要，但老家人那份真情，你无法拒绝，你无法不动容。

又过了些年，再回老家过年，老家人都住上了用瓷砖做门脸儿的新瓦房，吃的穿的花的，都比城里人不差，然而，给我的第一感觉是，老家人那种热情与亲善却淡了许多。一进家门，再不见客人盈门，熙熙攘攘，再不见轮流请吃，争执不下，盛情难却。几年不见面的乡里乡亲，在街上见面只是"回来了"这么一句简单的客套话，仿佛我就是昨天刚出的门儿，今儿就回来了。即便是碰上小时候在一起玩尿泥、打水仗、光屁股偷瓜的同龄人，也只是说几句不咸不淡的家常话，就各奔东西了。一到天黑，家家大门紧闭，护家狗汪汪叫，一家人围在一起，打麻将，看电视，逗小孩儿，十足的天伦之乐与世无争，在大街上想找人聊聊天儿，很不容易。

以前回家因为总不在家吃饭，爹老是埋怨我，一天不着个家，爷儿俩连个说话的工夫也没有。这回时间富余多了，每顿饭我都和爹干两盅，爹二两酒下肚，脸就通红，说话也把不住了："人都变了，唉！"爹并没说人变得怎么了，为什么要变，但从他那表情与言语间，我仿佛感知了什么。

正月初四，一个爷爷辈儿的老人来请我，那满桌饭菜的档次非常高：五粮液、五星啤酒、可口可乐；油焖大虾、酸菜鱼、红烧肉……我很激动，甚至感到在农家吃这种规格的饭受之有愧。酒过三巡，菜过五味，那位爷爷辈儿的老人发话了："今年想让小三儿去当兵，孩子也没什么文化，到了部队，托你这门子，学个技术。"我顿时感到酒和菜的味道都变了,端着酒杯,手直摇晃,两眼发直……我想我一定失态了。

回到家,我躺在炕上想:老家人这是怎么了?我两手空空离开老家,凭着手里的笔杆子在外边混了一个比芝麻粒儿稍大一点儿的官儿,是乡亲们那么抬举我、热待我,我才感到自己是个官儿,那时候,我多想能给乡亲们一些回报呀,即使赴汤蹈火也在所不辞。然而,乡亲们谁也不需要我的回报,生怕影响了我的前程,耽误了我的事业,而越是那样,我的心理越感到失衡,我越感到自己亏欠乡亲们的债,一种说不清的感情债。而如今,乡亲们直接提出来让我偿还了,我又感到说不出的苦涩,并感到本无债可还。爹说得好,人们去北京,去上海,过去只是跑外交人的事。现在呢,说走就走,说回就回,回来就西装革履,腰缠万贯,谁还对你这军官眼红?爹的话并没有全部释开我的疑惑,不知为什么,我倒为老家人的这种变化感到欣慰。

也许,乡亲们没变,是我变了,我变得顽固不化,不可救药了。

我与军装

2017年7月下旬的一天，正在拉萨旅游的我接到电话通知：北京军区善后办将在八一前，为我们这批提前退休的干部，举行一次向军旗告别仪式，首长接见、照相，届时穿礼服。

这个信息提醒我，这是最后一次穿军装参加集体活动了。虽然退休不是退役，但毕竟不是现役军人了，穿了四十一年的军装，将随着我军旅生涯的结束而与我告别。我遂感到，参加这个仪式，不是一种荣誉的终结，而是失去了精神上的一种守望。

之所以当兵，是因为崇尚军装。

1976年12月，我当兵前，我们李氏家族两代人中已有三人当兵，四叔在天津警察部队当了八年兵，叔家的大哥在甘肃酒泉二炮某基地当了五年兵，二哥正在驻唐山某部服现役。那年月，农家都按部就班地过着日出而作、日落而息的本分日子，如果这个家族在村里显山露水，那一定是出了国家干部、工人，或者军人，而军人外在的荣耀，在于那身军装。我们老李家在付家庄是独门小户，可接连出了三位军人，让我们充分享受到了"一人当兵，全家光荣"的体面。四叔当兵时，我年龄尚小，没见过他穿军装的样子，但镶在他家镜框里的那些穿军装的照片，让我领略了四叔带有军人气质的精神风采。大哥探亲回到家，穿着一身军装在村里大街上一走，啯，帅！跟在他身后跑，也觉得很神气。他归队的头一天，我终于忍不住提出要一颗红五星的索求，他答应回部队给我寄回来。半个月后，我收到的不仅是一颗红五星，还有一顶军帽，大夏天，我戴上军帽满大街疯跑，到学校，当着男女同学显摆……

现在想起来，那个年代的我们，崇尚军营，迷恋军装，应该说是与那个年代我们所处的政治环境，与青年人的价值追求和审美趋向有很大关系。样板戏《智取威虎山》身穿三点红军装的参谋长在发动群众中唱出："一颗红星头上戴，革命的红旗挂两边。"红色电影《闪闪的红星》里"红星照我去战斗"的唱词，这些导向，都足以使我们的革命理想高于天。

新兵训练三个月，我们有军装，而没有领章、帽徽，就像画龙没有点睛，绿叶没有红花。新兵生活，不仅艰苦，而且单调，没有色彩。我们咬着牙数着日子，好不容易才熬到发领章、帽徽的那一天，老兵们教我们怎么缀钉。我服役的部队地处长城以北的燕山深处，属于高寒地区，发的是骆驼绒的大皮帽子，帽徽缀进去，只露出一个小红点儿，看不到红星的五个角，至于钉领章，更是个技术活儿，左右对称，边与边齐，用红线在领子背面，打一个交叉线，领章外面一点儿针线的痕迹也看不出来。接下来，我们就去照相，我们的营房离镇上的照相馆有两三公里，星期天，连里准了假，新兵们分期分批去照相。人多，排队，照了单人的，再照合影，一个村的，一个公社的，一个班的，一个连的，折腾大半天，才照完。一个礼拜后，照片洗出来了，高调寄出去，寄给爹娘，寄给未婚妻，寄给同学，剩下的装进相册。在照相馆照完相，我们都毫不吝惜地买了精美的相册，把照片用银色的三角固定在相册上，虽然是黑白色，照片上的我们仍显得精神威武，光彩照人。新兵下连不久，我们离开营房，去执行国防施工任务，脱下了新军装，换上了工作服，戴上了安全帽，完全没有了军人的样子，我们只能盼着过礼拜天，或者三班倒的时候不出工，我们可以穿上军装，亮出我们的"三点红"，在街上走一走，或在房东的孩子们面前抖抖威风。那时候，羡慕老兵，他们有了探亲假，离队前，他们换上崭新的军装，一丝不苟地缀钉上新领章、新帽徽，还要缀上雪白的新衬领，脖子底下仅露出一点白边，点缀得相当好看。他们背上挎包，左肩右斜，再提上装满食品礼品的提包，兴高采烈地上路了。新兵们送他们到车站，招手再见的同时，想象他们穿着军装在家乡人面前抖威风的荣耀。老兵有老兵的荣耀，当然，老兵也有老兵的悲壮，满了服役年限，大部分都要退伍还乡，看到他们含泪摘下领章帽徽，恋恋不舍地离开部队，我就暗自下决心，一定要好好干，多穿几年军装，多享受几年荣耀。

想多穿几年军装，那就得提干。那时候，义务兵是三年制，农村来的，提不了干的，就得脱下军装回家种地。我当兵前曾对父母发誓，当了兵就一辈子不回来了，看来真是有些大言不惭，我满了三年兵，入了党，够了提干条件，但上级却下达了提干需经院校培养的文件，直接提干冻结，我们坐一个车皮来的献县兵，有些幸运的，在文件下来之前就提起来了，换上了四个兜儿，有了多穿几年军装的理由和资格。到了第四年底，同村的战友动员我一块儿退伍回家，我也犹豫过，但还是舍不得身上的军装，一咬牙，等。到了第五个年头，我终于等来了通过考试直接提干的机会，而且一举考中，虽然得到的是一张司务长的命令，但那已是国家干部了，是中国人民解放军的军官了，实现了穿一辈子军装的第一步愿望。

我从1976年12月入伍，到2017年12月退休，军装在我身上穿了整整四十一年，我那大言不惭的话，成了现实，这是我做梦也没想到的。军装成就了我的梦想，也改变了我的命运，没有当年那句狠话，也许就没有今天的结局，说到底，是军装的诱惑力和支撑力，使我不遗余力，痴心不改，初心难忘。这四十一年，我经历了军队几次大的服装改革，我刚当兵时穿的是"七五式"服装，也就是1965年取消军衔制之后的样式，1985年军装试改，我们换上了大檐帽，领章上、肩章上都镶有五星，帽徽上也加了装饰，虽然还是"三点红"，但比过去丰富了一些。1988年恢复军衔制，已升任副营职军官的我，被授予上尉军衔，肩上扛上了一杠三星；第二年，戴着少校牌子考进解放军艺术学院，两年后毕业留在北京军区机关，进了大都市、高级机关，天地广阔了，穿一辈子军装的可能性就更大了。之后，我又赶上了"九七式"军装改革，而变化最大的是"〇七式"服装改革，样式与国际接轨，我们的军装不仅都是量身定制，而且还加了资历章、臂章、姓名牌等等，品种上分春秋常服、夏常服、作训服、迷彩服，还增添了礼服，穿出去就是显精神。

　　穿一辈子军装，确实是一种荣耀，当初，我们出来当兵，就是冲着这身军装，能多穿一年是一年，多穿一套是一套，那时常听老兵训新兵："新兵蛋子，你才穿了几套军装？"我一口气穿了四十一年军装，当然备感荣耀，也倍加珍惜。打当新兵开始，就保留穿军装的照片，以后每换一次装，都在第一时间照相留念，那时候，不像现在，每个人手里都有手机，随时拍照，但可以跑照相馆，也可以借照相机，还可以利用工作之便用公家的照相机"假公济私"，留下多种穿军装的照片。我买了很多样式的相册，保存了上千张穿军装的照片，没事儿的时候，拿出来翻一翻，回忆一下自己的光荣历史，心中的滋味儿是很美的。

　　我有个遗憾，就是一直没有一张穿礼服的照片。2015年参加"九三"大阅兵，作为解说词撰稿人，我获得了到天安门广场观礼的资格，刚开始通知我穿礼服，可到了头天晚上，又通知我穿迷彩服，我只好又把礼服收起来了。第二天，到了现场，发现大部分军人都穿礼服，心里埋怨自己人听话了。后来，有朋友提出穿上礼服专门出去照相，我没响应，失去了那次机会，便无法弥补。

有一年春节，网上突然出现一个软件，从红军八角帽开始到"〇七式"军装组成了一套半截身的图像，每个人可以把自己的脸套上去，转换成不同时期的军人，包括男兵女兵。我发现自己熟悉的没当过兵的人，把脸套上去了，还在朋友圈里晒，我看了之后，心里很不是个滋味儿。军装不仅是一套制服，那是一种至高无上的荣誉，我们的军装是一天天穿出来的，军人与军装的感情，是一天天培养起来的，不当兵，你一辈子也体会不到。

我与开车

我从二十岁开始学开车,现在过了六十,成退休老头儿了,还没驾驶证。有一次,我在战友聚会的饭桌上,损我当初的教练班长唐宗升:"你还是优秀教练班长呢,四十年,愣没把我这个徒弟带出来。"明白人,都知道我是在自损。那桌上的人,除了我,都会开车。

最早是1978年,我从连队调到团军需仓库当保管员,车管助理郭桐江看上我了,私下对我说,小李,你去学开车吧。当时,学开车属于热门职业,凡是学开车的,基本上都有后门儿,团里只有两台吉普车,团长政委各一台,开小车的司机,那叫牛。团后勤处有一个汽车排,三个班,也就二三十个人,一个排长,司机们每天开着车东跑西颠,不仅战士们羡慕,连那些干部们都敬他们几分,可我看不上这个职业,我的理想是当一名作家,或者新闻工作者,不想摆弄听诊器、方向盘那些玩意儿,我在学校学习就偏科,文科拔尖儿,理科稀松,而开车应该是理科的范畴,我觉得我不是那块料。还有,那时候,谁也没想到,若干年后,家庭会普及轿车,开车只是一种代步手段,一种普通技能。

1979年,我参加24军后勤干部参谋"六会"业务培训,那时我还是一名战士,学了是准备回来提干的。"六会"指读、写、画、传、计、算,一共一个月的时间,快结束的时候,加了汽车驾驶业务。当时对越边境作战正酣，我们增加学开车业务的原因是，在前线，我军的运输车遭袭击，司机牺牲或负伤，别人都不会开车，车窝在路上动不了，眼看着一车物资，被敌人炸毁。我记得，当初教我们的教练是70师司机训练大队的排长张建平，大高个儿，河北晋县、新乐一带的口音，还有点儿小幽默，他指着教练车说："首长们，你一看，这就是辆大汽车。它跟人一样，有动脉静脉，动脉就是油路，静脉就是电路……"因为是速成班，学会学不会，既不发驾驶证，也不记录考试成绩，他简单讲了汽车的构造，就讲起步、停车要领，接着，就让我们上车体验，因为我对这东西不感兴趣，也就没下功夫学。第二天，让我们在河滩上学驾驶，我找不到要领，再加上格外心慌，三下五除二，把车开到河套里去了，要不是教练及时踩副制动，说不定就人仰车翻了。回到团里，有一次去天津拉被装，司机是献县老乡，半路上休息的时候，他对我说，你学过开车，开一段儿吧？我赶紧谢绝，我一辈子也不想摸那东西。

1981年，我被任命为步兵第70师司机训练队司务长。这个单位，分三类人，一类是会开车的，包括干部；一类是正学开车的；第三类是准备学开车的，也就是我分管的炊事班的兵。我当了两年司务长，经历了两批司机培训（每批半年），如果我学，哪怕有一搭无一搭，哪怕比猪八戒还笨，只要跟学员同步，怎么也能混上一个驾驶证，何况，那时候，驾驶证是由师运输科发，考试由司训队组织，很容易过关，可我愣是没学会。还有一个有利条件，炊事班配一台机动车，负责买菜买粮，实际上那台车就是为司务长配的专车，我前任司务长几乎当专车用。上士唐宗升是献县老乡，跟我住一个屋，曾连续两年被评为优秀教练班长，多笨的徒弟他都带过，日子长了，他动员我说，学学吧，艺不压身，说不定什么时候就用得上。我被他说得有点儿动心了，用上用不上，先不说，一个大队百八十号人，就自己不会开

221

车,也怪丢人的。他还给了我一本厚厚的《汽车驾驶员教材》,我翻了翻,头都大了,光理论就要人命了,别说驾驶。在他的启发诱导下,我真的来了些兴趣。我们去买菜,先开车到河滩上转一圈儿,他给我讲起步、停车、加减挡要领,包括手怎么握方向盘,我记得,他把方向盘比作手表,左手握九至十点,右手握三至四点的位置,加挡,先轰油,呜——喀——喀!减挡,先摘挡,中间跟油,喀——呜——喀!再就是打方向,快打快回,慢打慢回,怎么打怎么回。他坐在副驾驶位置上为我保驾护航,我就开始按要领做动作,开始,喀,喀,老响挡,要么,挂不上;要么,摘不下来,弄得我满头大汗,手足无措,他也不着急,不发火,让我慢慢体会。我一用心体会,不响挡了,打方向也找到感觉了,一个人开着车在河滩上乱跑,虽然开得东摇西晃,咣咣当当,但翻了不车,熄不了火,掉不了挡。唐就鼓励我,好,好!照那样练下去,怎么也出徒了。可我没坚持,不上瘾,一直到离开司训队,也没正规上过路,更没拿到驾驶证。

最后一次机会,或者说最重要的一次机会,是在北京军区政治部文化工作站工作期间,单位组织全体干部集体学开车,也就像扫盲班,不留死角。我是第一批上去的,学习周期大概是一周的时间,我有点儿老底儿,起步停车做得很规范,加减挡也利索,教练还夸过我,上路也还算行,可到了最后考倒车库、过单边桥的时候,怎么也过不了关,我总是把方向弄反,一次一次连遭失败,教练越着急,我越蒙。最后一天,我突然接到电话,被借调到电视片《中国军队》摄制组担任撰稿,马上报到。如果我有心学车,与有关部门通融一下,晚报到一天,坚持到底,最后也许能拿到驾驶证,可我像逃瘟疫似的跑了。后来,凡是参加学习的,都拿到了驾驶证,只有我一个人半途而废。

我这人,要说笨,也不算笨,几十万字的小说也能写出来;可我笨的时候，能把人急死，或者笑死。在地里干农活儿，本来没多少技术含量的活儿，好多人一学就会，可我就是出洋相。比如耩地，老农负责掌耧把，来回晃动，让种子均匀入地，我牵着牲口把方向，吆喝牲口走直线，口令也很简单，向外就是喔喔，向里就是吁吁，可我经常下错口令，牲口走得七扭八歪。老农就骂我，废物点心，将来做醋都做不酸，与爹的骂法如出一辙。那时候，我就觉得自己方向感很差，悟性很差，天生不是学技术的料儿。

到了新世纪以后，好多家庭都有了私家车，我看见，跟我一起学开车的人买了车，开着在我面前兜风，我不羡慕，也不嫉妒，你开你的车，我出门坐公交车、地铁，一样活。我买得起车，但不会开，也不盘算买，把钱存在银行赚利息，日子也是日子。后来，我当个小官儿，配了公车，配了司机，不会开车的劣势就不那么明显了。有人说我，怪不得当初不学开车，人家天生是坐车的命。天知道，我是不是坐车的命，我更知道，这车坐不了一辈子。

在单位，部下们都有私家车，每年他们的车都要年检，我帮他们办手续，没我的份儿，我很省心，没丝毫的自卑感和落伍感。

坐车就想到了开车，看到路段儿拥堵，看到那么多司机不守规矩，看到在目的地苦苦找不到车位，我觉得自己不学开车也罢，自己不光天生方向感差，对机械的东西有一种天然的抵触和不屑，还有，我脾气急躁，心理素质差，开上车，事故率也会比别人高。想想，我不会开车，司机队伍里会少一个马路杀手，我自己活得也会安全一些。我经常这样安慰自己。

一晃，退休了，坐了十几年公车的我，不得不把身段儿放下，重新启动乘坐公交车、地铁的程序。反正退休赋闲，没那么多必须要做的事儿，少出门儿也就罢了。问题是，不会开车的弊端也时时暴露出来，同龄人中，无论从事什么职业，大部分都会开车，自己总是属于少数人的那一类。再后来，孙子降生了，有苗不愁长，一晃，上幼儿园了，儿子儿媳都上班，接送任务自然落在爷爷奶奶头上，会开车的爷爷，或者奶奶，稳稳当当不慌不忙地把任务完成了，可我这个不会开车的爷爷，就没这个能力。没能力怎么办，就让孙子在门口的幼儿园上，私立的，双语，价格比公立的高出一两倍，一咬牙，就在这儿上，这钱，我掏了。花高价避风险，看起来很慷慨悲壮，很有爷爷范儿，实际上是无奈之举。

第二年，孙子又报了英语补习班，每周两次，周日由爸爸妈妈接送，周四就得指望爷爷奶奶了，学校离幼儿园三五公里，不远不近，如果开车，一脚油门到了，可我就为难了，带孙子坐大公交，不仅要走一大段儿路，也有点儿掉价。孙子长这么大也没坐过，还真是天无绝人之路，现在可以在网上约车，下载约车软件，信息发过去，你的位置司机就知道了，再输入下车地点，三五分钟，车就来了，车上干干净净，司机客客气气，到了目的地，手机自动结账，你只管下车走人，倒也轻省。这年头儿，有手机什么样的费用都可以支出，快节奏，高效率。可到月底算算账，钱像流水一样，哗哗地流走了，心里也疼得慌。那没办法，活该，谁让你不会开车呢?

我与日记

准确地说，我写日记，是从新兵开始。萌动写日记的念头，大概有两个原因，一是当兵使自己有了值得记载的人生历程；二是当兵前，同学们送来一大堆日记本，扉页上都写了一大堆鼓励的话。我接过来心里热乎乎的，同时也沉甸甸的，兵当好当坏先不说，千万别愧对这些日记本。

第一篇日记写了到部队第一天的感受，其内容回避了看到大山沟的悲情愁绪，却用极其闪光的语言记录了由农村青年成为军人的激动与荣耀，那时的日记与文学无关，只是生活流水账的载体，鸡毛蒜皮的事颇多，空洞的口号和表决心的语言颇多，无病呻吟和故弄玄虚的成分颇多，其天真与浅薄，拼凑与拙劣，今日再翻读起来，脸上会自然渗出羞涩的汗珠，尽管如此，我搬家数次，并未把它们遗弃。

新兵下连以后，部队离开营房去执行国防施工任务，当兵的日子愈加艰辛了。当兵前我在公社海河指挥部当宣传员，跟我一块儿毕业的高中生们都推大车迈大步，而我每天在工地上溜溜达达，还能吃香的喝辣的。当兵以后，几位同学却阴差阳错地和我进行了颠倒，我推起了小车，抱起风钻，他们却有的当了通信员，有的当了警卫员，其神气的表情时刻向我证明，什么叫"十年河东，十年河西"，彼此落差之大构成我的复杂心理，我曾在日记中做过流露，但却未有丝毫的悲观。翻开那段时间的日记，几乎每篇当中都有一句话："看谁笑到最后"，我想当时我大概有野心。

　　星期六下午过党团活动，作为团员的我很少受到表扬，因为身子骨儿的原因，施工中尽管不遗余力，但总创造不出可观的劳动成果，于是，我把受表扬的机会寄希望于日记。那年，"学雷锋"运动轰轰烈烈，雷锋喜欢写日记，所以坚持写日记也是"学雷锋，见行动"的一种具体表现。我的日记是名副其实的日记，天天不拉，上夜班回来，别人瘫在床上睡觉，我强打精神写日记，因为忙或其他原因漏写了，稍有空就补上，有时一天竟写两三篇，不到一个月，就能写满一本，而且字迹清楚、正规，像学生的作文。

　　使我痛苦的是，我的日记始终没有得到领导的欣赏。指导员号召大家写日记，团支部也一再提出要搞新兵日记展览。据我所知，没有哪一个新兵写日记像我一样持之以恒，再说我毕竟高中毕业，又在公社海河指挥部上搞过宣传，写日记的水平高过全连新兵，是不容置疑的事，我想我的日记一旦在全连曝光，定会引起轰动效应，这也是我显山露水的唯一途径。

　　有一天，我终于逮住一个机会，这是一个休息日，指导员来到我们班，我们齐刷刷地站起来，等候指导员下指示，因为指导员是不轻易到班里来的。指导员却说，没事，我随便转转。后来，指导员跟我们聊天，我十分虔诚地拿出日记本作记录，聊了一会儿，指导员竟躺在床上睡着了，战士们又各忙各的了。我感到这是个机会，心怀鬼胎地把所有日记本都拿出来，翻开放在指导员身边，其中有一本有意放在指导员身子底下，他一翻身，感到身子底下硌，肯定拿起来翻一翻。这一切安排妥当，我又假模假样地写日记，一个多小时过去了，日记早写完了，指导员还没醒，我又写当天的日记续篇，续篇也写完了，指导员还没醒。这时，我发现指导员翻了个身，大概感到硌了，眼睛没睁，伸手把我的日记本拿出来扔到了一边。这个机会错过了，但我不死心，只要指导员醒了，肯定会发现我的日记，我这个"日记新星"就要升起了。又过了半个多小时，通信员过来叫指导员开会，指导员爬起来，没顾上看我一眼就走了，我可怜的日记本们被冷落在床上，袒露着我的用心良苦。

我的日记写到第三个年头，就觉得像那么回事儿了，随着各行各业的拨乱反正，文学也回到了本身。我上了九年学，读了小说《班主任》《伤痕》《神圣的使命》，我才知道自己在文章里不会说人话，我慢慢开始觉醒，开始反思，日记日渐朝着准文学的方向发展，不再记生活流水账，不再乱呼口号表决心，而是注意写人观景，叙事抒情，有时还会用文学的语言记述一个完整的故事，当然还是形容词太多，诗不像诗，散文不像散文，不冤枉地说，属于不伦不类。

我的日记写到几十万字的时候，我结识了黄帅，这是"文革"期间一个年龄最小而轰动最大的风云人物。那是1973年的事，我还在上初中，《一个小学生的来信和日记摘抄》在整个教育界吵得沸沸扬扬。小学生黄帅因为写日记成了"反潮流"英雄，确实了不起，记得当时班里还有狂热分子蠢蠢欲动盲目效仿，制造出不少笑柄。我没有冲动，但对黄帅却产生了由衷的崇拜，惊惊乍乍地写了一些"批判教育路线回潮"的狗屁文章，并得以在全校展览。黄帅的出现，使我对日记认识达到了空前的高度，写大批判文章也产生了一个质的飞跃。无奈那年月家里穷得买不起日记本，我写日记的热情只能倾注在作业本的背面和课文扉页的空白处，如果保留到现在，是后人研究我的最原始最珍贵的资料，假如我有研究价值的话。

我结识黄帅是1990年的事，那时，我还在军艺读书，偶然的机会认识了黄帅在北京工业大学教学的政治老师查秉枢，查老师为我引见了黄帅。当时，我对黄帅很有成见，因为当年跟着她"反潮流"荒废了自己的学业，而认识黄帅以后，又发现了她的另一面。在黄帅家里，我们谈得很热烈，她把当年的日记拿出来让我看，看完之后，一再告诫我，千万别写日记，这是天大的祸害。

黄帅因写日记曾红得发紫，粉碎"四人帮"之后，人家说她是"四人帮"教育战线上的黑爪牙，她走在大街上招来砖头瓦块，父亲被打入监狱，母亲被劳动改造，包括她的妹妹、外祖母都受到株连。这一切，都是日记惹的祸。

听了黄帅的话，我的头发也耷起来了，忙不迭地跑回家把所有的日记都翻出来，逐篇逐字地审查，竟发现确实有诸多隐患，如果被别有用心的人断章取义小题大做，我定会享受常人难以享受的文字炼狱，隔墙有耳，人心难测，凡事预则利不预则废啊。我把筛选出认为有某些隐患的日记进行了一次不算彻底的销毁，之后，再想起黄帅的话，就不那么害怕了。

有好多年头，我中断了写日记，不是因为忙，也不是不喜欢写，是怕给自己惹麻烦，白纸黑字，有感而写，留下来说不定就会惹麻烦。

我恢复大量写日记，是在退休之后，时间充裕了，精神放松了，心情愉悦了。这时的日记，实际上是练笔，不是记录哪一天发生什么事儿，而是记录这一天心里想说什么话，想起来就写，多时一天可写几千字，日记本用了一大摞。另外，也是为了练硬笔书法，有时是行书，有时是草书，一招一式，都按字帖上的规矩写，精彩篇幅，就像字帖，看上去很舒服，很养眼，这也是我坚持下来的理由。

没事儿的时候，我最舍得倾注精力的是在夜阑人静的时候，一页又一页地翻读自己的日记，那是在读自己的历史，读自己的人生，读自己的灵与肉。

我与样板戏

我是在样板戏的"滋养"下长大的,如果用一个十分确切的词来形容,那就是酷爱,或者叫痴迷。

那时候,家穷,连个收音机也买不起,听样板戏主要靠人队部的大喇叭,大喇叭一响,我就像疯了似的往大街上跑,找一个墙根儿,搬块半头砖坐下,无论是播放选段、选场,还是全剧,都要坚持听完,当然最爱听的是全剧,因为里边有唱段儿,有念白,有胡琴,有锣鼓,听着带劲儿。那时候,知道有八大样板戏,而我最喜欢的是《红灯记》,戏里既有国仇又有家恨,按老人们的说法,那叫苦戏。李玉和一家三代本不是一家人,李奶奶姓李,李玉和姓张,李铁梅姓陈,为了革命,才组成一家的。最苦的戏是第五场《痛说革命家史》,李玉和被捕后,李奶奶把十七年的苦水全倒出来了,李奶奶教育铁梅要"立雄心,树大志,要和敌人算清账,血债还要血来偿"。李铁梅得知自己是"风里生来雨里长"之后,发誓"今日起志高眼发亮,讨血债,要血偿,前人的事业后人要承当……打不尽豺狼决不下战场"。最悲壮的是第八场《刑场斗争》,李玉和"戴铁镣裹铁链,雄心壮志冲云天,为革命粉身碎骨也心甘"。李奶奶痛斥贼鸠山:"你们杀害中国人,难道还要中国人承当吗?难道还要我老婆子承当吗?"李铁梅跪在李玉和面前:"爹莫说,爹莫谈,十七年的苦水已知源……"李玉和暗示李铁梅:"我只有红灯一盏随身带,你把它好好保留在身边。"李铁梅点头表示心领神会:"爹爹给我无价宝,光辉照儿永向前……家传的红灯有一盏,铁梅我定要把它,好好保留在身边。"唱完,祖孙三代人手挽着手,肩并着肩,在《国际歌》声中,视死如归走向刑场,最后,李奶奶和李玉和被杀害,李铁梅被放长线钓大鱼放回家。每每听这两场戏,我就一边跟着唱一边哭,恨杀我人民侵我国土的日本鬼子太残忍,心疼"年龄十七不算小"的铁梅一下子没了奶奶和爹,发誓长大了一定替她报仇。

后来,传播样板戏的样式不断增多,先是样板戏电影在农村巡回演出,我看到了穿铁路制服的李玉和,留成大辫子的李铁梅,记住了李铁梅是由中国京剧团的刘长瑜扮演的,长得那叫一个俊,唱得那叫一个亮。再后来,全国普及样板戏,除了县剧团到各村演出以外,各公社、大队几乎都成立了样板戏剧团,而且大部分都演《红灯记》,我想,可能是《红灯记》文戏多,武戏少,人物少,场景小(大部分是在李玉和家里),好排,再就是苦戏,有亲情,有家长里短,容易跟观众距离拉近。俺村里拍的《红灯记》不咋样,不仅演员长得不像,唱得也不对味儿,还经常忘词儿,出笑话,但我几乎每场都看,甚至跑到几里十几里的外村去看,就像追电影跑片一样,跑片就是两个村子同时演,一个拷贝,两个村子互相传递。那年月,不管男女老幼,不管懂不懂戏曲,会不会识谱,甚至识不识字,都能哼几段儿样板戏,在田间地头,在炕头当街,随时就听到有人在唱那些耳朵磨出茧子的唱段儿,比如《都有一颗红亮的心》《穷人的孩子早当家》《浑身是胆雄赳赳》《学你爹心红壮志如钢》《打不尽豺狼决不下战场》《光辉照儿永向前》《雄心壮志冲云天》,那才叫家喻户晓,深入人心。

我的悟性,也在学唱样板戏中得到了很好的印证,上初中的时候，我把《红灯记》《沙家浜》《智取威虎山》中的唱段都学会了，当然，唱得不准确，不讲究，但一句词也不会错。到上高中的时候，我就能把整出的样板戏，连演唱到道白都倒背如流了，看了电影之后，甚至还能文武带打了。家离学校所在地有六里远，我一出村就开唱《红灯记》，从第一场《接受任务》到第十场《胜利前进》，连唱带念，一腔到底，一句不丢，一字不漏，还包括日本宪兵巡逻、交通员跳车、李铁梅提篮小卖、李玉和粥棚脱险、王连举叛变挨打、磨刀人刀劈鸠山等等武打动作，都一招一式一丝不苟地完成，这一系列的动作完成，正好到了学校，当然，路上遇到熟人还要躲避，怕人家骂自己是神经病。这一路上很忙活，更是快活。

我少年时曾有梦想，如果能见到扮演李铁梅的刘长瑜，这辈子可就不白活了，没想到，我还真的梦想成真了。

1989年9月，我考入解放军艺术学院文学系，中国京剧院就在解放军艺术学院院内，当时正赶上重排《红灯记》，除了李玉和扮演者钱浩梁未参加外，其他演员都是原班人马，比如，演李奶奶的高玉倩，演李铁梅的刘长瑜，演鸠山的袁世海，演王连举的孙洪勋，演磨刀人的谷春章等等。这些演员中，我最崇拜的是刘长瑜，她塑造的李铁梅，让我佩服得五体投地，尽管她那年也五十多岁了，脸盘儿、身段儿、台步，都不是当年十七岁的铁梅了，但在我心中，她永远就是那个穷人的孩子早当家，仇恨入心要发芽，打不尽豺狼决不下战场的李铁梅。我记得，排练场就在我们的阶梯教室对面，我们还在上课，下面就敲起了锣鼓，响起了京胡，传来了唱腔，班里的同学，还有讲课的老师，都有一种被干扰后的不耐烦，我却情绪高涨，激动万分，偷偷跟着吟唱，一下课，我就慌慌张张地跑到排练场，近距离地看表演，演员们穿的是便服，我特别注意到，刘长瑜留的是烫发，而不是大长辫子，上身是白色长袖衬衫，下身是灰色裤子，脚上是方口布鞋，没有一件衣服是李铁梅的，但这并不重要，她就是我心目中的李铁梅。我看到的时候，她们正在排第五场《痛说革命家史》，李铁梅跪在地上，听李奶奶讲"就在那天晚上，天也是这么黑，也是这么冷，我惦记着你爷爷，坐也坐不稳，睡也不着，在灯底下缝补衣裳……"。我记得那是《红灯记》里最长的念白，大概有二百来句，我能倒背如流。可就在这个时候，李奶奶说到"我要把她抚养成人继承革命……"的时候，卡壳了，忘词儿了，我情不自禁地就给接上了："从此之后，我就是您的亲儿子，这孩子就是您的亲孙女……"我这么一接，排戏的人停止了排戏，都一起看我，吓得我赶紧溜了……

我们的课程不紧，一周中至少有三天的时间是读书和创作，这些时间用于自己支配，勤奋的同学不是泡图书馆啃书，就是闷在宿舍里搞创作，而我浮躁，一听到锣鼓家伙响，就冲出去看排练，一来二去，演员们都注意我了，也可能认识我了，但我没有勇气跟他们主动说话，那时候，我已三十岁，成了家，有了孩子，是堂堂正正的少校军官，又是军队作家班的学员，主动跟自己从小崇拜的明星搭讪几句，表达一下自己的心情，应该说不算什么，可我试了几次，就是张不开口；有几次跟刘长瑜走对头面，也是欲言又止，像个害羞懵懂的孩子；有几次晚上看排练，排练完就10点多钟了，等演员们收拾完道具，关了灯，锁上门，我就跟在刘长瑜后头，默默地送她回家，她的家跟我的一位老师是一栋楼，我很熟悉，从排练场走到家，大概就十几分钟，这段儿路，说长不长，说短不短，要说话，也能说一阵子，但还是不敢。有几次她发现背后有人，回头看，我就藏在大树或者电线杆后面，反正一次也没让她发现，也可能她发现了，没有戳穿我。这样的机会，记不清有几次。现在想起来，我当初多么像李铁梅家门口的那个缝鞋匠，盯梢的特务，真是好笑。

· 232 ·

我记得，正式演出是在人民大会堂，中国京剧院给军艺送了一些票，我有幸弄了一张，而且是在靠前排的位置，那是我第一次在人民大会堂看演出，而且是看样板戏《红灯记》，又是我崇拜的演员们演的，心情激动到什么程度，现在也找不到一个合适的形容词。记得那次我还借了一部照相机，海鸥120牌的，一晚上全照完了。想想当年在老家，因为穷，连样板戏剧照都买不起，过年赶大集，在新华书店转来转去，看上了几张《红灯记》剧照，但兜儿里没钱，空手而归，回到家，趴在邻居家窗户外边看人家墙上挂着样板戏剧照，都是我喜欢的，可自己家却是家徒四壁，一张没有。现在，我却坐在人民大会堂里看剧照里的那些真人演出，而且我还拍了剧照，我要洗好多张，想挂在哪儿就挂在哪儿，想送给谁就送给谁。我还想好了，等有一天，我回到老家，一定当着我高中的同学好好显摆，尤其那些当年家里有收音机，墙上挂得起样板戏剧照的同学，让他们知道，什么叫十年河东，十年河西。

我在北京安好家后，就开始收集样板戏的各种宣传品，我开始供职的文化工作站有个仓库，里边乱七八糟的，没什么人愿意进去，我却独自钻进去胡乱翻腾，我像淘金者一样，兴高采烈地淘到了当年所有样板戏的剧照、剧本以及各类宣传品，我如获至宝，吞了独食儿，撒了欢儿地高兴。有了那次淘宝收获，对样板戏的宣传品更加肆无忌惮地追求，记得一次与妻逛旧货市场，我看上一本《红灯记》小人书，就我的眼光一看就是真的，而且品相还不错，我家里有一本，但版本不同，卖者要三十元，我正要掏钱，妻拦着不让买，那时我一个月才挣二三百元，当着会过日子的妻一下子投资三十元买一本旧小人书，她岂能容忍。在摊儿上不好吵架，我生着闷气回到家，趁妻不备，骑车返回旧货市场，但卖主非五十元不卖，我一咬牙买下了，回到家，鬼鬼祟祟地藏在铁皮柜里。那是我上军艺前从老部队"贪污"

的铁皮柜，现如今装的都是样板戏的宣传品，没事儿的时候，把门关好，把灯开亮，一件件如数家珍地翻看，我想，后半辈子我就靠它寻找乐和了。

20世纪90年代，歌厅火爆，我偶尔跟朋友进去吼两嗓子，竟发现里边有样板戏，开始跟不上板眼节奏，后来重点攻几段儿，如《穷人的孩子早当家》《我们是工农子弟兵》《天下事难不倒共产党员》《浑身是胆雄赳赳》，再加上明白人指点，一来二去，就过关了，在某种聚会的场合唱两段儿，还真有人鼓掌，再后来在公园里跟拉弦儿的唱，还是那几段儿，也能八九不离十。再后来，手机里有了K歌功能，偶尔进去听一下，也有唱样板戏的，都是熟人，唱得比我好的有，比我差的也有，对我也是鼓舞，干脆也唱，这年头儿，脸皮都厚，给点儿阳光就灿烂，有点儿小本事就显摆，没藏着掖着的，还是那几段儿，反复唱几遍，认为过关了，就发出去了，过后，发现有人留言，有人点赞，有人送花，还有人往群里朋友圈里转。我知道，自己唱的也就那么回事儿，恭维的人也都是给面子，但接受起来还是有些舒服，谁也爱听表扬的话，谁也爱面子。

喜欢样板戏，是从骨子里边喜欢，几十年过去了，依然痴心不改，崇拜演样板戏的明星，也是发自内心的，由衷地崇拜。后来，好多专业文艺团体重拍样板戏，一有机会，我就去看，也觉得不错，但心里很不满足，总是拿"文革"中的明星们做样板，认为他（她）们代表了一个时代，他（她）们创造的经典，无可超越，无法替代。样板戏确实是一场空前绝后的京剧革命，从剧本到舞台，从唱腔到念白，从灯光到布景，从服装到道具，从化妆到造型，从文斗到武打，都是对传统京剧具有历史意义的创新和发展，后来又有了交响音乐《沙家浜》、钢琴伴唱《红灯记》、芭蕾舞剧《白毛女》《红色娘子军》，这些形式与内容的创新至今无人超越，将会永远记载在具有国粹般意义的京剧历史长河里,也会永远镌刻在一代又一代人的记忆中。

有一次,我参加一个颁奖活动,领完奖,看演出。我记得,那个活动规模不大,规格却很高,参加演出的大腕儿有赵丽蓉、李维康、耿其昌、姜昆、侯耀文等,当然,更吸引我的是刘长瑜,她那天唱的是《光辉照儿永向前》,跟第一次在人民大会堂看她的演出一样,她一出场,还没开唱,我就流泪了,一直到唱完,也没止住。演出结束,我作为获奖代表留下来跟演员们共进晚餐,座次是随意的,我本来可以大大方方地挨着刘长瑜坐下,跟她聊聊天,说说在军艺期间看她排练时我的一系列表现,再说说我对样板戏、对《红灯记》、对李铁梅的特殊喜爱,但还是没有足够的勇气。很快,她两边的位置都有人占了,我选择了一个离她隔两个人的位子坐下,我发现她冲我友好地点了点头,大概是看我面熟,也许是一般的礼节礼貌,我倒是认真地接受了,很谦恭地说了声,刘老师好。她又冲我笑了一下,就去应酬别人去了。在吃饭的同时,我想好了一个主意,送她回家。我是带车带司机来的,到军艺还是轻车熟路,这是个绝好的机会,我想,她不会拒绝的,路上,我会把积攒多年的心里话,一股脑儿地说给她听,对,就这样。可这个愿望还是没有实现,我出去撒泡尿的工夫,回来的时候,发现她的座位空了……

我有些遗憾,甚至长长地叹了口气。我是写小说的,写小说的人追求完美,又留恋缺憾,追求不到的,永远是最好的。

病 中 诗 兴

在作家当中，作古体诗词和楹联，我算不上高手，作品量也不大，可住院近两个月，让我这方面的创作起了一个小高潮，过了一把诗词楹联瘾。

医院是看病或者养病的环境，不是搞创作或者做学问的地方，我之所以利用住院的时间和空间，作了一些诗词楹联，大致有两个原因，一是这里环境比较好，病房空间大，桌子上可以铺毡子写书法，我的诗词楹联可以马上变成书法的形式呈现，送人方便。二是在这个环境里，遇到了一些创作对象或者素材，激发了我的灵感，觉得这种表达方式很贴切，很适合我。

第一副楹联是写给我的主治医生曹丹阳女士："丹心一片，阳光十分。"不仅把她的名字嵌在里边，丹心对阳光，一片对十分，对仗也不错，我几乎是未经考虑，张嘴就来，而且是当着她的面书下来，她很高兴，与我拉着作品合影，还发在了她的朋友圈里，医生护士们争相传看，对楹联，对书法，都有较好评价。殊不知，刚入院时，我对她印象并不好，认为她很古板、教条，甚至苛刻。当我的血常规化验结果出来，血小板计数是9000时，她一天三次逼我必须让家属来，签一张《病重通知书》，同时还通知了单位，我一个活脱脱的大好人，到了医院一下子变成了要死要活的病人，我觉得有点儿小题大做，危言耸听。但后来，我发现她是一个内心很温暖的人，像白求恩一样，对工作极端负责任，对同志极端热忱，对我病的重视和对人的关心，超出了我的想象。比如，不管查不查房，一天要进我房间多次，嘱咐我刷牙、揉鼻子不要太用力，大便后看颜色如何，吃饭防噎，走路要慢，小心磕碰等等，付出了丹心一片，我得到了阳光十分。第二副楹联是为中医李德俊而作："医德有神术，才俊不露痕。"这个人出身于中医世家，医术很厉害，我记得1993年，我在中医科住院调养肠胃，就认识他，二十多年没见，他还是那个状态，不仅不见老，气色比一般人要好，见人浅浅一笑，走路稳慢，说话声音又细又轻，我就逮住了"不露痕"这三个字。治血小板减少，激素是见效最快的药，但长期服用，副作用很大，而减量血小板就跟着下跌，所以靠中药保护，是比较好的办法，我吃了他的中药之后，起到了保护作用，而且对肠胃功能也起到了治疗作用，我感觉良好，即兴创作了那副联，在微信里发给他，并附了一条信息：这是一名作家对您的德技敬意和审美表达，不知以为然否？他很快回信息伸了两次大拇指，没想到的是，隔了两天，他竟提着礼品毫"不露痕"地来到我房间，此举颠覆了医患关系（一般都是病人给医生送礼），令我难安。之后，我们成了好朋友。

为京城活雷锋孙茂芳作联："学雷锋几十年初心不改最难最难堪称才雄德茂；做好事七旬余使命犹在起敬起敬可谓志洁行芳。"这是在住院期间作的最长的一副联，也是下了功夫的。上联的"最难最难"取材于毛主席语录："一个人做点好事并不难，难的是一辈子做好事，不做坏事。"的确，孙茂芳坚持学雷锋几十年如一日不动摇，而且官至北京军区总医院副政委（副师职），年龄七十多岁，仍是初心不改，实在让我起敬起敬。之前，我曾为他写过两次颁奖词，一次是在中央电视台，一次是在北京军区当代军人核心价值观新闻人物颁奖大会上，其实，我仅见过他一两面，这次为他作联是偶遇，又听他讲了近年来学雷锋见行动的故事，再次受到感染。此联书写了一式三份，一份给了中国好人纪念馆，一份给了总院院史办，一份给了他本人。因为书写的龙门对，字多不好把握，写了好几遍，费了许多纸墨。

听一位小护士说，百岁老人万海峰上将住检，而且就在我楼上，便有了去拜望和为他作联的愿望。之前，我曾见过老将军两面。一次是1985年我参加《新四军》史料编写时，赴成都采访过时任成都军区政委的他；二是2015年8月，我作为"九三"大阅兵的撰稿人，拜望过作为抗战老兵的他。他的历史亮点和特点颇多，其一，他是红28军军长高敬亭（抗战后改编为新四军四支队）的警卫员，他的名字还是高敬亭给取的；1939年，高被错杀，他还受到牵连。其二，他在北京军区既任过副司令员，又任过副政委。其三，他是1998年恢复授衔制后的十七位上将之一。其四，1976年，他主动请缨参加唐山抗震救灾并担任副总指挥留美名。其五，2015年他作为抗战老兵受到了习近平总书记的接见。鉴于这些特点，我为他作联："海阔心无界，山高人为峰。"海峰二字藏头藏尾。在小护士的引见下，我上楼晋见老首长并送上作品，他很高兴，我把楹联内容读给他听，并给他作解释，他眉开眼笑地指着上面的字说："我的名字在上面，好！好！"我坐在他身边，聊起1985年在成都见面的事，还讲了一些细节，他连连摆手说，忘了，忘了。我问他对高敬亭被杀事件如何评价，他把目光转向我，很认真地说，过去的事，还是不提为好。看来，老人家对这段历史是很敏感的，不提为好，表现了老人家的睿智或者定力。

"品酸甜苦辣，活衣食住行。望云卷云舒，赏花开花零。游五湖四海，看万紫千红。生喜怒哀乐，死万事皆空。"这是我写给自己的诗，是我在病床上悟出的人生哲理。跟我同一天做胃镜的41床刘永贵，红光满面，腰杆儿笔直，精神矍铄，且很健谈，走廊散步同行，一问人家八十岁，跟我几乎差一代人，得知我是作家，加我微信，晚上发给我他的简介，原来是1960年的第一代哈军工原子工程系学生，2010年七十岁退休，专业技术二级，国防科大教授，构思片刻，即为老先生作五绝："无疾因善举，有缘疏为亲。君临高山处，吾辈愧望尘。"

我住院的日子，也作过几首婉约悲伤的诗词楹联，尤其在清明前后，连失三位关系密切的朋友，为3月30日去世的刘静作七绝："惊闻刘静驾鹤去，《父母爱情》谁忍看？天妒英才天可恨，吾恸肝肠吾心煎。"我和刘静是解放军艺术学院文学系的同学，我比她高一届，她是师妹，她上学时，我正借调到北京军区文化部工作，记得一次回母校看望老部队的学员，中午吃饭时有刘静，她以女汉子的形象和手段灌了我半斤酒，太吓人啦，从此，再不敢回母校。第二次见面，印象更深，因为我第一眼没认出她来，女汉子上来当胸一拳，打了我一个趔趄，但之后便成了朋友，我很佩服她文字的清朗与做人的率真，还有从身上直透出来的"质本洁来还洁去"及"心底无私天地宽"。她得绝症是九年前的事，病魔把她带走，也是大家预料之中的，但得到她去世的消息，还是有些难以接受，便悲痛地写下那首七绝。她的告别时间是4月4日，清明节前一天，我因住院不能前往，只有把诗书发在同学圈以示悲痛与缅怀。

我的心情还没有从失去刘静的哀伤中转换回来，4月8日，又得到好友王连友去世的消息，又是那样突然。王连友是我在军区文化工作站工作期间的战友，同年兵，同龄人，几十年相处，关系很好，春节前，我们十来位文化站的老战友还吃了一顿饭，因为他放开喝了大酒，本是开车来的，不得不叫代驾送我们回家。路上跟我闲聊时说起，他打算过了春节重新整修房子，五一为儿子筹备婚礼等等事情。连友长得五大三粗，面善、爱笑，脸上细腻得像一个大瓷娃娃，眼角上没皱儿，额头上没纹儿，怎么会跟死亡联系在一起呢？我即作五绝："不仅岁相连，难得是诤友。未等吾送别，恸问为何走？"把"连友别走"几个字嵌入其中。一个知情者告诉我，连友得的是胆管癌，从发病到去世仅三个月的时间，他们一家都瞒着大家，另外，他就是在陆军总院走的。听到这个消息，我急切地打听出肝胆科就在七楼，匆匆下楼寻找，在36床门牌上，我看到了"王连友"的名字，心里猛地一揪，问了一下护士，他在这里住了一个多月，直到去世。啊？太不可思议了，这一个多月，我们住在一幢大楼里，而且我还几次到七层26床看望朋友，愣不知道他住院的消息，看来，冥冥之中，我们没有见最后一面的机会。我悄悄进了他的病房，打开手机，录下了他离开人世前的生活环境，闭上眼睛，还原了他生前的状态，然后，轻轻把门关好，心如刀绞地离开。回到房间，铺上纸，我又作五绝一首："望名心更怯，不敢问来人。兄弟咫尺近，为何阴阳分？"

除此外，我还触景生情有感而发地作了若干诗词楹联，把它们作为住院的收获，未免有些牵强，甚至有些悲情，但事实上，住院的日子就是这样过来的。这些作品，算不上什么经典，按诗词格律检验，还有很多不合规矩的地方，但我不因辞害意，去修正它们，更没有拿出去发表的打算，只是用心收藏它们，因为它们记录了我一段特殊的心灵史。

因病而美

写下这个题目，自己也觉得有些蹊跷，为何因病而变美，美指的是什么？

然这个题目，我真是酝酿了好久，甚至觉得很得意。一场打持久战的病，改变了我很多，自我感觉在某些方面，我变得美了，或者正在逐渐变美。当然，这里的美，指的是内心，或者性格，抑或本性。

为什么呢？因为这场病彻底颠覆了我以前对疾病、对身体、对健康，乃至对生命的认识。我自2003年体检时查出血小板减少病，当时是4万多（正常人10万以上），可当时并没人提醒我，这个数值很危险。2005年我因高烧住院，血小板跌至2万左右，才按血液病治疗。医生告诉我，这病不可小视，不能磕着碰着，一旦出血止不住，就有生命危险，可并没引起我足够的重视，还在服大量激素，需住院观察时，我一再要求出院，还说，一旦出了问题，自己负责。说到底，当初那么任性，还不是图上进，怕长期泡病号，影响了自己的前途，或者创作。十几年的时间，就带着比正常人低几倍十几倍的血小板计数，北上南下，东奔西走，点灯熬油，不遗余力。是的，这十几年，我没出问题，但不等于没有不出问题的概率，我的鲁院同学荆永鸣，就是在出事的概率里踩到了百分之百的点儿上，他要是做了手术，再活二十年也没问题，就因为他的不在意，才酿成了悲剧。他的前车之鉴，成了我的后事之师，不能总是持侥幸心理，不能作践自己的生命。一个人生命只有一次，而自己的生命要靠自己珍惜。

住院期间，我得到了多方专家的会诊，除了专科医生，还请中医学、心理学、病理学、药理学等方面的专家，多管齐下，综合治理，当找不到血小板减少的真正原因时，就定性为原发性。而这些医生对我共同的结论是：心理负担过重，性子急躁，有时有抑郁情绪。这些都会使我积劳成疾，而又难以治愈。他们确实把我说服了，我性子急躁，心理负担重，遇事拿不起，放不下，有时会跟自己较劲；还有涵养不到家（儿子很小的时候就讽刺我不是不到家，是不到村），涵养不到家的例证很多，比如，跟领导拍桌子，跟部下发脾气，跟老婆孩子发威，得理不饶人，等等。这些我都老老实实认账，更不能讳疾忌医。眼下的问题是，我能不能借此机会彻底改变自己，配合药物治疗，让自己的身体打一个翻身仗。我觉得能，不是想要好身体吗？不是想好好活着吗？那就从我做起，从今天做起。让自己完善起来，美丽起来。

江山易改，禀性难移。对于我来说，首先要学会忍，再就是学会装，然后变得习以为常。这不妨是一个切实可行的方案。

我按照自己制订的方案偷偷执行。

医护人员进房间，不管接受什么样的服务，都要笑脸道谢，哪怕是清洁工来打扫卫生，也一再说，您辛苦啦；走廊散步，主动跟病友打招呼；见年长者，上去搀一搀，扶一扶；排队打饭，主动谦让；写书法墨汁弄脏了地板，立即擦掉；对家人和蔼亲近，做错了事，主动检讨……

去协和医院血液科做免疫检查，抽了七管血，检查了二十多项，都是阴性，高兴！高兴了怎么办？做好事。我进医院之前，见路边有一老者跪在地上乞讨，我摸了摸口袋，确实没零钱，就视而不见地走过去了，回来时，那老者还在，我正好看完病，找了些零钱，再加上高兴（主要是高兴），全掏给他了，大概有四十多元，我看了一下，超过了他帽子里的总数，他冲我作揖，我冲他一笑，淡定走人。饿了，路边是老边饺子城，坐下，先点一碗饺子汤，服务员端上一壶，正好，倒一大碗先喝着，不时，一优雅少妇坐我对面，跟我一样，坐定，要饺子汤，我很殷勤，马上倒了一碗给她，她朝我淡淡地一笑，抿着小嘴开喝。饺子上来了，我顾不上烫不烫，填进嘴里一个猪肉大葱的，一个肉丸儿，解馋，又要夹第二个，见对面优雅女子在桌子上找什么，我发现她在找蒜泥、醋、餐巾纸，而这些东西就在我这边儿，我放下筷子，把那些东西依次递给她，她的笑容比刚才更亲切而灿烂，但还是没说一个谢字，但我认为这不重要，我今天从内心里高兴，很想做些暖心事儿，是她给我创造了机会，我应该感谢她才是。吃饱，喝足，起身前向优雅女子微笑告别，她正打包，还是冲我点头，笑容是从她眼角里显出来的。我站起来刚走两步，女子叫住我，先生，手机！我为她服务半天，最后还得谢她。打车回府，司机是一位头发全白，但看上去年龄不见得比我大的老的哥儿，也很健谈，没看我两眼，就夸我斯文，面善，不是作家就是大夫，我暗笑，看来已经装得挺像了。下车时，他要十六元，我掏出二十元，很潇洒地说，别找啦。临关车门，又听他夸我，不仅面善，还大方，透亮。我听着，心里又一阵窃喜。

我知道，我做这些，是有点儿装，甚至有点儿像演，显得做作牵强而急功近利。又有一天，一个年轻女孩儿，在排队取药时差二十元现金，回头向身边的人借，再用微信返达，叫没人响应。我主动掏出二十元给了她，她要加我微信，我拒绝，为了证明自己是无偿支援，竟跑步离开。二十块钱，换来别人刻骨铭心的感动，还得到了那么多人的见证，多值呀！可有一天，我也遇到此类情况，也是二十元，向周围的人求援，有好几个人都摆手，说，没现金。真是别人求我三春雨，我求他人六月霜。我这么刻意地改变自己，有必要吗？一场病，能让人脱胎换骨，重新做人吗？

躺在床上想事儿，或者反思自己这些日子的表现，微信里一位朋友转来一个帖子《我正在改变》：

> 我正在改变，我了解到，我不是上帝，我扛不起整个世界；我正在改变，我学会了不再纠正别人，即使是他们有错，毕竟，让每个人完美，不是我的责任，能让事情平和愉快，更值得珍惜；我这种改变，我大方地给别人赞美，这不仅让对方心情好，自己也受益；我正在改变，我正在做自己快乐的事，我应该让自己快乐，这是我对自己最应负的责任……

以往，对这类帖子不屑一顾，但这次认真看了，还作了断章取义的摘录，发给了几位朋友。我觉得住院以来，因为对生命的态度有了颠覆性认识，才一点一滴地可以改变自己，试图使自己向完美方向靠近，或者思想境界、人生审美境界有所提高，假如在别人眼里有效，而自己也不再是装，那将是这场病带给我最大的正能量。

李班相聚

住院近月，已无紧要治疗，不日将出院，忽想起，尚有一未完成心愿：与班永吉一家吃顿饭。

说起与班永吉（以下简称班）交往历史，用稍夸张的词语是源远流长，且辈分良性延续全三代。最初相识于1991年，那时我刚从军艺文学系读书，实习期间在北京军区文化部帮忙（也可喻为进京赶考），正赶上举办全区小戏小品创作培训班，我负责学员教学管理。班为学员，来自军区总院，前后两个多月的时间，对他的作品未留下太多印象，但有一事至今无法忘却，毕业时要出作品集，而没有经费保障，班提出用刻蜡版的手段代替，几十个学员的作品，他一人昼夜操刀，利用在京工作之便印刷，除每人一册外，剩余上交予我，可惜原件我们都未保留至今。由之可见乡音浓重笑容可掬憨厚内敛的他，公益心责任感是十分强烈的。我到《战士与电影》当主编，他写影评，支持我工作，出了书，见了报，第一时间送我，他的成长成才，让我欣慰。我几次住院，他领着各科室转，不时带爱人小谢（谢也为知性女，热情豁达，夫妇郎才女貌，琴瑟和鸣）来病房探视。我们两家也时有偶聚，日久天长，各有所忙，京城又大，见面也不经常，但从未中断联系，尤其内心的相互依恋与牵挂。然而其间也有小误会，交心之后，全都释然。贤孙小乐乐将出生，是小谢联系的总医院妇产科，这样，在她的帮助下，总医院成了小乐乐的出生地，也让李班两家友好历史世代顺延。乐乐四周过半，未曾与班夫妇谋面，这次小聚，也为他提供"感恩"之机。

这次住检，原预计一周也就回家，不想扰他人，但还是按捺不住给班打电话，他先打发在高干病房工作的外甥女来看，而后夫妻俩又不断来探视。住院寂寞，人来高兴，但过扰不安，心绪复杂。班几次提出小宴，我婉拒，缘由是身体欠佳和医院规矩，但最终在一风大气寒的晚上兑现，人多热闹，说得开心，吃得解馋。那是二十余天来，第一餐告别病号饭。

因这次李班相聚，我蓄谋已久，也就安排得井井有条，且具特色与品位，人齐落座等菜之机互赠见面礼。班把新书《心地边关》签字送我和儿子各一册，我以自创楹联书法作品回赠"修永成吉，踏雪寻梅"，把夫永吉、妻雪梅名字藏入其中，是凌晨醒来灵机而作。"踏雪寻梅"，闪念便来，但永吉藏嵌便不易，想起"修永慎身"成语，便拆分勾兑，几经酝酿，终定为"修永成吉"，即一人修行永远便为大吉。且修字打头缘于"修学好古"，此为汉代史学家班固名句，这样也与班家姓氏相连，有古意，有传承，有自我，虽稍牵强，却再无高招。作品展示拍照，大家鼓掌，接下来还展示了为孙子乐乐书写的"贤孙承皓"（承皓为孙子大名）。其间，乐乐增色，手持作品拍照，不肯放下，他很少出来聚餐，格外开心，随之他打圈儿敬酒也成为宴会高潮，起身前朗诵了毛泽东词《咏梅》，诵毕补充一句：这是我爷爷教的。敬酒碰杯时对班爷爷、谢奶奶说"祝您健康快乐"，对班爱女称姑姑说"么么哒"。我录了视频，供日后分享。

宴会中有插曲也是我精心安排。弟西超2000年遭车祸来京做开颅手术，是时任保卫科长的班一手安排保障。夜半从老家乘救护车赶来，班帮忙办入院手续并联系做手术准备，争分夺秒，手术成功。西超躺着进来走着出去，半月安然回家，使为之揪心的李氏家族长幼如石头落地。班与超接通电话，想起当时情景，我怕激动，借故离开。回来后二人通毕电话，我还是说起当时细节：进手术室之前，我与超握手告别，泪水涟涟，此景被班撞见，遂道：可真是亲哥儿俩。我们老李家从未有人开过颅，人已进手术室，四叔还打电话命令我：开颅必须我们哥儿几个做主！而这个责任我已担下，结果不得而知，也有后怕。我生性脆弱，易动感情，老来更甚。此时说着说着，控制不住了，一边拭泪一边说，不好意思，又激动了……

稍后回忆，这次当众流泪，有失态之嫌，却非偶然，归纳一下，大致有三。其一，忆起当年场景，不能自抑。其二，缘于小乐乐一句话，班说起自己的爷爷如何如何，乐乐打断问：您也有爷爷？童言无忌中，表达出他对爷爷的尊重与理解，他天真地认为只有孩子才有爷爷，也直透出他对自己爷爷的爱戴、自豪、依赖与霸守。班再三重复此句，也感意味深长，我更感慨系之。其三，流泪难抑为我自己。入院后血小板太低有危险，医生通知家人签字，搞得全家悬心，我表面坦然心也无底。输液服药后，血小板升入正常值才解除警报，虽未出险，我也无形之中经历一场生死离别考验，化险为夷，生命无恙，悲喜交加，此泪也属触景生情借题发挥。除此，流泪还有一个原因：我原计划清明前回家祭祖，床前尽孝，现难成行，又成憾事……忽意识到，身体不行，力不从心，亦属不孝……

最终回到主题，李班聚，将进酒，杯莫停！与君歌一曲，狂飙落九泉，莫思身边无穷事，且尽生前有限杯！虽不乏悲悯伤情，且不合时宜，但却为真情流露，且无可代替，无以复加。

李班相聚难入眠，又得病窗一夜明。

第五辑

心灵奔走

仰望白羽先生
永鸣,你去哪儿了
你好!欧阳黔森
老班长
寻战友
兵车行
调动
登上永兴岛
贵阳问路
岜沙人的天堂
九九艳阳天
七月的炙热
燃烧的雪片
与荷听雨

仰望白羽先生

对白羽先生的仰望，从少年开始，起因是读先生的《无敌三勇士》《长江三日》。我上中学时赶上"文革"，课本是《毛主席语录》，先生的文章是从课外读物中读到的，因得来不易，读起来才更如饥似渴、手不释卷。在热血沸腾的阅读中，我幼小的心灵受到强烈震撼。近些年读先生的《风风雨雨太平洋》《第二个太阳》《心灵的历程》等里程碑之作，在成熟的心灵继续受到震撼的同时，对先生及其作品更加崇敬与仰望。

对于我来说，近距离仰望白羽先生的机会只有一次，那是1989年9月在解放军艺术学院文学系听他讲课。据我记忆，那应该是我们入学后第一课。听说是仰望已久的大作家刘白羽来上课，我内心的激动有些按捺不住。那堂课先生讲了两个半小时，他讲了生活、读书和创作三个方面，先生讲课深入浅出且妙语连珠，娓娓道来而引人入胜。

听那堂课虽然已是十几年以前的事情了，这期间，我又在鲁迅文学院、北京大学中文系听过不少大家讲课，但刘白羽先生那堂课的内容依然历历在目记忆犹新，其中一些经典的话还能完整地回忆起来。比如"作为一个伟大的作家，首先要用自己的灵魂塑造作品人物的灵魂，作家要有崇高的道德品质和美的灵魂"；比如"文学要有想象、想象是作家最杰出的本能，通过想象产生虚构，通过虚构产生喜怒哀乐、悲欢离合"等等，让我这个从山沟部队走来的文学青年茅塞顿开而受益无穷。那一年，七十三岁高龄的白羽先生已从总政文化部长的位置上退了下来。我记得，他那天穿的是没戴领花、军衔的军装，老人家背挺腰直，目光炯炯，精神焕发，外在的慈祥和内在的气质，直透出先生的长者风度和大家风范，让人心悦诚服而肃然起敬。课间休息时，不少同学都抢着让先生签字，而矜持的我，竟手拿笔记本没敢走上前去。现已成憾事。

读先生《心灵的历程》，使我心灵受到震撼的同时又得到净化，我感觉先生不仅是在回顾自己的历史、反思自己的创作，更重要的是在解剖自己的灵魂。先生风风雨雨七十年的革命斗争历程、坎坎坷坷的人生际遇以及扎扎实实的创作实践，真诚、透明、原生态地跃然纸上。然而，真正让我的心灵受到震撼而又得到净化的是，先生竟将自己的遗嘱写进了序言，其中有这样的话语："希望我的亲朋，不要因为我的死而悲哀，恩格斯说的物质不灭，这里有熄灭，那里就有新生。人们应该为我的新生而高兴。"我想，任何一个有血性的人都会被先生这些话语所感染和打动的。在人生和创作经历中，我的认知是，作家人格的高度决定作品思想与艺术的高度，而先生的人生和创作实践，使这两种高度达了空前的完美统一。

先生的一生，是革命的一生，战斗的一生，为军事文学事业殚精竭虑的一生。尤为可贵的是，先生一直到晚年仍保持着汹涌澎湃的创作激情，他在《心灵的历程》最后有这样的文字："我相信圣火会在现在青年心中永远地燃烧，永远地旺盛，永远地发光。"在勉励青年人的同时，先生的自然生命和文学生命始终是"燃烧、旺盛、发光"的。这一切，对照起来，让我们做晚辈的，既感到无限崇敬，又感到汗颜之至。

斯人虽去，风范长存。我坚信，先生会在我的仰望中，化作一尊雕像，一座丰碑。

永鸣，你去哪儿了

永鸣姓荆，我"鲁一"同学，长我一岁，比他小的一般叫他老荆，或叫全称，而我叫他永鸣，这样觉得贴切，如同兄弟，时隔多年，不分彼此。每次通电话，我第一句话肯定是："永鸣，在哪儿呢？"可突然有一天，我几番呼喊这个名字时，却再也没人答应了。

2019年4月11日22点22分，住在陆军总医院的我，偶翻了一下"鲁一同学群"，突见王松发了一则消息："所有人，荆永鸣在宜宾刚刚突发心脏病，已送医院，目前情况不明。"此消息像一锤重棒，砸蒙了在线的同学，陶纯、林那北、夏坚德、于卓、金鸥、关仁山、柳建伟、冉冉、杨海蒂、萱儿、谢挺、雪漠、潘灵、曾哲等等出来发声，急问什么情况。又过了一会儿，吴玄发来信息："别传了，正在抢救中。"大家这才平息，接着便是为永鸣祝福祷告。

我知道永鸣患有严重心脏病、高血压，料定他这次宜宾之行若发病，便是凶多吉少，便在群里声嘶力竭地喊了一句："永鸣，你一定给我挺住！"

群里没有了声音。我数秒等待永鸣的消息……

我们鲁迅文学院首届高研班开班时间是在2002年9月，选班长时，起初提名没我，当班主任高深写到第三个名字时，我听到背后有人喊我的名字，回头一看，是一个浓眉大眼、满面红光与我年龄相仿的同学，他桌签上写着"荆永鸣"三个字。最终，班长的头衔落在我的头上。可我真不想当。大概两三天后，我在院里遛弯儿，正好碰上永鸣，开口便埋怨他："你可把我给害苦啦。"他嘿嘿直笑，并不理我的话茬儿。不一会儿，又跟上来几个同学，一块儿遛。那时鲁院还在东八里庄，院子小，转不开，离马路又近，吵闹，我们就有感而发地编起了顺口溜儿："院子太小，马路太吵，活动太少。"不知谁最后添了一句"女生太老"。孰料，第二天，在班上就传开了，女生们"义愤填膺"，责问是谁创作的。起初，我们都默不作声，见追问得太要命，永鸣站出来说，最后一句是他添的，并补充一句："老是指年龄，可你们都是资深美女。"虽然只是玩笑的话，但看得出，永鸣是个敢担当的人。

因与永鸣年龄接近，他又长得面善，爱笑，乐交际，我们单独聊天的机会就多了起来，知道他家是赤峰人，地道的京漂儿，这次入学来自煤炭系统，在北京有些年头了，妻子开了两个餐馆，地点在黄金地段儿，生意还不错。学院食堂的伙食实在不敢恭维，同学们有意见，我们班委会与食堂管理员一起开会讨论伙食改善问题，永鸣并非班委会成员，那天列席参加，会上争得一塌糊涂。散会后，永鸣对我说，班长，食堂就这标准，大锅饭，怎么也做不出滋味儿，这样吧，你每周末，把同学们召集到我的餐馆儿，换换口味，解解馋。我说，离得太远，还要向院里请假，再说，在学校，一学就是半年多的时间，不能靠出去解馋过日子。他说，这些问题你别管，你找几个同学先试吃一次。我拗不过他，其实也是为了解馋，周末，我带了几个同学，转了好几路公交车，到了他家开的餐馆儿，大鱼大肉，狠狠地造了一顿。那一次，也认识了荆夫人，是一位像《沙家浜》里阿庆嫂一样眼观六路、耳听八方的老板娘，摆开八仙桌，招待十六方，能说会道，里外照应，还能拼酒，两口子把同学们伺候得头头是道儿，自此，就惯出了毛病，每到周末，永鸣就带一帮同学去他的餐馆儿吃喝，直到毕业，估计同学们都去过了，去的次数多的，恐怕连自己也记不清了。那半年，估计他的小餐馆儿理论上赢得了人气，而营业额一定会受到不小的影响，但永鸣两口子乐此不疲。

毕业后，他的餐馆儿迁移到了房山的窦店，名字改成"这墙那院"，然永鸣富在深山有远亲，外地同学来了，都到他那儿集合，我们在京同学偶在那儿小聚。有一次，我提出，以后京外同学来京，大家要轮流坐庄。我知道，做买卖都是为了挣钱，谁的钱也不是大风刮来的。永鸣争执一番同意了。在我们班的同学中，论人气，都比不上永鸣，他面善心慈，热情大方，为人诚恳，又加上有餐馆儿做平台，同学中无论男女，也不论家住南北东西，来京都向他报告，我就委任他一个秘书长的职务，哪个同学来京，都要以班委会的名义接待，我们几个在京同学，虽不是什么款爷，但掏顿饭钱，都不在话下，渐渐地，这也成了惯例。我们鲁一大腕儿多，很多同学是省市作家协会主席或副主席，有十几个人是作协全委，每年至少一次例会，再加上每五年一届的作代会，几乎有百分之九十的是代表，所以聚会的机会很多，但每次都是先向永鸣报到，他要就近安排饭店，提前踩点找好出行路线，路远了要协调出租车，事无巨细，不厌其烦，任劳又任怨。

永鸣作为北京候鸟，以外地人的视角及生存状态写北京，成了得天独厚的优势，先后写出了《外地人》《北京候鸟》《北京房东》《北京时间》等系列作品，不仅获得了很多奖项，也赢得了许多读者。作为赤峰市作家协会主席，永鸣的名字在他老家也成了一个符号，粉丝一大堆。记得有一年，我接到一个显示赤峰地名的电话，犹豫片刻接了一下，原来是我们老部队的战友叫汪景龙，赤峰人，在家种地，但喜欢写作，崇拜永鸣，要来京拜访，而且还挺急，他到京的那天，永鸣正在外面有应酬，接了我的电话，义无反顾地赶了过来。因为路上堵车，耽误了一个多小时，一再向汪道歉。汪没见过无比崇拜的永鸣，说话、吃喝都显得紧张，永鸣又是夹菜，又是倒酒，又是说地道的家乡话，很快把对方给暖过来了。中间，没谈太多的文学，只是以汪为主，说一些家乡的见闻趣事，永鸣性情上来，喝大了，站起来唱歌，我记得是《鸿雁》，永鸣没什么唱歌的天赋，但他唱得很投入，很动情，甚至很陶醉。如同有一段时间，他痴迷书法，写了发给我看。关于书法，我还是有些童子功，认为他习书的方法不太对路，直言批评他，他不忌讳，也很虔诚，练了一大段时间，说自己不是那块料儿，就搁下了。那次永鸣喝大了，歌也唱疯了，汪感动得流泪。临散席，永鸣还主动跟汪照了合影，鼓励再三。汪送给我和永鸣每人一张U盘，里面是他的作品。回到家，我有一搭无一搭地看了看，见里面有小说、散文、剧本、相声，文字不少，品种繁多，便没太认真。过了些日子，永鸣给我打电话说，汪的文章，他基本上看了，还有一定功底，就是缺真人指导，他跟我商量，能不能择机跟他去趟赤峰，给青年作者们上上课，我答应了，但因种种原因，未能成行。

永鸣虽然没在我们鲁一当班干部，但我从内心认为，他是我班真正的主心骨儿。2018年2月24日，旧历正月初九，大概是早晨7点钟，我们鲁院同学圈里突然有人发来一则可怕的消息：红柯去世了！我第一时间发现的这条消息，不敢相信是事实，因为我们一个月前还在一起开会，紧接着又有人发消息求证。红柯家在西安，我立马拨通了副班长夏坚德的电话，她也在西安，她当时并不知道此消息，我让她马上去落实。很快，夏回电话，情况是真的，红柯突发心梗夜半猝死，红柯的儿子杨杨用红柯的微信号证实了此消息，也就在同时，永鸣打来电话，一张口就带着哭腔："班长，红柯走了，我们同学们该做些什么？"我也有些哽咽，但很快控制住了情绪，让他在群里发布正式消息，让同学们以不同形式表达哀悼之情。红柯是我们四十九名同学中第一个走的，又如此突然，我也有些茫然失措。永鸣不仅在群里发了消息，还给不在群里的同学，逐一打电话、发消息，尽量不留死角，忙完，又给我打电话说，好多同学都想向红柯家人表爱心。我同意。他说，是不是规定一下金额，我说，大家经济条件有别，聊表寸心即可，并责成他收集款项，逐一登记，然后转账给西安的夏坚德，最终大家捐了3万余元。做完，永鸣又问我，你是不是代表咱们班给红柯写副挽联。其实，打接到红柯去世的消息后，我已写好了："高原上噩耗来止不住千滴泪；正月里含笑去带不走万卷书。"过了一天，永鸣又给我打电话，说，前年陈忠实去世，我们班送了花圈，是夏坚德和红柯一起送到殡葬馆的，现在送红柯，西安就夏坚德一个同学了，我要不要去一趟西安？是的，我也想起来了，悼陈忠实的挽联也是我创作的："七旬早逝巨著一部雄笔擎日月；万古不朽忠实二字铁血映山河。"夏坚德和红柯一起抬着花圈的照片，我还保留在手机里，如今红柯突然作古，细心的永鸣想代表全班同学完成一个心愿，是可以理解的，但我知道永鸣有心脏病，这些日子又多有劳神，强行阻止他。他听话了。

《红楼梦》里常用一句话是：一夜无话。而我，却是一夜无眠。我因血小板减少住院，服激素，副作用很大，每晚靠安眠药入睡，今晚，我加倍药量，仍无睡意。我一次又一次地开灯，看手机，看有无永鸣的消息，无果。想试打一个，又怕添乱，或得到可怕的消息。只有忍。

4月12日上午7点43分，永鸣的微信头像里出现了一条平静而炸雷的消息："父亲已走，很安详。勿念。"

无疑，这是永鸣女儿发的。

一时间，群里哭声一片。

我大脑先是一片空白，接着便是揪心裂肺，泪雨湿巾，我干脆放纵……

也就是在半月前，我住院后，做心脏彩超，结论是：主动脉瓣轻度关闭不全，医生说，到了六十岁左右，供血功能不好，会有此症状，继续观察发展，到了重度，就必须做手术，我立马想到了永鸣，他早就到了重度，医生早就让他做手术，他说开膛破腹，太吓人，再说吧。我给他拨了电话，提醒他尽快手术。他说，过些天要去宜宾。我说，等你回来，我们一起去阜外，你做手术，我再做检查。关仁山在那儿有熟人。他说，好。等我回来，咱俩就去。没想到，他竟有来无回，此话也成诀别。

我悲愤地从病床上跳下来，走到桌前，铺好纸写下了一首五绝《哭永鸣》："文字多隽永，噩耗似雷鸣。人生相伴好，为何孤意行？"字尾藏"永鸣好行"四字。我的悲伤已达到了无以复加的程度。我和永鸣是同学，是诤友，是兄弟，我忽然之间感觉到，这个可恨的世界，把我最宝贵的东西，一下子全拿走了……

红柯去年离世，方方面面的事，都是永鸣这个作家活雷锋张罗的，可现在他把我们抛下，撒手走人了。我在医院，医生不让离开，书记关仁山及柳建伟在海南采风，鲁一班没了永鸣，好像不能运转了。同学们在群里主动提出向永鸣家属献爱心，我作为班长，虽不能出力，但不能歇心。我把在京同学筛选一遍，只能把担子交给身强力壮的陶纯，让他以永鸣为样板儿，把事儿办好。随后我又在群里发信息："永鸣离世，大家同悲，同学们主动伸出援助之手，令班委会及永鸣家属感动和暖心。鉴于大家经济条件有别，量力而行即可，永鸣及家人都是重情重义人，钱多钱少都是一片心意。"

当天，陶纯发来信息告我，同学们已经捐了五万零三百元，这个数额，远远超过了我的估算，看来同学们真是慷慨解囊了，也足以证明永鸣在鲁一同学中的位置。其中有两笔钱是预算之外的，一笔是白描院长的一千元，另一笔是红柯儿子杨杨的八百元。杨杨说，我爸去世时，是永鸣叔叔张罗的，我一定要替父亲表达这份心意。后来，据夏坚德说，红柯去世后，她曾劝杨杨退出此群，他却坚决不退。由此可见，鲁一这种没有血脉的亲情，已经悄然传到了下一代……

和永鸣一道去宜宾参加笔会的还有鲁一同学邵丽、陈继明、吴玄。13日下午5点，荆永鸣遗体告别仪式在宜宾举行，孟繁华、陈东捷等文学界知名人士，送了永鸣最后一程。后来，听吴玄说，戴来还专程从上海转广州，再飞宜宾参加告别仪式。正所谓"德不孤，必有邻"。也证明，我们鲁一班同学心齐神聚，崇善向美，毕业十几年初心不改。

4月16日，永鸣家人为永鸣在京举行告别仪式，夏坚德电话里提出，要从西安赶来参加，再来医院看我，也被我婉拒。陶纯代表鲁一全体同学把大家捐献的款项交给永鸣夫人。鲁一班的花圈摆在了很显眼的位置，上面挂着我创作的挽联："《外地人》《北京候鸟》文如其人君将遗憾带天上；内心碎同学当中貌似活佛您把笑容留人间。"

两次告别仪式，因身体的原因，我均未参加，但其身心所遭受的折磨与摧残，远不如在永鸣遗体或遗像前痛哭一场好受。

我想尽快从这种情绪中走出来，让自己安心养病。出院没几天，我的长篇小说《戎装之恋》即将出版，责编让我选一张照片发去。我筛来选去，最后竟翻到了2017年去黔东南采风时永鸣为我拍的一张侧脸照，不再犹豫了，就用它！

我的心愿完成了，遗憾的是，摄影作者却不见了。

永鸣，你去哪儿了？

你好！欧阳黔森

2011年11月的第八届全国作代会上，我刚报到，就接到欧阳黔森电话，邀我去他那儿一趟。他住北京饭店，我住首都大酒店，相距不远。放下电话，我叫上柳建伟，打车去了北京饭店。在欧阳黔森房间，还有王松、荆永鸣等四五个人，都是"鲁一"的同学。刚入座，欧阳黔森就对我说："班长，明年是首届高研班同学毕业十周年，我们是不是搞个聚会？"接着，他提出一个方案：明年七八月份，把同学们召集到贵州，到黔西南采风。我看了一下参加作代会的名单，仅我们同学就有二十多个。我们商量决定，借开会的机会把同学们召集在一起吃顿饭，大家商量。

那天晚上由我和建伟做东，在北京饭店附近找了一个能容纳两桌人的单间，二十五个同学都到了，巧得很，那天晚上央视一套黄金时间正在热播由欧阳黔森担任总编剧的电视连续剧《奢香夫人》，当电视屏幕上出现"欧阳黔森"的名字时，大家热烈鼓掌，欢呼雀跃。席间，由我提出了鲁院首届高研班同学明年到贵州集体采风的方案，大家纷纷表示积极响应。欧阳黔森站起来边敬酒边承诺：吃住费用他全部包揽，不能报销机票的，也由他承担。这当然是一个相当优惠的条件，大家又一次鼓掌。这个承诺，除了欧阳黔森，我们在座的谁也不敢做，包括我这个班长。我暗暗佩服他的勇气与豪气。

作代会结束不久，便是2012年元旦、春节，我与欧阳黔森除了互发信息拜年祝福之外，再无更多的联系，也未涉及采风聚会的事。

我想欧阳黔森那边可能会有变故，或者正在协调之中，毕竟是这么大的活动，需要足够的人力、物力、财力、精力做保障，做起来不易。

我记得大概是在5月初的一天，欧阳黔森打来电话跟我商量同学采风的具体行程。我说，你是东道主，你定。他说，最好跟大家商量一下，到底什么时间好。我说，同学分散在全国各地，又各忙各的，很难协调一个大家都合适的时间，只有我们定好，让大家各自调整。他说，那就定在7月10号报到吧，贵州正好不冷不热。我说，OK。

荆永鸣是个顶极热心肠的人，我和欧阳黔森商量，决定把他推选为这次采风活动的秘书长。我们那一届同学共四十九人，全国各省、市、自治区都有，人家可以不去，但不能不约，需要一个人负责通信联络，组织协调，而荆永鸣是最合适的人选。

5月23日，荆永鸣以手机短信的形式群发各位同学，内容是："同学们好，鲁院分手，一晃十年，为缅怀逝去的岁月，重温我们珍贵的友谊，经由班长李西岳等同学倡议、欧阳黔森同学慷慨承办的'鲁院首届高研班同学会'定于7月10日在贵州举行。具体安排如下：7月10日报到，11日至12日活动，13日返程，其费用，有条件报销的自己负责机票，无条件报销机票的欧阳先生一并负责，不必多虑！只需诸位提前安排时间，让其他活动为我们的同窗友谊让步。能否出席和能否报销机票，烦请回复，并就此祝好！联系人：比在鲁院时老了十岁的荆永鸣。"

信息显然是荆永鸣用心编的，后来因为种种原因，时间调整到7月8号报到，12号结束。信息提前一个多月的时间发出去，显然是为了让大家早做准备，目的是让更多的同学参加采风活动。没过几天，荆永鸣就不断给我打电话或发信息，说某某回信息了，某某回电话了，大家对这次活动给予支持和响应。进入6月下旬，欧阳黔森又不断地给我发信息或打电话，通报谁谁订了机票，谁谁退了又订了。从电话的声音里听出，他为积极参加采风的同学感到高兴，对因事不能参加的同学感到遗憾。可谓来者不拒。

由此看出，欧阳黔森策划组织这次采风活动，是下了决心，也是花了血本的，他的最终愿望是把四十九个同学一网打尽。我知道，作为贵州省的文联副主席兼作协主席，基本上就像我这个军区文艺创作室主任差不多，不是什么肥差，更不是什么耀眼的权力机构，作为个人稿费收入来说，在我们这批同学中，欧阳黔森肯定也不是最多的，他之所以慷慨承担这次消费巨大的活动，不是心血来潮，不是为显山露水，完全是出于一种爱心，一种义举。这一点，大家都是心领神会的，更是心存感激的。由此，我想起了在鲁院学习时的欧阳黔森，当时有人根据他的外形戏称他"远看像李大钊，近看像甫志高"，他听了以后，嘿嘿一笑，不急不恼。在我的印象里，像不像甫志高，没得到相关的证据，而李大钊那种"铁肩担道义"的勇于担当精神在他身上倒真有所体现。记得开学不久就赶上过中秋节，班里自发组织中秋晚会，节目很快定下来了，但主持人却产生不了。就在这个时候，欧阳黔森不紧不慢地说："我试试吧。"他是二组组长，外表看不出有什么主持人的风范，但苦于找不到人，他又是毛遂自荐，只好让他试试。从那次我了解到他是一个做事很认真的人，也是一个很谦虚的人。第二天，他把写好的主持词让我看，在鲁院的饭堂里还走了走台，我发现他还真是那么回事：口齿伶俐，妙语连珠，机智幽默。晚会那天，他与搭档王伶合作得很好，不断赢得掌声。

那次活动，同学们之间很快打破了陌生，增进了了解，也使我死死地记住了"远看像李大钊"的欧阳黔森。

在校的日子光阴荏苒，分别的日子日月如梭，一晃十来年过去，我与欧阳黔森见面的机会不是很多，偶尔打个电话，或在某个场合见见面，聊聊天，吃吃饭，没过多的交往，但通过各种渠道不断听到他的消息：当了省文联副主席兼作协主席；电视剧《雄关漫道》《绝地逢生》《奢香夫人》等在央视一套黄金档播出。最近又看到他在《光明日报》发表的长诗《贵州精神》，令人振奋与折服。仔细梳理他的作品，不难看出，这些年，他一直用"铁肩担道义"的精神在担当文艺使命，一直在"天无三日晴，地无三尺平"的贵州青山绿水间高唱主旋律，一直用贵州元素颂扬贵州精神。可以说，是贵州成就了欧阳黔森，使他成为贵州文艺界的一面旗帜。

话题又回到这次贵州采风之行上。在大家的共同努力下，采风活动如期举行。7月8日下午我飞抵贵阳入住宾馆后，便向欧阳黔森报到，欧阳黔森让我和建伟到他的房间开预备会。到了房间，他把一个参加采风的同学名单交给我，上面有二十七位同学的名字，超过了半数，再加上还有其他届的一些同学，可以说，这个采风团规模是相当大的。我看见，名单上赫然写着中国作协叶辛副主席任团长，欧阳黔森、我和柳建伟分别任副团长。在预备会上，我们商量了行程路线、活动内容、采风形式等事宜，内容安排得很丰富，计划也做得很周全，实际上没什么商量的。这时间，一些报到的同学三三两两拥了进来，大家寒暄问候，很快把所谓的预备会冲淡了。晚上的宴会更是隆重热烈，十来年没见面的同学开怀畅饮，说笑欢唱，场面失控，欲罢不能。快到10点的时候，酒店要打烊了，我劝大家早点儿回去休息，明天要赶一天的山路，大家才纷纷撤退。

第二天一早，我们的两台采风车在"地无三尺平"的黔西南大地上行驶，上午到达晴隆的二十四道拐，汽车在对面山顶上停下，大家下车一边惊叹一边照相。这条当年的抗日生命线，弯弯曲曲地记录着中美军民协作、共克时艰的历史，见证着抗日战争胜利的扬眉时刻。欧阳黔森跟我讲，他正在创作一部叫作《二十四道拐》的电视连续剧，以艺术的形式揭开二十四道拐的历史面纱。

下午到达贞丰，这里的看点是双乳峰。黔西南的山造型很独特，其中乳状的山峰不断在眼前出现，但都似是而非，真正的双乳峰出现在眼前的时候，才知道什么叫惟妙惟肖、鬼斧神工，太像了！双乳大地静卧，乳峰凸起，轮廓清晰，线条优美，形状丰满，让人禁不住要双膝跪下，从内心呼唤母亲。

第三天上午是黔西南之行的高潮，游览马岭河峡谷大瀑布，那群瀑飞流，翠竹倒挂，万峰环绕，千泉归壑的人间仙境，令人激情澎湃叹为观止。欧阳黔森对我说，在黔西南境内，黄果树瀑布虽然名声在外，但远不如马岭河峡谷瀑布气象壮观。现在到贵州，必到黔西南，到黔西南必看马岭河大峡谷瀑布，已成为旅游者的一种选择。

黔西南真美！

采风活动有张有弛，下午，黔西南州委宣传部召开座谈会，让参加采风的作家谈谈采风体会，并为黔西南的经济发展和文化繁荣献计献策，大家都做了准备，有的写了稿子，有的作了诗，也有书法家现场挥毫，极有兴致地为黔西南留下墨宝。欧阳黔森在发言中说："黔西南是我的第二故乡，对我来说就是天堂，黔西南文化底蕴深厚，是文艺创作的一个福地，也是我心灵接受洗礼的地方。"由此可见，身为贵州人的欧阳黔森黔西南情结很浓，他要把黔西南作为创作根据地，用激情拥抱这片美丽的土地，进而贡献出更多的智慧和力量。

在黔西南采风两天，时间虽短，但收获颇多，大家兴高采烈，都感到不虚此行。为组织这次活动，欧阳黔森确实付出了辛苦，这么大的一支采风队伍，来自天南地北，衣食住行，事无巨细，既要吃好玩好，又要保证安全，协调起来相当不易，但欧阳黔森做得井然有序，张弛有度，游刃有余。记得我们从黔西南回到贵阳机场饭店已经是下午1点多了，吃完饭，也就两点多了。大家的航班时间有下午的，有晚上的，我提出让司机把大家送进机场等候，但欧阳黔森不干，他又找了一家宾馆让我们临时休息，直到把每个人送走。

那天我们乘坐的航班晚点好几个小时，凌晨3点才到北京，我回到家昏睡到上午10点多才醒，我睁开眼睛第一件事就是打电话向欧阳黔森报平安，他说他又回到了黔西南，又有一批作家到那里采风。我知道，他有糖尿病，身体并不好，白天不能劳累，晚上不能熬夜，但使命担当与热情好客，他经常忘记了自己的身体。

保重，欧阳黔森！

老 班 长

老班长只带了我一年，却让我惦记了多半辈子。

忽然生出一种感觉，如果再见不到老班长，我的生活将不能维持正常的秩序，于是，我费尽周折找到了老班长。这账真不敢细算，我们从分别到重逢，相隔了四十年。

老班长家在苏北一个山水相连的小镇，环境很美，气候宜人，是养老的好地方。虽然之前通了电话，但见了面，老班长还是用红红的眼圈儿迎候着我，他说，县里的人打电话来说，有一个作家战友来看我，我一猜就是你，你当新兵的时候就爱写。我们双手紧握，四目相视，我也动容，之后，便是深情地久久地拥抱。在门口迎接我的还有老班长的爱人，当年在我心目中近似明星，现虽已年过花甲，却风韵犹存。四十年前，我只在照片上见过她，但印象却极其深刻，我毫不含糊地叫出了她的名字，她激动地说，你就是当年给他代写情书的小李吧，他常提起你。

相比之下，老班长倒是不怎么显老，尤其那长长的眉毛，圆圆的眼睛，还有一笑露出的两个小虎牙，让我记忆犹新，时常闪现。这些面部特征，以及他比当兵时更浓的苏北口音，把我的思绪拉回四十年前。

起初，我对老班长说不上喜欢，尤其他那一口"死不改悔"的苏北话，让人听着很费解。比如，他把"监狱"，说成"酱油"，把"团里乱"说成"图里路"。我们劝他改一改，他却说，说地方话能当大官儿，你没见中央很多大领导不都说方言吗？记得第一次他带我站岗，一个新兵，单独跟班长在一起的机会不是很多，我想抓住机会往他跟前贴一贴，靠一靠，或许对进步有利。我想让他起个头，跟我谈谈理想，谈谈人生，问问家庭情况，但半个多小时过去，他竟一句话没说，把我憋得要命。快换岗时，老班长终于开口了："小李，你爱吃土豆吗？"我听了，比吃了土豆还噎得慌。

对老班长的印象有了改变，源于一件事，一个即将退伍的老兵，要跟我换棉帽。我们的部队地处塞外寒区，冬季发的是骆驼绒的帽子，其外观有差别，那位老兵的差一些，况且也旧了，我当然不情愿跟他换。老兵是我沧州老乡，听我说家乡话，就跟我套近乎，他说我以后还有机会换新的。老班长听后二话没说，就把我俩的棉帽先互换了，待老兵退伍后，很快又换了过来，我很佩服他，不仅仗义，还很智慧，让我对他刮目相看。我跟老班长拉近距离，还在于我会写一手漂亮的钢笔字，能为他代写情书。老班长没上过学，到了部队才学的文化，但完整地写封信还是很费劲，不知他命怎么那么好，竟找了一个非常漂亮的对象，而且还是小学教师。每次来信都要写上三五页，那时候，男女之间还很封闭，但老班长对象却很浪漫，每次收笔的时候，都要说上"爱你""想你"等烫嘴的话，我读着耳热心跳，班长就对我说，回信跟她说，以后别写这些话了，老夫老妻的，让人笑话。其实，他们那时既没登记，更没结婚。一次，对象寄来了一张二寸的照片，照片上的对象烫着当时很时髦的大波浪，像《红灯记》中李铁梅一样的浓眉大眼，再加上人工着色，脸颊粉红，嘴唇光鲜，更显得光彩照人。老班长憨笑着对我说，要不是这身军装，人家根本看不上咱。

老班长有一个很不错的相册，好多照片都夹在上面，但他却把对象的照片夹在了一个随身带的小本子里面。他有一个原则，除了我以外，谁也不让看。后来，这张照片，竟在我们班演绎了女神般的故事。

我们奉命到燕山深处执行国防施工任务，连队实行三班倒的工作制度，每班工作八个小时，白班还好受一些，赶上夜班，真是难熬。那天大概是凌晨两点，突然停电了，这是睡懒觉的极好机会，灯一灭，没有人下命令，我们就一个个横七竖八地就地倒下了，我记得老班长好像还说了一声，别睡感冒了。睡得正香，老班长开始叫了，起来，起来！干活啦！我们都抄起了工具，但走起路来还是摇摇晃晃，打不起精神。这时，老班长说话了，来！你们看看我对象的照片，好漂亮啊。老班长的声音不算太大，但却像一盆冷水把大家都浇激灵了，对于老班长的如此慷慨，大家当然感恩戴德乐不可支，何况是在那样一个特定的时空，那样一个远离女性的环境。

照片在战士们的手中传看着，每个人的眼睛都在瞬间变得贼亮，大家嘴里不约而同地发出"啧啧"声。老兵们则显得有些贪婪，拿在手上反反复复地看，好像多看一会儿，照片上的人就能走下来似的。等大家都传看了一遍，老班长说，给我吧，该干活儿了。我们在照片的精神鼓舞下，汗流浃背，干劲倍增。在以后的夜班中，每到后半夜，人困马乏的时候，老班长都故伎重演般地把未婚妻的照片拿出来，我们看过之后，马上便倦意顿消，精神抖擞，不知不觉，那张照片不仅提高了工作效率，同时，也缩短了我们和老班长之间的距离，这样一来，我们反倒喜欢上夜班了，一是能吃上一顿纯细粮的夜班饭，再就是能看上"美人照"。相比之下，后者更具诱惑力。

老班长是个工作狂，跟着他干活儿，简直能把人累死，他很少咋咋呼呼，吆五喝六，就知道闷着头傻干，在工地是这样，回到驻地也是如此。我们住在房东家，他每天都跟我们新兵抢扁担，有时，我们还没睡醒，他就把两大水缸挑满了，好不容易熬到礼拜天，我们本想休整一下，或会会老乡，但一大清早，他就拿起斧子上山砍柴了，我们新兵只好跟着他往山上爬。那年老班长已经是第五年兵了，因没文化，提干没希望，他完全可以不用这么拼命干，他说，闲下来就难受。房东大嫂见班长人长得帅，又能干，就想给他介绍个对象，老班长也不说话，蔫蔫儿地把未婚妻照片拿出来让房东大嫂看，房东大嫂指着照片说，真是好人有好报，老班长娶了个仙女儿。若干年后，我去施工驻地回访过房东，大嫂说，老班长也曾来过，而且还带着他的漂亮媳妇儿。我偷偷问自己，我来是为了搜集创作素材，而老班长呢？

年底，老班长退伍了，我们继续打山洞。记得那是一个大雪天，连里既没敲锣，也没打鼓，我们站在雪地里列队鼓掌欢送老兵们。老兵们跟我们一个个握手，当老班长握住我的手的时候，轻轻松开手从口袋里掏出那个小本，拿出一张照片送给我，那是他和未婚妻的订婚照，是他夏天回家探亲时在县城最大的照相馆照的，也是人工着色，两个人都很腼腆，但都精神帅气。我捏着那张照片的手有些抖，眼睛也瞬间湿润，我见班长迅速把头扭过去，步伐有些踉跄地登上了大卡车。绿色大卡车渐渐远去，在白雪皑皑的崇山峻岭中变成一个小黑点儿，脚下，一道深深的车辙似在我心头碾过……

寻 战 友

　　一个人总挂记另一个人，是很不省心的事，我经常想起我的新兵战友魏峰，屈指算来，三十多年过去了，我无从知道他的消息，而他的音容笑貌却接连无序地出现我的梦里，搅得我心神不宁。我认为，找不到他，我的日子将无法正常过下去。

　　顺利联系上魏峰，有两个原因，一个是我记性好，这么多年过去了，我一直记着他当年留给我的家庭住址：承德县双峰寺站区苍子公社曹碾沟大队。再就是现在信息发达了，我托了承德的一个朋友，一个小时就给我回话，把魏峰的手机号码弄来了。我多年的纠结瞬间释然：原来找一个人并不那么难，关键是不是肯用心找。

　　我驱车找魏峰那天正赶上下雨，因为路不熟，一边走一边打听，本来仅三十多公里的路，结果走了一个半小时。曹碾沟并不只是一个自然村，打听中得知，魏家独立住在曹碾沟一个小山坡上，当车拐进通往小山坡的公路时，路窄得只有一辆车那么宽，路两边的玉米叶子一路抽打着车身，像是在热情而庄严地检阅着我这远道的客人。快到前边几户人家时，我掏出手机准备给魏峰打电话，却见一对中年男女打着雨伞在村边张望，男的上身穿红颜色的短袖衬衫正向我招手，好像在喊什么，因为路远，再加上雨下得大，听不清他喊的什么。不用判断，那是魏峰。

虽然人见老了，头发谢顶了，但魏峰还是当年的样子，中等个儿，敦敦实实，宽脸庞，红通通的，俩酒窝，牙雪白，一笑有点儿腼腆。一见面，没有热烈的拥抱，没有激情的寒暄，有的只是紧紧地握手，无语，眼窝发潮。手松开，魏峰指着身边的妇女说，你嫂子。我说，嫂子好。嫂子说，进屋吧。

沿石阶而上，再拐一道弯便到魏峰家。这是一个很精致的农家四合院，院内种着各种菜蔬，雨中显得娇嫩精神，正房三间为红砖青瓦，进得屋来，窗明几净，井然有序，有一种农家特有的舒适与温馨。

坐定，喝着茶水，互相打量，心情激动，眼睛继续潮热，我竟一时找不到合适的开场白。

魏峰说，三十多年没见，你还是那么精神。

我说，怎么可能呢？都老了。稍顿，又道，不过，基本模样都没变。走到哪儿，都能认得。

魏峰像早有准备似的拿出了一堆老照片给我看。第一张便是我们新兵班的合影照。我记性算是不错的，但怎么也没想起这张照片，甚至记不得当时照没照合影，更说不清自己的这张照片弄哪儿去了。

那张照片品相很好，上面十一个人，除了班长、副班长以外，其余都是我们新兵。那是我们结束三个月的新兵训练，刚刚戴上崭新的领章帽徽，真正由社会青年变成军人的光荣聚焦。那时我们所在部队驻在丰宁县凤山镇，刚到部队，正值隆冬，零下二三十度，照片上的我们每个人都穿厚厚的棉袄，头戴骆驼绒的大皮帽，脚穿大头鞋。我在后排中间位置找到了自己当年的"光辉"形象，大帽子，小白脸儿，耳朵被压扭曲，真是帽子底下找人，除了木讷，还有些腼腆。那是我永远也找不回的感觉。魏峰说，除了班长副班长还有我，其他人的名字，他有的叫不上来，有的叫不全。我指着照片顺利地把每个人的名字一一道来，他挨个点头，认为正确，并夸我记性真好。这些年，我闲下来，经常默写这些人的名字，还能记得他们的年龄和家庭住址。我永远也忘不了他们，因为大家都是为了一个共同的革命目标，从五湖四海走到一起来的。

在一大堆老照片里，还有一张是我的一寸单人照，那张照片比合影照大概晚一些，照片上的我戴单帽，穿夏装，那张小脸儿要明显成熟了一些，笑容也显得自信和从容了一些。那张照片我也没有，我所收藏自己的老照片，时间都比那张靠后。魏峰告诉我，那是我调离连队时送给他的。

魏峰的话，唤起我很多记忆。那时战友调走或退伍，告别时都送一张照片给关系好的战友作为纪念。新兵班时，我与魏峰关系甚好，新兵下连，我分到二连步兵四班，他分到40火箭筒十班，但一有空，我们还是找到一起谈心。戴上领章帽徽之后，我们即徒步行军到离驻地百余里路的隆化县三道营去执行国防施工任务。就这样，我们头戴安全帽，身穿工作服，腰扎导火索，肩上扛钢钎，手推独轮车，雄赳赳气昂昂地奔赴了新的战场，进入了激情燃烧的岁月。

打眼、放炮、清渣，流汗、流血、流泪，不分黑白昼夜，相伴日月星辰。激情岁月中，新兵们开始哭了，后悔来当兵了。我是新兵中年龄最小的，身体也是最单薄的，因为爱好文学，也是最富激情与幻想的，我不例外也哭了。但我发现，魏峰没哭，他说他家穷，平时连饭也吃不饱，还说，部队管吃管喝管穿管住，每个月还发6块钱津贴，已经够不错的了。他的话朴实得掉渣，但当时对我既是安慰，又是鼓舞。我记得，工作和生活中，他很会关心我。比如，在我们眼前有一大堆石头要清，他会无声地把我扒拉开，抢先把最大的一块扛走。还有，过礼拜天，洗衣服，他总是以借我脸盆为由，把我的脏衣服顺走。我呢，比他文化高一些，给他讲小说，投弹比他投得远一些，就帮他讲要领。就这样，我们一直走得很近，几乎无话不谈。

我清楚记得，我调离连队的时间，是1978年6月。那时候，我们已经在山洞里并肩战斗了一年半。那年月，保密性极强，我无从知道要调到哪里去，做什么工作。上午接到调令，下午就要下山，领导给我准备下山的时间是一小时。我心情激动，手足无措，但我没忘记，要与魏峰告别。我拿上那张一寸照片，跑步去了魏峰住的房东家，但他已经上班了，我把照片用纸包好，匆匆写上"魏峰战友留念"几个字，交给了他们房东。我常来串门，房东熟识我。

一年之后，我回了一趟连队，不凑巧，魏峰正赶上在师医院住院。就这样，我们再未见面。再以后，他退伍，我提干，又由师部调到北京军区机关。三十多年了，彼此杳无音信，只有闲暇之余的相互念想与牵挂。

魏峰对我说，他特别怀念部队和战友，没事的时候，就扳着手指头数一个连队的战友。他还说，他曾回三道营找过房东，让房东带着他去看过当年打的坑道，这与我有相似之处。十多年前，我也回三道营看过房东张树文夫妇，给了他们一个惊喜。但细想起来，我与魏峰回去找房东的动机应该不尽相同。我是作家，怀旧是本能。而魏峰呢，他一个农民工，有必要坐上长途汽车一路奔波去寻根，去怀旧吗？这说明他的感情是真挚的，动机是纯粹的，境界是高尚的。

三十多年积累了一肚子话，说起来便没完没了，我欲起身告辞，却发现魏峰不见了。不一会儿，他进来了，手里拿着一张印有广告的纸，他把我们新兵班的合影和我的那张单人照，小心翼翼地包在了一起，然后叠成鸡毛信的形状送给我。看得出，他很用心，动作很细腻，竟有些颤动，生怕损伤了照片，或者损伤了那些戴骆驼绒皮帽穿大头鞋的战友们。他的动作，让我感动与感慨。

相见时难别亦难。门口告别的时候，发生了一件意外的事。

我们进院前，把车停在离魏峰家不远的空地上，因为是山坡，那块平整的地方，比一个车位稍大一些，左边是一户人家，前边和右边是比平台低一米多深的庄稼地，后面是墙头，车很不容易调头。魏峰举着伞在前面指挥，调来调去，总调不过来，最后，右前轱辘悬在了半空中，司机把车刹住，再也动不了了。

　　魏峰看了看地形，二话没说，把手里的雨伞甩掉，扛来一根大木头，垫在了车轱辘底下，然后又招呼嫂子搬石头，我和司机也跟着四处捡石头。支撑算是打起来了，可车还是开不上来。魏峰钻到底下看了看，回家拿来一根铁棍，就这样，我们喊着"一、二、三"把车轱辘硬撬上来了。

　　情急中，细雨中，汗水中，我又看到了魏峰当年在山上施工时一马当先的身影，感受了他曾为军人的勇敢、智慧和力量。

兵 车 行

草原很美，草原路难行。

草原上分草原路和草原公路，草原路是天然的，因为车走得多了，车辙就成了路，也就像鲁迅说的，世界上本没有路，走的人多了，也便成了路。草原公路是在草原腹地人工筑起的土路，不管你走哪种路，都要付出颠簸，也可以说是付出代价。茫茫草原，一望无际，对面不见车，不见人，不见树，不见任何参照物。晴天里，车像一颗出膛的炮弹，带着一股烟尘颠簸前行。一遇雨天，草原就没了路，草地变成了沼泽地，遇到坑洼，随着车身的颠簸马上掀起一股浊浪，眼前一片混沌苍茫，在这个时候，如果踩一脚制动，车轮碾着打滑的水草，一下子就会来个三百六十度的大转弯，让人惊心动魄，战栗不已。如果车轮陷入泥潭那就更糟糕了，赤脚冒雨推车，对于下边防的人来说并不是新鲜事。

行路难，难于上青天！

内蒙古军区边防某团一连距团部只有四十五公里，听了这个数字我很乐观，因为我所走过的连队与连队之间的距离大部分在一百公里以上，而一上路，我再也乐观不起来了，道路弯曲，坑洼遍地。司机说："这里的路，一米一个坑，一个坑一米深。"如果不牢牢抓住扶手，随时都可能碰个头破血流。里程表的指针在二十公里以内摇摆，司机手里的变速杆在二档上一成不变，地震般的摇晃折腾得我一点儿脾气也没有。两个小时后，我问陪同我的张副主任："还有多远？"他说："一半多了。"天哪，草原的公里咋这么大？若在高速路，这工夫早打两个来回了。

过了半小时，我又问他还有多远，他说快了快了，后来我再问，他闭上眼睛不说话了。我很知趣，低下头，无可奈何地接受着草原路赐予的颠簸，我断定这是能列入世界吉尼斯大全的路，绝无仅有的路。我无法掩饰内心的焦灼不安和身体的痛苦折磨，左看右看，企盼在视野里突然出现耸立的哨所和飘动的国旗，但我希望的景象没有出现。

车行至一拐弯处，张副主任十分兴奋地对我说："这儿叫八里嘎查，离连队还有八里路。"我一看手表，车已走了三个小时。

大概张副主任发现了我的情绪并没有任何好转，就给我讲了一个他亲身经历的故事：去年冬天，他去一连检查工作，一出团部就下起了大雪，等走到八里嘎查，路上的雪已积了半米多深。天黑了，积雪已完全封冻，车一走就打滑，再也开不动，他和司机只好下车清雪。车上没有工具，他们就捡来木棍，后来木棍断了，他们干脆用手扒。清一段儿，车就往前挪一下。饿了，他们就采路边一些不知名的野果吃，困了却不敢睡，一睡就有可能被冻僵。就这样，仅仅八里路，他们走了七个半小时，等到了连队，鞋和袜子粘在脚上怎么也脱不下来……

听了张副主任的故事，我心里一阵后怕，不敢想象如果那种遭遇让我赶上，我该怎样招架。不远处有羊群，一个放牧的士兵对着我们的车行军礼。由此我想了很多很多。在大都市走惯了柏油路、高速路，才对草原路耿耿于怀且怨声载道，而我却忘了，哨所里的战士年复一年，日复一日，要不厌其烦地走这种路。走这样的路是他们的使命，茫茫草原路，囊括了他们全部的痛苦和欢乐，承受与向往。

草原路难行，只有亲自走过，才能真正体验。边防官兵的寂寞，只有近距离接触到他们，才知道他们年复一年，日复一日，生活是多么难熬。记得一次下边防，我采访一个放羊的战士，几乎是问一句他答一句，不问就没话，而且回答的字数非常吝啬。"是。""是的，首长。""谢谢。"后来，我问他是哪儿的人。他说是北京顺义的，我这一问，他倒有话说了，问我："首长，天安门城楼装修好了吗？"他说，我当兵前去过一次天安门广场，那是唯一的一次，可正赶上天安门城楼装修，没看见，也没照成相。言外之意，感到很遗憾。这个北京兵，新兵一下连，就去放羊，快两年了，除了羊，他没别的伙伴，没有任何交流的对象，天长日久，就变得沉默寡言了，自己变成了沉默的羔羊。在边防，干不出惊天动地的大事，享受平凡，吞噬寂寞，就是日常工作，在这里与界碑、界河、国门日夜相依相伴，就算得上英雄。

车在颠簸，路在延伸，飞鸟在啁啾，草地在后撤，恍惚间，我心中掠过一道风景线。

调　　动

　　我当兵第一年，碰上三次调动的机会，前两次都空喜一场，最后一次虽然有了结果，却也不尽如人意。我在家高中毕业，档案里有何特长一栏，写着"写作"，在同年入伍的新兵中间算是文化人了，于是，刚到部队，我就有了很多显山露水的机会。《毛泽东选集》第五卷发下来，我代表二连新兵上台发言，还满怀激情地朗诵了一首诗："毛选五卷发下来，革命战士喜满怀。紧跟华主席向前进，新长征路上大步迈！"虽然普通话说得让人听了挺别扭，还是激起掌声不断。第一次出黑板报，我自告奋勇，连写带画，一人全包，而且不用稿子，全凭现场发挥，其中还填了一首词《水调歌头·新兵入伍记》，首长点头，老兵伸大拇指，新兵则妒嫉。不久，常有这话传进我的耳朵："这小子在二连待不住。"听了这话，我脸上假装木讷，心里可是高兴。

　　刚到部队的第一个礼拜天，我急着会老乡，班长却不让，他说要带我去一个地方。记得那天下大雪，四周白茫茫，一脚踏下去，鞋就被埋起来了，班长在前面走，也不跟我说话，大约走了一个多小时，我们进了团部，班长领我进了一排整齐的平房，平房大门口吊着一个棉门帘子，撩开以后，一股热气往外冒，暖和得人全身舒服。进了大门是一个长长的走廊，大白天还亮着灯，沿着走廊前进，在挂着"政治处"牌子的地方我们拐了弯,后来,我们进了一间屋,我注意看了看,那间屋门口挂着"报道组"的牌子。那时候,我比现在愚昧,只知道部队有军师旅团营,不知道还有司政后三大机关,更不知道三大机关各是什么职能和有哪些直属单位。

接待我们的是一个报道员,姓袁,山西人,比我早入伍一年,也是二连调出来的。班长把我的情况向他介绍了一下,他伸出手来跟我握了一下,说,写点儿稿子,我给你推荐到《战友报》。《战友报》是北京军区机关报,我刚到部队的那一天,班长就拿出日记本,让我抄《战友报》的地址,我清楚地记得,是北京市八大处甲1号。袁报道员这么一鼓励,我禁不住心潮澎湃逐浪高。我环顾了一下屋里的环境,三张办公桌,三把木椅,桌上是书和稿纸,还有冒着热气的茶杯,墙上挂着全国地图,地图下面是报夹,我翻了翻,有二十多种。我的手收回来的时候,被一片一片组合在一起的铁家伙烫了一下,后来,我知道那叫暖气,一进走廊散发出来的热气,原来就是它制造的。

如果有调动的机会,我一定进报道组,这地方肯定出作家。我想。

那次去了报道组,我一直念念不忘,并盼望着好梦成真。一天,通信员传令我到连部,班长问什么事儿,通信员说保密,我有些神气,战士们的眼神却显得不太友好,我听有人嘀咕了一句:"我早知道这小子在二连待不住。"到了连部,跟我谈话的是一个胖胖的大官儿,我敬了礼,他简单地还了一个,就问我年龄多大,家庭有什么成员,什么文化程度,什么出身等等,我对答如流之后,急于得到下文,他却说,你回去吧。

我出来的时候碰到指导员和连长,他们没搭理我,紧接着,连部的门"嘭"一声关上了,里边的对话却掩饰不住地传出来,我想他们的对话一定跟我有关,就凑到窗台底下听,果然是这样。指导员说:"我以二连党支部书记的名义保留这个兵,下一步准备让他接文书。"胖大官儿说:"调到团里也是革命需要嘛。"连长说:"调这个兵可以,先把我这个连长撸喽。"后来,屋里不说话了。

我好感动,好自豪,原来我在连长心目中有那么重要的位置,原来我刚到部队就被团首长相中了。

调动的事儿无声无息了,后来我才知道,那胖子是个小参谋,根本不是什么大官儿,胖参谋是搞军务的,打算调我去当打字员。搞军务的调个兵容易得很,只是连长指导员卡得太死;另外,胖参谋跟连长是从小光屁股长大的老乡,他得罪不起。

连长把我留在了二连,我不知道是爱还是害,但那一片真情却让我什么时候想起来,就感动不已。没走成,我心里折腾了好几天,后来,我在日记本上抄了一首小诗:"革命战士是块砖,哪里需要哪里搬。砌在高楼不骄傲,砌在厕所无怨言。"在不完全踏实的情况下,我还心存一线希望:指导员不是说打算让我接文书吗,文书也是写写画画的差事,同样人尽其才,大展宏图。

我要当文书的消息很快传开了,有老兵以半开玩笑的口吻跟我要稿纸,要子弹;连部的"五大员"们见面喊我"班长";文书甚至跟我说,我都收拾好了,什么时候来接班?我装得很谦虚,但恨不得早一天登上文书的宝座。当文书写写画画我喜欢且擅长,更重要的是,文书在连长眼皮底下工作,近水楼台,凭我在公社海河指挥部积累的工作经验,凭我和领导相处摸索的体会,上呈下达,迎来送往,一定能干出成色来。

事情就是这样,希望值越高,承受失望的心灵就越脆弱。一个月后,新兵下连,我分到四班,文书还在原来的位置固若金汤地坐着,一晃半年过去了,再没我调动的消息。

这期间,连队三十六个新兵中,调走了三个。一个去学开车,一个给首长当警卫员,一个到后勤驭手班喂马,这些差事好不好,有没有出息，我不知道，反正连队谁也没拦。调走的这些兵也时不时地回连队看看，大大咧咧的，看样子混得还不错。

  我的第二次调动是在当兵的第八个月，这次是调师演出队。那一年，演出队是解散以后新组建，很需要创作人才，不知道是通过什么渠道，演出队长找到了我。队长见了我一面印象还不错，问我有什么作品，我说没有。队长在连里"泡"了一天，连长、指导员跟上次一样"抗旨不遵"，演出队长只有悻悻而归。后来，指导员说，演出队不算个正规单位，说不定哪天又解散了。还有班长和老兵们都劝我别后悔，在二连好好干，将来前途大大的。说实话，对这次调动我不太上心，在学校时我就把蹦蹦跳跳的人说成疯子，几次让我演"王连举"，我都临阵逃脱，调不调演出队不吃紧，但一次又一次的调动毕竟对我产生思想上的波动，作为革命战士是块砖，但也应该搬到最需要的地方啊，我踌躇满志，往哪里释放？看不到电影，看不到书刊报纸，没工夫写作，另外，穷乡僻壤，文化洪荒，"欲将心事付瑶琴，知音少，弦断有谁听"。我写大批判文章的水平就这样丧失殆尽吗？

  我的第三次调动是稀里糊涂的事儿，那时当兵已满一年了，我已荣任六班副班长，一般情况下，调动的机会就不多了。我当文书的事儿，传着传着，也没影儿了。那次找我谈话的是军需股的徐股长，他看我在班里办的"心得体会"专栏，看了我办的黑板报，看了我的日记本，就想调我。我对这次调动既感到突然又茫然，在山上施工一年多没回过营房，更没去过团部，对团机关的编制一片空白，我不知道军需股隶属哪个机关，也不知道是干什么的，但听说是搞写写画画，我想一定是政治部门，大概跟报道组工作性质差不多，精神顿时振作起来。但有一点儿很遗憾，我已被列入党员发展对象，下一批就准备填表了；还有，我是连队最新最年轻的骨干，据说干部部门曾经考察过，是不是干部苗子我不知道，反正是重点培养对象。我又想，有得就有失，舍不得孩子套不住狼。走吧！

奇怪的是，连队这次竟没拦，痛痛快快地放行，而且在我走前还专门加了餐，据说，在战士调动中这是少见的。后来，我才知道了原因。以前卡过我的连长和指导员，一个提升，一个转业，新上任的两位主官，虽然都是二连的干部，但很明显跟上任领导班子思想观念不一样，他们认为给上级机关输送人才，是下级的职能和骄傲。另外，我听说还有一个原因，是司务长向徐股长举荐的我，开始，连队不同意，司务长竟出了个馊主意：用一千斤小站米和两套公用被服做交易，徐股长当即拍板并兑现，连长、指导员也就默许了。

为了表示不愿意离开二连，我坚持上最后一次班，打最后一次风钻，清最后一次碴，搬最后一块石头，但指导员不让，说你是团里的人了，出了差错连队担不起。正好那天下午有回团部的车，我简单收拾了一下，个别要好的老乡都没来得及告别就上了车。一路上我心情很复杂，施工很艰苦，也很危险，我身体有些吃不消，从这一点上讲，离开二连是好事，但不知道新的工作环境会是什么样，是不是跟报道组一样，每天写稿子往外投，办公室里是不是也有那么多的报纸和杂志，有没有一摸就烫手的暖气。我听人说过"人挪活，树挪死"，但到了新的单位究竟怎么个活法，我心里一点儿底也没有。还有，我在读古典小说中知道，军需跟粮草有关，是"兵马未动粮草先行"的单位，怎么能需要写写画画的人呢？不知道，我什么也不知道，不能问，什么也不能问。人就是这样，当你有选择余地的时候，总是做各种美好的梦；当你别无选择的时候，只有怅然若失，哪怕你的选择是幸运的。

等待我的是什么呢？

登上永兴岛

"在那云飞浪卷的南海上，有一串明珠闪耀着光芒……"从感性上认识西沙群岛，缘于这首歌，这首歌是20世纪70年代的电影《南海风云》插曲，电影画面至今历历在目：辽阔的蓝色海水向天际延伸，海水的颜色层次分明：浅蓝、碧蓝、湛蓝、深蓝……一排排洁白的海浪把辽阔无垠的大海切割成层层段面，岛礁犹如银色的丝带镶嵌在碧波之中，珊瑚像花一样在清澈海水中绽放，成群的海鸥在惊艳的晚霞中低吟着飞向遥远的深蓝，落日余晖中，张网的小船凝结成渔舟唱晚的油画。感性认识的强烈记忆是：南海好美，西沙真美！

西沙给我增加感性与理性双重认识，是这次随中国作协庆祝改革开放40周年主题采风团第四团登上永兴岛。永兴岛是西沙群岛最大的岛屿。2012年6月21日，中华人民共和国民政部公告宣布，经国务院批准，建立地级三沙市，市委市政府设在永兴岛，永兴岛从此便成为西沙、南沙、中沙三岛的经济、政治、军事、文化中心，也是向世界宣布三沙领土、领海主权意义的象征。

从未到过西沙群岛的我对这个神秘的永兴岛充满了敬畏与好奇：总面积3.16平方公里，有户籍的人口602人，但这里已是麻雀虽小，五脏俱全：政府大楼、学校、机场、邮局、宾馆、医院、图书馆、电影院、银行、气象站、码头港口、驻军基地等等，最最好奇的是，还有一条北京路，它的长度未曾考证，它以"北京"的名字命名，其内涵不难看出是告诉人们，岛屿虽小，虽地域偏远，却连着祖国的心脏，它是中华人民共和国领土不可分割的一部分。岛上的风光比电影《南海风云》里的画面更美更真实更亲近，但作为一名军旅作家，我更想尽快走进它的历史，它的战争史，因为远离大陆的西沙群岛在中国全面抗战八年的历史灾难中也未幸免，果然，岛上还有日本、法国侵略军留下的炮楼，日军炮楼下有一块石碑，简介中写道：第二次世界大战爆发后，日本趁机入侵我南海诸岛，于1939年3月20日占领西沙群岛，并在岛上构筑工事，企图长期占用，同时疯狂攫取我磷矿资源，仅在永兴岛盗采鸟粪就达二十万吨。鸟粪是世界上最优质的有机肥料，1879年至1883年，智利、秘鲁、玻利维亚三国曾打了长达四年的鸟粪战争，而"以战养战"的日军更深知鸟粪的价值，现地存活，自给自足，在岛礁上，鸟粪自然是重要的资源。但此时永兴岛已被日军占领，就不用"盗采"了，就像东北的木材、煤炭等资源一样，明目张胆地运回日本老家就行了。

炮楼右面不远处，有一座水泥纪念碑，正面刻有"南海屏藩"四个大字，背面刻有"海军收复西沙群岛纪念碑"字样，旁边署"中华民国三十五年十一月二十四日张君然立"。以个人名义为收复西沙群岛立碑，好不气派！我的思绪、情感和笔触都要顺着历史的脉络往前延伸。

1945年8月日本宣布无条件投降后，根据《开罗宣言》的决定，台湾、西沙和南沙等岛屿回归中国，日军撤离后，南海诸岛无人驻守，事隔半年多之后，法国海军陆战队于1946年5月曾在西沙登岛，逗留十五天。同年8月，又传来消息，菲律宾表示将南沙岛群并入其本国版图，国民政府当即作出决定：由海军司令部组织舰队，协助广东省政府接收西沙、南沙群岛，并由海军派出兵力进驻各岛。命令下达后，海军司令部迅速调集护航驱逐舰太平号、驱潜舰永兴号、坦克登陆舰中建号及中业号，组成编队南下收复西沙、南沙主权，编队指挥官、副指挥官分别由海军上校林遵和海军上校科长姚汝钰担任，时任海军总司令部海事处参谋张君然和上尉林焕章任编队参谋。

1946年10月25日，编队在上海集结，29日晚各舰队秘密出港。11月24日姚汝钰指挥永兴舰和中兴舰抢先到达永兴岛，张君然指挥一个战斗小组乘汽艇从礁岛登陆，环岛搜索，未见有人，经过五昼夜奋斗，进驻工作大体完成。国民党海军收复西沙后，张君然被任命为第一任西沙群岛管理处主任，他在行使管理职权的同时，还为西沙的建设，向国人宣传海洋权益做出了积极的贡献，其中，他立下的纪念碑，已成为西沙群岛回归中国的历史见证，而永兴岛也是以永兴号军舰而命名。

1947年1月6日，法国一架飞机飞临永兴岛上空侦察，18日下午，法国一艘军舰驶抵永兴岛，要求我岛人员撤离，当时驻岛电台台长李必珍向在广州的张君然请示如何处置，张君然果断命令：坚决抵抗，捍卫主权！法军只好撤离。

1949年6月，张君然从西沙换防下岛，即在香港秘密加入中国人民解放军，并受命返广州策反国民党海军起义和投诚。新中国成立后，张君然回华东军区海军工作。若干年后退役回上海工作，曾任长宁区政协委员。2003年在上海逝世。

从1946年到1995年，张君然三下南沙，四下西沙，成为海峡两岸进驻南海诸岛唯一一位全程亲历者，见证人；同时那座收复西沙群岛的纪念碑，也让张君然的名字和永兴岛紧紧地连在一起。

如今，驻岛人民海军每年新兵入伍都要在张君然立下的纪念碑前进行一次爱国主义教育课，官兵们每年都要在碑文上涂加红漆，让其更加醒目。张君然先生在天之灵应该感到欣慰。

如果说1946年国民党海军收复西沙群岛是恢复主权的象征，那么，二十八年之后，发生在这里的一场海战，则堪称中国人民解放军捍卫祖国领土领海主权的英雄壮举。

1974年1月，中国人民解放军南海舰队与陆军分队、民兵协同，对入侵南海之敌进行反击作战，击沉敌护卫舰一艘，击伤驱逐舰三艘，毙俘伤敌一百余人，此次战斗的胜利，牢牢地控制了永兴岛群核心区，为后来控制西沙边缘岛礁及进军南沙群岛奠定了基础。西沙海战胜利的重大意义还在于，中国海军历史上一直与"胜利"二字无缘，从甲午战争北洋水师的全军覆没，到国民党海军在抗战中的一击即溃。战斗力丧失殆尽，是中国人民解放军改变了海军百年屈辱的历史，同时也使中国有海无防的历史宣告结束。

历史发展到今天，从战争废墟里站起来的新中国发生了翻天覆地的变化，尤其改革开放四十年来，中国经济腾飞，综合国力大大提升，国防和军队建设取得了长足发展，被称为"兵岛"的永兴岛已让世界刮目相看。1991年4月，人民海军又在西沙军港上矗立起一尊巨大石碑，朝海方向是浇铸的一幅《中国南海诸岛图》，朝岛方向是《中国南海诸岛工程纪念碑》，并写有碑文："南海诸岛沧桑历史，炎黄子孙创业今朝，今于永兴岛立碑咏志，以昭千秋……"

贵阳问路

冬日随中国作家代表团赴贵州采风，下榻贵阳冠洲宾馆，用完晚餐，我与同行的几位作家一道散步。

宾馆前面是风光旖旎的南明河，我们一行三人穿过冠洲桥，来到河对岸。冠洲桥像一道彩虹，被霓虹灯装点得通明透亮，五彩斑斓，它与河两岸的树木、造型各异的路灯、附近鳞次栉比的建筑等等，一起把倒影投进水面，营造着水上水下遥相呼应亦真亦幻的优美意境，让我们流连忘返，并忘情拍照。观赏完冠洲桥夜景，我们沿南岸向东漫步，晚风习习，路静人稀，我们一路观光一路闲聊，走了半个多小时，从另一座桥返回北岸，准备取道返回宾馆，然而在不经意间，我们集体犯了一个错误：没有沿公路折返，而是又下到河边的人行道，人行道与上面的公路高度落差有两米多，呈封闭状态，我们认为宾馆附近一定会有上公路的通道，另外，还可以一路观赏此岸的风景。没承想，这个不可饶恕的集体错误，让我们吃了苦头。

走着走着，隐约看到宾馆的标志了，但却没见到上公路的通道。我们停下来寻找、观望、判断，想打听，身边却不见游人，好容易碰上一个人从对面走来，问了一下，人家不是本地人。无奈，我们只好继续往前走，期盼着前面会有上公路的通道，但走了几百米，依然未见，我们已经预料到了问题的严重性，再往前走，离宾馆的距离更加遥远了。

正在犹豫徘徊中，身后传来一个女生急促的声音："你们几位是回冠洲宾馆吧？"

回头看，追我们的是一位中年妇女，个子不高，一脸白净，她追上我们，语气带有严厉的成分："我一再喊，你们谁也不搭理我，这样走下去，天亮你们也回不了宾馆。"

我问："你怎么知道我们要回冠洲宾馆？"

她说："我听到你们打听人了，可又追不上你们。"

身边的江西作家凌翼说："是不是该往回返，到冠洲桥……"

她把手一挥，很武断地打断道："别说！"

赤峰作家荆永鸣也算是多嘴了："过了桥，我们不应该下到河岸……"

她又是很有杀伤力地挥了一下手："别说！"

两次被她的威猛打断，准备发言的我明智地闭上了嘴。

她把我们的嘴封住之后，开始给我们耐心指路："你们往回返，走到冠洲宾馆附近，有一个上公路的通道，但通道口很窄，周围又有植被，不易发现，你们路上不要说话了，都盯着通道口。记住没有？"

我们连连说："记住了。"

她像老师，又像家长，态度严厉而慈爱，言语铿锵而温暖，让我们心怀一种别样的感激。

谢过中年妇女，我们折返前行，再不敢说话，一是被她的"别说"吓怕了，再就是怕因说话走神错过了通道口，这工夫，身后又传来她的声音："记住，别光顾说话啦，看着通道口！"那声音，像一道命令。

我们一边连连答应一边继续前行，心里好笑，也好温暖。

· 288 ·

天晚了，路上已少见行人，看来再走错路，找个打听道儿的人都难了，我们终于找到了冠洲宾馆的通道口，但遗憾的是，一道大门落了锁，抬头依稀可见"冠洲宾馆"的字样，可就是上不去。

走下台阶，我们极度颓丧，出门在外，第一次碰上有家难回的遭遇。

忽然，身后又传来那中年妇女的声音："我忘记了，这里已经到了锁门的时间。"

真没想到，她又折了回来。

她说："得了，为人为到底，送人送到家吧。你们跟我走。"

跟她走，我们有了方向，有了希望。

她边走边说："你们是第一次来贵州吧，我们这儿，地无三尺平，天无三日晴。要是在平原城市，就不会遇到这种情况了。"

跟她交流着，我们按原路返回，看来，只能回到我们过桥的那个路口，沿台阶上公路就可以回宾馆了。我们道谢过后，表示回到桥边的通道口就认识了，但她却摇摇头，说："没人带路，你们还是找不到的。"

还真是让她说着了，我们找到了桥边的通道口，但通往宾馆的路还是很复杂，途中要经过一个小区，一个岗楼，中间有几个岔道口，拐了多次弯，她一直把我们带到宾馆门口才回返。我们再道谢时，她已快步消失在茫茫夜幕中。

一次散步，让我们认识了贵州的地形地貌；一次问路，让我们认识了好心肠的贵州人。

由此，我联想到20世纪80年代到山东沂蒙山区采访，我坐在吉普车上摇开窗户向街上摆摊儿的一位妇女打听道儿，话说到一半，后边的车按喇叭催我们让路，我们只好起步，那妇女竟扒着我们的车窗追着指路，直到她认为解答清楚了才离开，也不知道追了我们有多远，也不知道，她的摊位有没有人照看……事过多年，那个妇女朴实的形象和浓重的沂蒙口音，让我死死地记住。

　　同样，给我们指路的这位贵州中年妇女，我们是路人相遇，不知姓氏名谁，何去何从，彼此没有相识的理由，但问路和指路，却造就了这般不解的缘分。这缘分，何等弥足珍贵！

　　回眸一眼七彩斑斓的冠洲桥，仿佛变得更加美丽，也更加亲近。

　　我油然想起了唐代高适的著名诗句："莫愁前路无知己，天下谁人不识君。"

岜沙人的天堂

岜沙苗寨隶属黔东南从江县,坐落在月亮山麓,苗寨依山而建,寨子下面是螺旋式的层层梯田,时下,五个苗寨里住着两千多名苗家村民,这是中国最后一个苗家原始部落。是午冬日,我随百名中国作家代表团走进了她的神秘,打破了她的宁静。

走近苗寨,我们在"岜沙"字样的牌坊前停留,待人员集中,突然,牌坊右侧几支火枪齐刷刷同时举起,像军队行托枪礼,我还没来得及做出反应,火枪同时发射,霎时,火光冲天,枪声震耳,硝烟弥漫,让我们惊奇而振奋。原来这是岜沙人迎接贵宾的最高礼节,岜沙是世界上最后一个枪手部落,他们持枪是受法律保护的,在这之前,我闻所未闻。岜沙大小男人身上都带着火枪、腰刀、火药葫芦三件宝贝,他们身着自己织染的青布衣,大筒裤,头顶挽着发髻,缠着白色条状毛巾,周围头发剃光,只留一个小辫儿,其威武气势,颇有秦汉遗风。

进得寨来,我看到的是错落有致的旧木楼,楼顶上露着青瓦,长着绿苔,显得质朴而典雅,沿山起伏弯曲的街巷,像一幅带有民族风情和山岭地貌的《清明上河图》,显得朦胧而神秘。墙脚下,一群孩子捧着比他们个头还高的芦笙一边打闹一边演奏,走近他们,一个个不惊不慌,扭着身子玩得好尽兴,给我留下最深印象的是他们那一双双清澈明亮的大眼睛,纯净天然得直透人的心底。房檐下,几个老头儿老太太闲坐,男的手里握着长长的旱烟枪,有滋有味儿地一口接一口地吸着,女的则悠闲自在地享受阳光沐浴,眼神里透露出善良、热情与安然,走近给他(她)们拍照,没有人表现出反感的表情,也没有人做出光荣亮相的姿态,旁若无人,泰然处之。街中心,有中年妇女用缝纫机做针线,细观察,会发现其身后还背着一声不哭的小娃娃。有的女人依然还用原始的织布机有条不紊地穿梭引线,身边有席地而坐的男人一边喝茶一边观赏织布女的劳作。再往高处走,我看到一道亮丽的风景线,长凳上坐着一排姑娘,她们身穿大襟的上衣,下身穿百褶短裙,扎五颜六色的彩锦绑腿,头上戴着粗大的银环,姑娘们坐姿各异,她们手里拿着鞋垫或白布,一针一线地用心刺绣,阳光洒在她们脸上,脸色娇羞而妩媚,笑容灿烂而天真。我走近细看,鞋垫上绣的是双喜字,布上绣的是鸳鸯,想必是为她们的心上人绣的。这道风景看上去像摆拍的,但你不会感到有任何的不舒服和不自在,反倒为一朵朵花蕾绽放出的美丽而陶醉。不远处,传来姑娘们天籁般的歌声,还有小伙子们的芦笙伴奏,苗家儿女能歌善舞,一场精彩的演出等着我们去观看……

  在岜沙街上走了一趟,我一边用心看,一边用心拍,徜徉在这个原生态的苗家部落里,我感到从未有过的开眼,从未有过的愉悦。以往,我也去过一些苗寨,但大都是商业化的产物,进得寨来推销商品的人蜂拥而至,各种异化的商品目不暇接,不伦不类的表演倒人胃口,接踵而至的游人川流不息。而在岜沙没有一个人向你推销商品,没有一个人向你招揽生意,没有一个人向你讨好献媚,他们用苗家最古朴最真诚的态度欢迎你,接纳你,可以把你当作朋友,但丝毫不在你身上做任何索取。

  我另外的感觉是,他们虽然物质上并不富有,但他们活得很充实，很快乐，幸福指数很高。据说，在贵阳至从江（离岜沙不到10公里）的高速公路修通之前，从贵阳到岜沙需要两三天的时间，岜沙人没见过外面的世界，现在有这么多人到这里旅游观光，这么多人来看他们，他们感到很高兴，很骄傲，很欣慰，但并没有想通过开发旅游一夜暴富，过上天上人间的日子，他们还是他们，平静淡定，与世无争，没有大喜大悲的感情波动，也没有无病呻吟的长吁短叹，按部就班地维持着原始的生活秩序，享受着属于自己的幸福和快乐。

因此，我说，岜沙人生在天堂里，他们认为自己每天都过着天堂般的日子。

从资料中查到，岜沙人的生命坚挺而有活力，岜沙人和谐融洽而自信，都与树有关。

岜沙人头上蓄留着的发髻象征着生长在山上的树木，他们认为，能够获得如此安然自得的生活，主要得益于祖先选准的这块宝地，尤其这片生于斯、长于斯的森林的荫庇，于是，岜沙人对树木特别崇拜，把树木当神祭拜。岜沙人说："人来源于自然，归于自然，生不带来一根丝，死不带走一寸木。"从古至今，岜沙人从不砍伐树木。岜沙苗寨掩映在茫茫林海里，随处可见茂密的森林，千姿百态的树木以它古老的年轮和鲜活的生命力，呵护着岜沙人，所以，岜沙人视树为生命树。

年年岁岁，岜沙人沿袭古老而简朴的习俗，孩子生下一百天后，会去上山为他种下一棵生命树，这棵树象征着生命的希望，也寄托着对生命的感恩。一个生命终结，后人会把伴随死者一生的树木砍下来，把树身破成两半，把木头掏空，呈棺材状，然后将尸体"入殓"掩埋在山坡上，不留坟头。之后，后人再在旁边种上一棵树，就这样，生也一棵树，死也一棵树，生命以另一种形式延续，出生与死亡，生长与衰老，以树的形式轮回。

岜沙人一生与树结缘，与大自然融为一体，呈现着别样的生命姿态和鲜活的生命力，并彰显出独特的文化景观和生命境界，让我们为之景仰与感叹。

岜沙人生活在天堂。

天堂，谁也没去过，不知它的模样，是在喧嚣的都市，还是在宁静的乡村？或许你早就生活在天堂里，只是浑然不觉。

九九艳阳天

选择9月9日这一天，去寻找房东大嫂，缘于一首歌，这首歌的名字叫《九九艳阳天》，电影《柳堡的故事》插曲。

那是1977年，我当兵的第一个年头，新兵训练结束后，部队由教育训练转入国防施工，我们野营拉练来到施工驻地，到现在我还记得准确地址：河北省隆化县郭家屯站区三道营大队。

我们四班住的那家房东有四口人。大哥是生产队队长，一脸憨相。大嫂比大哥年轻不少，在村里当民办教师，我印象中，她是村里最漂亮的媳妇儿。他们家有两个儿子，大的刚满七岁，小的才五岁。两个孩子很快跟我们混熟了，干活儿累了，就拿俩小家伙开开心，大嫂没事也愿跟我们逗，关系搞得很好。那年我十八岁，刚当新兵就赶上打山洞，又苦又累，吃的贼差，常落泪想家，好在住在房东家，大嫂给了我们一些娘或姐一般的疼爱，日子就好过多了。就这样，我们四班在大嫂家一住就是八个半月，这八个半月中发生了很多很多的故事，让我日后总想讲给别人听。这大概就是我事隔近三十年后，去寻找房东大嫂的真正原因吧。

一大清早，我们就出发了，车上四个人，我、司机，还有两位战友。大家对我这次意味非常的寻找之旅，充满了兴趣，都说看看大嫂到底长得啥样，让我这么刻骨铭心地惦记着。我没大嫂的照片，甚至记不起她的名字，但是相信，只要见着她，我一眼就会认出来。我们都不认识路，一边走一边打听。那时还没手机定位，战友随身带了一张地图，可地图是1982年版的，不能进行准确地现地对照。车在大山沟里摇晃了三个多小时，我在车上看到了一个貌似三道营的村子，我好激动，马上叫司机停车，结果下车一打听，这是二道营，离三道营还有五六里地。不过，到这儿也不冤枉，我看到了一个很有标志性的地物符号，村中央那棵大槐树，它唤起了我难以磨灭的记忆。

记得一次收工后，我们接到一个特大喜讯：晚上到二道营看电影，片名叫《柳堡的故事》。吃过晚饭，部队集合跑步去看，房东一家赶着老牛车去，那是山区唯一的交通工具，车轱辘是木头的，走起来，吱吱咛咛的，像唱歌。我们上山砍柴，每人赶着一辆，举着鞭子，吆喝着牲口，满载而归，也是一道别样的风景，至今历历在目。那天房东一家走得早，我们到达目的地的时间差不多。那场电影就是在那棵大槐树底下放映的，电影是爱情故事，很好看，尤其是插曲《九九艳阳天》，更是十分好听：

九九那个艳阳天来哟，
十八岁的哥哥呀坐在河边。
东风呀吹得那个风车转哪，
蚕豆花儿香呀麦苗儿鲜。
风车呀风车那个咿呀呀地唱啊，
小哥哥为什么呀不开言。
……

我记得，我们看电影回来，一进家门，就听见房东大嫂在唱《九九艳阳天》，可她既记不住词，又找不着调，尽管她嗓子不错，唱得还是不怎么好听。我恰有一个好记性，还有赖笔头，那天晚上，我把歌词都抄在小本上了，而且很快就背过了，曲子不怎么熟，战士们在一起，你一句我一句地一凑，歌就差不多唱下来了。那首歌，很好听，很抒情，再加上电影上的二妹子很漂亮，很甜美，所以，战士们都爱唱这首歌。在山洞里唱起来，就可以浮想联翩。我们的驻地离施工地点有十来里路，我们一天至少要走一个来回。路上，只要有人起头，战士们就跟着唱，尽管唱得调子七扭八歪，但都很投入。我们身上穿着棉袄棉裤，肩上扛着工具，但唱起这首歌，就不显累，路也不显远，走夜路，就不害怕。有一天，我们在路上正唱这首歌，连长突然说，停！别唱了，什么哥哥妹妹的，影响战斗力。还是唱《我是一个兵》吧。从那以后，集体活动，包括上班路上，我们再也不敢唱《九九艳阳天》了，但战士们私下里还是唱。的确，那首歌太好听了，那时候，没几首抒情歌曲。

有一天，我们正在休礼拜天，大嫂忽然拿着收音机来到我们房间，里面正唱《九九艳阳天》。我们洗衣服的洗衣服，写日记的写日记，一听这首歌，都停下来，跟着唱。副班长说，连长说了，这首歌影响战斗力。班长是苏北人，直脾气，敢担当。他说，唱，出了问题我负责！这样，我们就大声唱了起来。那一次，我们跟着收音机学了两遍。歌词和曲子都学会了，包括大嫂也跟着学会了。每到礼拜天，不上班的时候，我们就一起唱这首歌，大嫂每次都参与其中。但房东大哥是个腼腆人，不苟言笑，与大嫂爽朗的性格差距很大，每当听到我们唱这首歌，他要么选择沉默；要么，选择离开。

我记得，那天下班晚了，食堂没饭了，我们打回米面回来做。大嫂是好心，在我们住的那间屋烧火，说，炕凉了，睡着不舒坦。大哥却说，他们都是大小伙子，睡太热的炕，上火。两口子拌了两句，也没吵起来，大嫂一边烧火一边哼着《九九艳阳天》。大哥本来就生气，一听大嫂哼这首歌，抄起身边的暖壶，"啪"一声摔碎了。那顿饭，我们吃得很沉闷，谁也没话。吃完饭，我们洗漱完，上炕睡觉，但似睡非睡的时候，就听房东那屋吵了起来，没吵几句，大嫂摔了一下门，跑了。

两个屋里都很安静，十几分钟后，还没听到大嫂回来的声音，孩子在哭闹着找妈妈。班长在黑夜中下达命令：紧急集合！

我们轻手轻脚地跑到院里集合。

班长说，大嫂是为给我们做饭，跟大哥吵的架，如果大嫂出了事，我们有责任，也会影响军民关系。接着，班长把我们兵分三路，分头去找大嫂。一路去学校，那是大嫂的单位；一路去大嫂的亲戚家；一路去河套。班长担心大嫂会想不开，投河自尽，那问题可就大了。

我跟班长这一路，去的河套。那条小河叫秀女河，在三道营村边，沿着山脉，弯弯曲曲地由西向东流，两岸是火红的沙棘，成为三道营的一道风景。休息的时候，我们经常到河边散步，或练习投弹。我想，大嫂是个开朗人，不至于为两口子吵两句嘴，就想不开吧。

我们来到河边不远，就听到一首熟悉的旋律和涓涓的流水声一起飘来：

　　九九那个艳阳天来哟，
　　十八岁的哥哥呀想把那军来参。
　　风车呀跟着那个东风转哪，
　　哥哥惦记着呀小英莲
　　风向呀那个不定车难转哪
　　决心没有下呀怎么开言。

大嫂就这性格，高兴，或者不高兴了，就唱歌。尤其学会了这首《九九艳阳天》。

那是一个"学雷锋，见行动"的年代，部队跟房东的关系搞得都很好，尤其是我们班，已经到了"白热化"的程度。连首长一再提醒我们一定要掌握好度，千万别"热"出毛病来。我们班长是个工作狂，下了班就跟大嫂要活儿干，每天缸满院净不在话下，他一有空就围着大嫂家的院子转，没事儿找事儿，没活儿找活儿。猪圈扒了重砌，墙头推了重垒，礼拜天，带着我们上山砍柴，劈柴围着房子码了一周，够大嫂一家烧两年的。大嫂笑着说：快别劈了。劈这么多，你们走了，将来要是失了火，谁给救？那话说得我们心里酸酸的。我想当年志愿军在停战之后，帮助朝鲜人民恢复生产重建家园，无非就是这样。自然，大嫂待我们也不错，天不亮，就把我们的洗脸水烧好了。下了班，进屋一摸，炕是热的，锅里的水是温的。我们有了脏衣服不敢攒着，大嫂趁我们上班之后，每天都到屋里去搜，逮住之后，洗完晾干，叠整齐放在每个人的床单上……

我们告别三道营的时候，正好是9月9日，全村人都倾巢而出，敲锣打鼓，热烈欢送，唯独不见大嫂。我们都纳闷儿，我们和房东的关系搞得最好，怎么大嫂不出来见我们一面？谁知道，这辈子还能不能再见着面呢。就在车将要开动的时候，大嫂手里拿着一摞草帽追了出来。那是我们上班路上戴的，因为要回营房，已经用不着了，才丢下的。我们都看见，大嫂的眼睛是红红的，满脸都是泪，她把草帽扔给我，想说句话，却没说出来，她把头扭过去，哭出了声。她这一哭，村里人都哭了，我们也哭了。

卡车开动了，大概是班长起了个头，《九九艳阳天》齐声响起：

九九那个艳阳天来哟，

十八岁的哥哥呀告诉小英莲,
这一去呀翻山那个又过海呀,
这一去三年两载呀不回还。
这一去呀枪如林弹如雨呀,
这一去革命胜利呀再相见。
……

七月的炙热

7月的一天,我第一次走进阅兵村。

太阳无比毒辣,没一丝风,阅兵村的地表温度大概在50摄氏度以上。这样的天气,别说是训练或者劳作,在太阳底下一站,就会大汗淋漓。可在阅兵村训练场,我看到的却是如火如荼的景象:在激昂的《中国人民解放军进行曲》中,队员们迎着烈日,走着铿锵有力的步伐,领队的口令声,队员们的摆臂声、踢腿声,此起彼伏,激荡人心。我顺着长达两公里的训练场由西向东走,一路受到不曾有过的感染和激励。我听见,各方队的教练员们举着无线喇叭提着嗓门大声纠正着队员们的动作:"踢腿要用劲!""抓地要有力!""摆臂要到位!""目光要有神!"我看见,走过来的队员们脸上都是汗水,一滴一滴洒在胸前,而他们依然神采奕奕。走过去的队员,汗水湿透后背,结成层层碱花,水泥地上,一行行汗迹依稀可见……

课间休息了,带着满身汗水的队员们,有的呼啦啦跑去上厕所,有的结队走向休息区,有的大口大口地往肚子里灌水,有的帮助战友拧干衣服上的汗水,有的则蹲在草坪旁边小憩。

训练间隙的阅兵村又是一道独特风景。我趁机与一位教练员攀谈,当我问及受阅队员最基本的训练要求与标准时,他给我讲了这样几个惊人的数字:方队里每个队员,不管是正式的,还是预备的,都要做到军姿练习两小时不动、四小时不倒、六十秒钟不眨眼，正步练习连续踢腿二百次、端腿十分钟不变形，连贯正步二百米无误差。

哦，我明白了，天安门广场上徒步方队的精彩绝伦，就是在这样的前提下展示出来的。我看见一个年龄很小的战士独自站在训练场上若有所思地望着远方，他脸上的汗珠密密麻麻，在太阳的照射下显得晶莹透亮，形状不同的汗珠缓缓流淌欲滴，然而，他却不曾擦上一把。我走上去轻声问道："苦吗？"他回答："不苦。"但细心的我发现那位小战士在回答我问话的同时，眼睛里涌出了两滴泪花。显然他没说实话，苦是没商量的。我们的战士之所以可爱，就在于能够以苦为乐，以苦为荣。望着这位比我儿子年龄还要小上几岁的小战士，我心中油然生起父辈般的疼爱。我想上去帮他擦去脸上的汗水和泪水，那小战士却不好意思地用手抹了一把脸，然后又生动地笑了，接着就向着远方跑去。小战士无声的流泪和生动的微笑以及莫名的奔跑，使我很自然地想起了一句现在流行的格言：真正的强者，是含泪奔跑的人。

在三军女兵方队，我又看到了另外一道风景：两个队员在阳光下玩游戏，她们的游戏很简单，利用阳光在做手影。一个队员把手形变成"兔子"，另一个队员把手形变成"老鹰"。地面上，"老鹰"在盘旋，"兔子"在奔跑，两个队员很开心地笑着。这个场面让我感动不已。童心未泯也好，忙里偷闲也罢，不难看出，如此超强度的训练，她们的心情是欢快的，精神是愉悦的。

集合号又吹响了，各方队又开始了训练，踢腿声、摆臂声、口令声又开始有节奏地响起来。不知什么时候，天上布满了乌云，毒辣的太阳很快被遮得严严实实，我暗暗为队员们庆幸。可一阵微风吹来，眨眼之间，大雨瓢泼而下。各方队指挥员下达了收操的命令，队员们兴奋地欢叫着跑回板房。

大雨的突然而至给队员们减轻了压力，刚才还口号声震天的操场，一下子变得空空荡荡，一排排整齐的板房、路灯、树木在雨水的冲刷中，呈现出浩渺烟云的轮廓，我这才发现雨中的阅兵村竟是如此美丽。此时此刻，还有一种美妙的享受，来自雨滴敲打板房的声音，她像一支庞大的乐队在演奏一首交响乐，急骤时如马蹄声脆，激荡人心；平缓时如弹琴拨弦，委婉动听。我所在的板房里的队员们竟伴随着雨声欢叫起来。不难理解，几个月超极限的训练，他们需要精神和心理上的释放。这时，我看见一个小战士跑到门口伸出双手去接天上的雨水，他的身体一半暴露在外面，雨水很快打湿了他的衣服，他的两只手像是接着了雨水，当他回过头来时，我认出了那张脸——一个含泪奔跑的强者。同时，我也想起了那两个在太阳底下做手影游戏的漂亮女兵……

燃烧的雪片

　　世上的文人墨客很喜欢吟雪。李白斗酒之后,写下"燕山雪花大如席"的天然洒脱,柳宗元在"万径人踪灭"的绝境中营造出"独钓寒江雪"的至美意境,而浪漫诗人毛泽东却以革命家的豪迈气派脱口畅吟:"北国风光,千里冰封,万里雪飘……"在众多诗人的众多绝句里,我刻骨铭心地领略了雪的宁静与疯狂,我甚至经常想,在我生活的北国,在漫长而萧条的冬季,假如没有雪,我的心灵将会变得如何寂寞。于是,在我生命的空间里就多了一种嗜好:爱雪。

　　对雪的爱,缘于她自身的燃烧。

　　那是在一个寂静而平常的夜晚,我在办公室爬完格子伸着懒腰出来,双脚落地感到软软的,仰望天空,只见大雪纷飞,片片雪花落在脸上,有妙不可言般的惬意。我踩着富有弹性的积雪行进在回家的路上,整个身心让暖融融的雪包围着,步子悠闲而缓慢,当行至一排华灯旁,我再也不想走了。这工夫,我发现雪们不再如往日般温柔,华灯像一团火球烘烤着翩翩起舞的雪片,雪们自觉不自觉地变成红色。在雪片与华灯之间,有一股蒸汽在缓缓升腾,使纷纷落下的雪片更加娉婷与妩媚,洒脱而热烈。大雪燃烧起来了!

　　我第一次见雪片燃烧,此时此刻,我不知道自己是置身于自然之中,还是安坐在舞台之下。随之,我的周身也触景生情般燃烧起来,我感到从没有过的激情四射，不可遏止。

那天晚上，我在华灯下流连忘返，后来我想起了一件事。

隆冬，我们执行野营拉练任务，天还没亮就背上背包、米袋、枪支出发了。天阴得很重，没走多远，就下起雪来。刚开始雪片很小，密度也不大，因为急行军出了很多汗，雪花落在脸上，感到很温柔，很舒服。但没多大工夫，雪片变大了，节奏也变快了，紧接着起了风，风打着旋地刮，把雪们刮成旋涡。雪片落下来的时候变成了劈头盖脸，给我感觉不再是温柔，而是生疼，几乎不敢睁眼。风越刮越狂，雪越下越疯，行军的队伍深一脚浅一脚，速度渐慢。待上山的时候，大家你拉我扶，很有些红军爬雪山过草地的味道。走到半山腰，我感到实在走不动了，脚踏进雪窝里懒得拔出来，往前走一步，几乎要付出生命般的代价。

天渐渐黑了，因为行军速度过慢，部队不能按预定时间到达宿营地点胡麻营，而由于漫天大雪覆盖了原野，看不到路，见不着人，找不到任何参照物，无法判定方位，连长拿着地图一边看一边骂娘。部队人困马乏，力不从心，行军速度慢得像蜗牛，连长只好命令部队原地休息。

雪依然孜孜不倦地下个不停，等我们呼出的热气蒸发完之后，雪片就变得格外冰凉。我感到出奇的冷，我在心里骂那些雪们，甚至后悔出来当兵遭罪。在家时，雪给我带来的是欢乐和野趣，打雪仗，堆雪人，吃雪团，使自己的童真加倍地放大。到了晚上，雪们还在下，可我已经钻进了暖融融的被窝，雪即使下成比山高与天齐，也与我无关。现在不行了，时至黑夜，雪仍包围着我们，豪情与意志渐渐被冷却，我在不由自主地抖动。此处寒气逼人，今晚何处栖身……不知过了多大会儿，忽听前面有人喊："火光！"

我也看见了，前面果然有一簇火光在闪耀，在移动。

连长命令部队继续前进，并回传口令："注意，前面有火光！"等传到最后面，竟成了"前面有水缸"。

那簇火光越来越近，有人说是萤火虫，有人说是野火，有人说是鬼火。不管是什么火，在茫茫雪夜，它的确给我们带来了原动力，行军速度明显加快了。

有人喊："是人！"等我们走近了一看，果然是人，而且是个小姑娘。小姑娘有十四五岁，扎两条不长不短的辫子，上身穿红色的大棉袄，手里举着通红的火把，火把把她的脸蛋照得透亮，雪在她的头顶上熠熠燃烧。我被这突如其来的景象震慑了，你完全可以想象，在茫茫夜幕中，在皑皑雪原上，在心灵孤独无援的时刻，一个举着火把的红衣少女突然出现在你面前，你是怎样的激动万分！

姑娘是胡麻营大队党支部书记的女儿，听说今晚解放军来村里宿营，从没见过解放军的她背着大人举着火把跑出几里路来迎接……

这件事过去了好多年，但我经常想起那位在雪地里举着火把的小姑娘，想起小姑娘身上的红棉袄，想起小姑娘头上燃烧着的雪。从那一天起，我不再怀疑雪是会燃烧的。之后，我调离了连队，但没有离开大山沟。每到冬天，大雪如期而至，我经常发疯似的跑到荒郊野外，希望在我的视野里会出现举火把的小姑娘，会看到雪在小姑娘的头顶上燃烧。虽然再没见过，但我依然固执地相信，雪片是能够燃烧的，人的情感与血脉也会燃烧的。一定！

与荷听雨

先前，我不知从哪儿抄来"枯荷听雨"的句子，夜下也曾大胆妄为地推敲了一阵子，觉得其中"枯"字让人不甚舒服，你想，荷叶干枯是怎样得让你悲天悯人，雨点儿打在干枯的荷叶上的声音，即使再富有个性，但也难让我与优美动听妙不可言连在一起，在对"枯"字产生别扭之后，我便一直寻找与荷听雨的机会。

今年，老天似乎有些过分，入夏月余，华北地区竟没降下哪怕是泪滴般的雨水，老天如此这般的吝啬与苛刻，给大自然造下了极其深重不可饶恕的灾难。我所居住的军区大院与西山八大处为邻，多年来，与文友傍晚爬山成为十分怡神的事情，踏着溶溶夜色，踩着弯弯石径，听松涛阵阵，闻暗香夜渡，无形之中淡化了劳累与烦恼，强化了快乐与憧憬，茫茫夜色与轻盈脚步营造出一种极具韵味的登山语言，她令世界上一切有声或无声的语言都显得苍白与黯然，这种用情感生命体验的美妙绝伦的享受，是红尘滚滚的人们所无法感知的。

近来爬山甚少，完全是天旱的缘故，因为山上水分严重缺失，害得生灵如遭涂炭，草干枯身亡，分不清是哪年遗留下来的了，树则像下半旗般哭丧，有的树冠竟没了遮挡，像垂暮老人袒露着干瘪的惨不忍睹的前胸。二处有一池塘，水中有荷叶与荷花，以往，我们下山后总要在塘前亭内小坐，宁静中闻蝉叫蛙鸣，赏荷塘月色，算是下山前的最后一次精神会餐，然眼下因久旱无雨，池中积水干瘦，缺少养分的荷叶开始干枯，但天空碧蓝如洗，星辰几乎伸手可摘，老天无任何垂泪的迹象，即使垂泪又如何，我真的要"枯荷听雨"吗？那一定是很残酷的事，快快作罢，还是打道回府吧。我的心很软，更善悲天悯人，为免伤感，索性不再爬山。

忽一日，老天施恩般地降下大雨，而且是在人们没任何思想准备的情况下骤降，我心中充满"久旱逢甘霖"般的激动与喜悦，禁不住走进雨中享受久违的痛快淋漓。大雨下了整整两天，第二天傍晚才得歇息。吃罢晚饭，我们相约爬山，滂沱大雨转成霏霏细雨，山上呈现出神话般的意境，远处满目苍翠，雨帘汪亮着从山顶垂下，与近景的深重墨绿拉开层次，草和树都大大地有良心，仅仅经过一天的洗礼，便显示出勃勃生机，尤其在石径两侧，竟盛开着或黄或红或粉的小花，其中黄色成为主色调，它们沐着雨水吐着芳香，沿着弯弯石径向远处无限延伸，成为雨幕中极为鲜活的点缀，让人情不自禁地哼起"雨露滋润禾苗壮"的革命歌曲。走到二处，雨点密集，我们不得不打乱计划提前坐在塘前亭内避雨。待我坐定，才发现塘内积水已蓄满，干枯的荷叶在一夜之间变得墨绿油光，我在惊讶的同时，又觉得荷叶着实可怜，它们就像穷人家的孩子一样，被人重重地打了几巴掌，人家只给了几粒糖块儿就哄欢喜了。

雨点由稠密变得稀疏，节奏也由急促变得缓慢。眼下，我该与荷听雨了。此时，无论如何雨点应该是轻柔的，它落在荷叶上的声音没有让人有丝毫的心惊肉跳，那种"嗒嗒"的情人般的击打声，会使你产生无法抗拒的快意。微风中雨点线条儿有点斜，落下后，荷叶会不由自主地激灵一下，那动作轻松而得体，但每每都令我怦然心动，浮想联翩。我默默地闭上了眼睛，那种情人般的击打声变得亲近而强烈，其乐感如琵琶或者古筝，韵致美妙，意境悠远，恍若见一古典美女飘然而至，我的眼前闪现出一道七色彩虹，彩虹与美女在乐曲中翩翩起舞，一时间，天地浑然，混沌苍茫，如诗如画，若雾若仙。我猛然睁开眼睛，把这种美妙的幻觉告诉友人，一言语苛刻者夸奖我想象力极为丰富的精华，在于白日做梦。

雨点继续不紧不慢地击打着荷叶，我看见，远处有一朵含苞待放的荷花，亭亭玉立，花骨朵绷得很紧，似乎费了很大劲，才张开粉红的小嘴儿，若和人联系起来的话，她应该像一个十四五岁的少女，其娇嫩与羞怯，天真与纯情，让你产生哪怕丁点儿的杂念都会觉得是在犯罪。雨点溅起层层涟漪，偶有不同颜色的鱼不甘寂寞，腾空跃起，在平添雅兴的同时，也在破坏着与荷听雨的宁静。此时，山是深沉而凝重的，石头是滋润而柔滑的，植被是湛绿而湿漉的，植被掩映中的石缝淌着小溪，溪水汇集于池塘，声音与雨打荷叶成为变奏，但并不影响旋律的和谐，反而更引人入胜。

此刻，我斗胆认为，我正在享受的与荷听雨和朱自清老先生的《荷塘月色》一定有异曲同工之妙，我甚至觉得我眼下的亭前静坐，让雨敲荷叶的声音在心扉富有节奏与韵感地穿过，一定要比朱老先生当年"沿着荷塘，背着手踱步"，独自受用无边的荷香月色的感觉，还要多了一些怦然心动的感受。有一点，我与朱老先生是基本相同的，那就是"我爱热闹，也爱冷清；爱群居，也爱独处"，爱热闹是我的天性，在街上碰见打架的（哪怕是两个打得很没意思的妇女）我总要围观到底；我胃口不好，没什么底气享受大鱼大虾，但有饭局还是懒得推辞，原因是饭局上热闹，喝多了可以犯浑。总而言之，就是不甘寂寞。我的职业是写作，是与热闹很不搭界的事情，所以，每每热闹回来就后悔不及，但有了热闹还是不肯拒绝，我是个很没个性与主见的人，每天在热闹与冷清之间逃来逃去，不仅活得累，而且喜欢热闹和喜欢冷清的人都不接受我，我该算什么人呢？

我读过阿根廷著名作家埃内斯托·萨瓦托的一些理论文章，有一篇文章具体叫什么题目我记不清了，但很精辟的一段论述是死活也忘不了的："人所以追求永恒，因为他总得要死；人所以希冀完美，因为他有缺陷；人所以渴望纯洁，因为他易于堕落。一个上帝无须去写小说。"我不是上帝，我是一个凡人，我有缺陷，也易于堕落，我迟早要死，并不是因为这些，我才去写小说，但我知道，真正意义上的小说，不是作家生活的写照，而是灵魂的解剖，这个灵魂不一定是崇高的，但必须是孤独的。

与荷听雨吧，不是用耳朵，而是用心，用灵魂，在怦然心动中，让灵魂来个五马分尸。

后　记

　　本不想写什么后记，但因是第一部散文集，还是想说道几句。

　　我爱好文学，是从散文起步的。处女作《可怜孩子心》1980年发表在我当兵服役所在地《承德群众报》的副刊上，算是一个标志。梳理了一下，截至目前，我在各报刊上发表的散文、随笔作品有二百余篇，闲来翻看，觉得有些还不错；但相隔时间久远，又有些零零散散，就有了出集子的愿望。今年7月去唐山参加活动，与花山文艺出版社的张采鑫社长谈起，并在微信上发给他几篇看，他当即答应由花山出，出了，心愿便了却了。

　　我想，作为一名专业作家，既然出书，就得讲究，就得像样，不能凑数，眼下遴选的五十五篇散文，三分之一是新创作的，三分之一是近些年发表的，三分之一是20世纪八九十年代发表的。在遴选作品时也纠结了一阵子，搞创作这些年，发表的小文章很多，也很杂。比如，写了若干影评文章，有几篇还在全国获了奖，而且都是发表在相当级别的报刊上；比如，我写了一些典型人物，报纸上均发一个整版；比如，我给很多人写过序和评论文章；再比如，一些评论家给我的作品写过诸多评论文章，等等。这些要不要收进去，经过一番思想斗争，还是割舍了。一来太杂乱无章，二来字数也会大大增加。有舍才有得，还是保持作品的体裁一致，质量整齐为要。另外，所选的篇目中，也有风格不统一的痕迹，比如"家国情怀"板块里的有些文章略显"刚"性，过于激昂，语调甚至不像散文，但我还是保留了一些。从军四十余年，尤其后二十年，曾参与了1998年大抗洪、2008年汶川大地震、北京奥运安保、新中国成立60周年和纪念中国人民抗日战争暨世界反法西斯战争胜利70周年大阅兵等重大历史事件，写了一些"刚"性的文章；还有，一些报刊编辑经常在重大节日重大活动中约我写稿，要一定篇幅，占重要版面，写起来字斟句酌，锤炼再三。这样的文章，是军旅作家回避不了的，所以，在筛选作品时，也是举棋难定。

过了甲子，退休赋闲，工作不担责任了，创作压力也不大了，更不用应景了，但作为一名以写作为职业的作家来讲，能够证明你活着并且有意义的话，那就是你还能不能创作，还有没有作品问世。我们军艺文学系主任徐怀中老先生，九十高龄获"茅盾文学奖"，且精力那么旺盛，思想那么睿智，才思那么隽永，手法那么先锋，文字那么清新，我刚年过六十，有什么理由懒？

"品酸甜苦辣，活衣食住行。望云卷云舒，赏花开花零。游五湖四海，看万紫千红。生喜怒哀乐，死万事皆空。"这是我今年3月住院时写的诗，并在本集的《病中诗兴》中引用，我想，这应该是我人生态度的感怀与总结。有生之年，应该不会有什么奇迹发生了，按部就班地享受天伦，顺时听天地打理自己，也算是不差的日子，但对于文学，却不能冷淡；对于初心，不能改变。那是我的宿命。

作　者

2019年10月于京北卫新园